KISSES IN DARLING HARBOUR

HANNAH KAISER

BUCHINFORMATIONEN

1. Auflage Oktober 2023

Covergestaltung: Catrin Sommer, www.rausch-gold.com

Unter Verwendung von Bildern von:
shutterstock_1171722274
shutterstock_1961147458
Freepik @kbza

Lektorat: Alexandra Balzer

Korrektorat: Alexandra Amber

Hannah Kaiser

c/o easy-shop

K. Mothes

Schloßstraße 20

06869 Coswig (Anhalt)

Erstellt mit Vellum

1

Matilda Rose

Ein Teller fliegt quer durch den Raum und kracht neben mir an die Wand.

Na ja, eigentlich fliegt er nicht wirklich und er kracht auch nicht, dafür hatte er zu wenig Schwung, aber wenn man überlegt, dass Mr. Darling ihn mit links und somit mit seiner schwachen Hand geworfen hat … Ich kann nicht einmal mit rechts derart gut werfen. Allerdings heißt das nichts, denn diesbezüglich bin ich eine totale Versagerin.

Ich gehe einen Schritt zur Seite und betrachte das Desaster aus Bratensauce, Erbsen und Kartoffelpüree.

„Mr. Darling!“, sage ich dann so höflich, wie es mir

möglich ist, und nehme den alten Mann dabei fest ins Visier. „Ich kann verstehen, dass Sie verärgert sind und Ihr Zustand Sie frustriert.“ O ja, das kann ich tatsächlich, denn mich würde es auch frustrieren. Bis vor ein paar Monaten hat Mr. Darling ein ganzes Imperium geleitet, und nun ist er an einen Rollstuhl gefesselt und kaum dazu in der Lage, allein zu essen, weil sein Körper ihm nicht mehr gehorcht. Ansonsten hätte er mich wahrscheinlich getroffen, auch mit seiner linken Hand. „Dennoch werde ich weder akzeptieren, dass Sie mit Gegenständen nach mir werfen, noch dass Sie die Wände mit Essen besudeln.“ Ich verschränke die Arme vor der Brust. Was zu weit geht, geht wirklich zu weit. „Passiert so etwas noch einmal, werde ich mich die nächsten drei Tage krankmelden. Dann können Sie sich gerne von Ihren Söhnen versorgen lassen! Ich mache es nicht mehr.“ Ich drohe ihm nicht mit Kündigung; er ist ein intelligenter Mann. Er kann sich sicherlich zusammenreimen, dass ich diesen Job niemals angenommen hätte, wenn ich nicht darauf angewiesen wäre. Ich bin die fünfte Krankenpflegerin, die seine Familie in den letzten drei Monaten eingestellt hat, und bisher hat es keine länger ausgehalten als ein paar Wochen.

Dabei ist diese Familie stinkreich und zahlt mehr als gut dafür, sich um Mr. Darling zu kümmern. Allerdings verweigert Mr. Darling hartnäckig jegliche Therapie und irgendwann wird man einfach müde davon, einen erwachsenen, vernunftbegabten Menschen jeden Tag aufs Neue davon überzeugen zu müssen, was das Beste für ihn ist.

Er funkelt mich böse an, sagt allerdings nichts, aber ich weiß auch so, dass der alte Fuchs mich verstanden hat. Er spricht bloß nicht gern, weil es ihm schwerfällt, sich klar zu artikulieren und er seine verwaschene Aussprache hasst.

Genau wie den Rollstuhl, die mangelnde Kontrolle über seinen Körper und alle anderen Folgen, die aus seinem schweren Schlaganfall resultieren.

„Soll ich Sie auf die Terrasse bringen, bevor ich Feierabend mache?"

Er sagt immer noch nichts, aber ich erkenne den Hauch eines Kopfnickens. Immerhin.

Also rolle ich ihn auf die Terrasse und hole eine Decke.

Der Tag ist mild, doch der Herbst steht schon vor der Tür, das erste Laub hat sich schon zart verfärbt, und wenn man stillsitzt, ist es trotz der Sonne kühl.

„Ich bin kein seniler Greis!", sagt er, als ich ihm die Decke über die Beine lege, und versucht, meine Hände wegzuschieben.

„Ich habe kein Interesse daran, dass Sie sich erkälten. Sie sind bereits grantig genug!" Ich lasse mich nicht beirren, denn ich weiß mittlerweile, dass er leicht anfängt zu frieren – was auch damit zu tun hat, dass er immer mehr an Muskelmasse abbaut. „Und Sie selbst sollten auch Interesse daran haben. Wenn Sie wie ein erwachsener, mündiger Mensch behandelt werden wollen, tun Sie mir den Gefallen und verhalten sich wie einer!" Ich weiß, ich bin nicht sonderlich nett zu ihm, und mit Sicherheit könnte ich freundlichere Worte finden. Aber er hat gerade mit einem Teller voller Essen nach mir geworfen, nur weil ich ihm mitgeteilt habe, dass morgen der Physiotherapeut kommt, und auch meine Geduld hat irgendwann ein Ende.

Außerdem glaube ich manchmal, er genießt es heimlich, dass ich die einzige Person auf dieser Welt zu sein scheine, die ihn nicht mit Samthandschuhen anfasst.

Leider – oder vielleicht auch zum Glück – ist ihm nicht klar, wie subjektiv dieser Eindruck ist. Denn wenn ich nicht wüsste, wie sehr er unter seinem Zustand leidet – ich hätte verdammt noch mal zurückgeworfen, und ganz egal, wie schlecht ich auch zielen kann, ich hätte getroffen.

„Ich sage Ihrem Sohn Bescheid, wo Sie sind, dann kann er Sie später reinbringen.“ Trotzdem kontrolliere ich, ob der Notfallknopf sicher für ihn erreichbar ist. An seiner linken Hand, der Hand auf seiner guten Seite.

Neben der Aufsicht, Assistenz beim Essen und Alltag, psychologischer Betreuung und zehntausend anderen Kleinigkeiten gebe ich ihm Medikamente und Injektionen und soll die Durchführung der Therapien gewährleisten. Mr. Darling hat einen weiteren Pfleger, der vor allem da ist, um ihm beim An- und Ausziehen, Lagerung im Bett sowie mit seiner Körperhygiene zu helfen, außerdem übernimmt Jackson oft Nachtschichten. Diese sind zwar meistens ruhig, dennoch muss für den Notfall jemand da sein, um Hilfe leisten zu können. Wenn Jackson nicht da ist, übernehme ich den Bereitschaftsdienst für die Nacht oder einer von Mr. Darlings Söhnen kümmert sich darum.

Mein Patient brummt irgendetwas Unverständliches, das ich als Einverständnis werte, denn wenn ihm etwas nicht passt, ist er durchaus dazu in der Lage, das auch klar zu äußern.

Viel zu deutlich, wie ich feststelle, als ich die Scherben einsammele, die er hinterlassen hat.

Kopfschüttelnd betrachte ich das kaputte Porzellan. Es ist so fein, es wirkt fast durchsichtig, und ich würde wetten, jede kunstvoll gestaltete Blume am Rand dieses Tellers wurde handgemalt.

Eine Schande, damit zu werfen!

Ich bin fast fertig, die Sauerei wegzuräumen, als hinter mir eine tiefe Stimme ertönt.

„Matilda Rose, warum weiß ich nichts davon, dass mein Vater draußen auf der Terrasse sitzt?"

Ich richte mich langsam auf und drehe mich um, wobei ich mir bewusst Zeit lasse. Manchmal habe ich das Gefühl, den Männern dieser Familie sind ihre Macht und ihr Geld einfach zu Kopf gestiegen.

Und vielleicht auch ihr gutes Aussehen, denke ich, als ich mich zu Chase Darling, dem ältesten der Brüder, umdrehe.

Er trägt eine Anzughose und ein weißes Hemd, das er an den Ärmeln hochgekrempelt hat, sodass es seine sehnigen Unterarme enthüllt, die er im hauseigenen Fitnessstudio regelmäßig trainiert.

Ein hauseigenes Fitnessstudio ... muss ich mehr sagen? Und es ist derart gigantisch, man könnte eine komplette Großfamilie in diesem Raum wohnen lassen.

Aber sein gutes Aussehen ist mir völlig egal, ich hasse es, wenn ich von oben herab angefunkelt werde, und Chase Darling ist nicht nur einen ganzen Kopf größer als ich und gebaut wie ein Profischwimmer, er hält sich auch noch für etwas Besseres.

„Sie wissen nichts davon, dass Ihr Vater draußen auf der Terrasse sitzt, weil ich Sie noch nicht informiert habe!", spreche ich das Offensichtliche aus und er runzelt verärgert die Stirn.

„Und warum nicht? Ich muss Ihnen wohl kaum sagen, dass er nicht in der Lage dazu ist, von selbst wieder hereinzukommen!"

„Sie wissen nichts davon, weil ich noch damit beschäftigt bin, das Chaos wegzuräumen, das Ihr Vater hinterlassen hat. Denn er ist durchaus dazu in der Lage, mit einem vollen Teller nach seiner Pflegerin zu werfen."

„Warum lassen Sie Karlie das nicht wegräumen? Sie ist für solche Sachen zuständig. Oder eine der Frauen, die hier zum Saubermachen kommen."

„Mrs. Holmes und Mrs. Benton sind bloß vormittags da." War irgendwie klar, dass er nicht mal ihre Namen kennt. Als ob Chase Darling sich die Mühe machen würde, die Namen aller Angestellten zu lernen. „Und Karlie hat heute ihren freien Nachmittag. Es ist Mittwoch." Chase sieht mich mit gerunzelter Stirn an, als würde ich in Rätseln sprechen und ich frage mich, wie ignorant diese Familie eigentlich ist. „Karlie arbeitet mittwochs nur vormittags", erkläre ich. „Seit zehn Jahren." Ich meine ja nur. Zehn verdammte Jahre. Das könnte man eigentlich wissen, wenn man sein Leben lang in diesem Haus wohnt. „Aber ich mache Ihnen einen Vorschlag: Ich setze mich zu Ihrem Vater und genieße die letzten Sonnenstrahlen, und das hier überlasse ich Ihnen. Dann können Sie beruhigt sein, weil Sie wissen, Ihrem Vater passiert nichts."

Ich drücke einem ziemlich verblüfft wirkenden Chase Darling Eimer, Besen und Kehrschaufel in die Hände und verschwinde dann auf die Terrasse.

„Was machst du denn hier?", blafft Mr. Darling mich an. Seine Worte sind schwer zu verstehen, aber ich habe mich irgendwie eingewöhnt und verstehe ihn mittlerweile besser, als seine Söhne es tun.

„Ich genieße ein bisschen die Sonne. Ihr Sohn hat sich dazu bereiterklärt, das kleine Malheur zu beseitigen, das Sie an Wand und Boden hinterlassen haben, während ich bei Ihnen nach dem Rechten schaue."

„Chase?", fragt Mr Darling nach und ich nicke.

Dann passiert etwas Unglaubliches.

Mr. Darling fängt an zu lachen, so lange und haltlos, dass ich mir beinahe Sorgen um ihn mache.

Chase

Ich würde lügen, wenn ich behaupten würde, dass die Geschäfte momentan schlecht laufen – denn das tun sie nie. Allein unsere Hotelkette hat fabelhafte Gewinne zu verzeichnen, und es ist nicht gelogen, wenn ich behaupte, uns gehört der halbe Ort. Verdammt, er ist sogar nach unserer Familie benannt, weil wir schon seit Generationen hier sind, den Ort sozusagen mitgegründet haben. Wenn nicht jemand absolut fatale Fehlentscheidungen trifft, wird meine Familie immer mehr als genug Geld haben. Aber ich hasse es, wenn irgendetwas nicht so läuft, wie es sollte, und unsere Abteilung für Eheringe wirft nicht das Gewünschte ab und ich komme nicht dahinter, wo der Fehler liegt. Die Sparte ist noch relativ neu, denn Eheringe sind eine ganz eigene Abteilung, wenn es um die Herstellung und den Verkauf von Schmuck geht, und wir haben uns bisher eher auf Verlobungsringe und Geschenke konzentriert. Dinge, die reiche Männer ihren Frauen oder Geliebten schenken. Hübschen, teuren Firlefanz mit hochwertigen Materialien. Schmuck, den man gerne weitervererbt und mit dem man unter dem Weihnachtsbaum angeben kann, alles verpackt in himmelblaue Schächtelchen mit einem Goldrand, die typisch für *Darling Jewelery* sind. So typisch, dass wir uns Dads Design haben schützen lassen.

Die Sache mit den Eheringen allerdings treibt mich in den Wahnsinn.

Dad hat im letzten Jahr eine kleine Firma aufgekauft,

die sich auf Eheringe spezialisiert hat. Maßanfertigungen, die keinen Wunsch offenlassen, und um ehrlich zu sein, bin ich dagegen gewesen – denn das ist sonst überhaupt nicht unser Ding. Der Schmuck, den *Darling Jewelery* produziert, ist kostspielig und hochwertig. Aber wir vermarkten ihn weltweit und leben von der Bekanntheit unserer Marke, nicht davon, dass wir aufwendige Sonderanfertigungen erstellen.

Doch mein Dad hat auf den Kauf der kleinen Firma in der Nähe von Boston bestanden. Wahrscheinlich ist er auf seine alten Tage weich und nostalgisch geworden, denn im Grunde seines Herzens hat er immer an die Ehe geglaubt. Auch wenn er und meine Mom bereits seit vielen Jahren geschieden sind, was vor allem daran lag, dass er mehr mit seinem Job als mit ihr verheiratet war. Das wurde ihr irgendwann zu bunt, und sie hat sich ihre Sachen geschnappt und ist ausgezogen, während meine Brüder und ich mit unserem Vater in diesem riesigen Haus allein zurückgeblieben sind. Okay, mit ihm und einem Haufen an Personal sowie ganzen Heerscharen von Kindermädchen.

Vielleicht war es nicht die unbeschwerteste Kindheit der Welt. Aber es war immer okay. Unser Dad ist speziell. Allerdings ist er noch deutlich spezieller geworden, seit er vor ein paar Monaten einen Schlaganfall bekommen hat.

Dass er körperlich nun zu vielen Dingen nicht mehr in der Lage ist, hat ihn auch psychisch verändert.

Ich bücke mich und räume zähneknirschend die Scherben weg.

Etwas Derartiges wäre früher niemals passiert. Natürlich konnte er schon immer aufbrausend sein, manchmal auch etwas jähzornig, aber er hätte niemals einen vollen Teller nach jemandem geworfen.

Wobei ich es ihm im Fall von Matilda Rose Howards nicht mal übelnehmen kann.

Die Frau ist eine echte Landplage! Ich frage mich, wie ihr Elternhaus ausgesehen haben muss, dass sie derlei wenig Manieren an den Tag legt und kaum Respekt gegenüber ihrem Arbeitgeber zeigt.

Ich hätte sie längst wieder hinausgeworfen, aber sie weiß, dass ich das nicht tun werde, solange sie sich nichts Schwerwiegendes zuschulden kommen lässt. Sie ist die erste Pflegerin, die es mehr als zwei Wochen hier aushält, und das, obwohl mein Vater sich wirklich von seiner schlimmsten Seite zeigt.

Ich habe sie überprüfen lassen, so wie alle Angestellten, die im Haus arbeiten.

Offenkundig hat sie ein abgebrochenes Studium und daraus resultierende Schulden, wahrscheinlich ist sie auf diesen Job einfach angewiesen.

Das Dumme ist nur, sie weiß, dass wir auch auf sie angewiesen sind.

Und das nutzt sie schamlos aus.

Nachdem ich den gröbsten Dreck weggeräumt habe – ich bin nicht gut in solchen Sachen –, gehe ich nach draußen, um nach meinem Dad zu sehen.

Matilda Rose sitzt in seiner Nähe und liest ein Buch. Sie hat völlig die Ruhe weg, als wäre niemals irgendetwas geschehen.

Ihr Haar ist beinahe unanständig rot und im Schein der Abendsonne leuchtet es wie Feuer. Die Sonne scheint ihren wahren Charakter zutage zu bringen, denn Ms. Howards mag auf den ersten Blick klein und zierlich wirken, beinahe ein wenig hilflos, aber in Wirklichkeit ist sie eine Hexe, die nur tut, was sie für richtig hält.

Dad dreht den Kopf in meine Richtung, als er meine Schritte hört, und nachdem er mich entdeckt hat, tritt ein ziemlich schiefes Grinsen auf sein Gesicht. Es ist vor allem deshalb derart schief, weil er die rechte Gesichtshälfte nicht mehr richtig bewegen kann.

Aber diese Grimasse kommt einem Lächeln am nächsten.

Er fragt mich irgendetwas, was ich nicht verstehe, und ich schaue hilfesuchend Matilda Rose an. Sie seufzt, als wäre ich ein bisschen schwer von Begriff.

„Er hat sie gefragt, ob bei Ihnen alles okay ist!“, dolmetscht sie für mich und klappt ihr Buch zu. Ich habe keine Ahnung, wie sie es anstellt, dass sie meinen Vater versteht, denn trotz einer Logopädin, die wir eingestellt haben, um ihm beim Sprechen zu helfen, ist seine Aussprache seit dem Schlaganfall noch immer völlig unverständlich. „Vielleicht sollten Sie sich mehr mit Ihrem Vater beschäftigen, dann könnten Sie auch verstehen, was er sagt. So schwer ist das nicht …“ Matilda Rose steht auf und geht ins Haus, um uns hier allein zurückzulassen.

Schlechtes Gewissen macht sich in mir breit, denn wahrscheinlich hat sie recht – aber ich habe einfach keine Zeit für solche Dinge. Ich muss mich ums Geschäft kümmern. Und das ist auch genau das, was mein Vater von mir erwartet. Er hat es all die Jahre lang genauso gemacht: Sein Leben galt in erster Linie immer dem Geschäft. Warum also sollte ich es jetzt anders handhaben?

„Ich bringe dich rein, Dad. In zehn Minuten kommt Jackson und macht dich fertig für die Nacht.“

Mein Vater nuschelt irgendetwas, aber ich kann ihn leider nicht verstehen, und da Matilda Rose nicht auffindbar ist – ihr Feierabend ist ihr ohnehin merkwürdig heilig –, habe ich auch niemanden, der für mich übersetzen könnte.

Also tätschle ich meinem Dad nur die Schulter und schiebe ihn anschließend in sein Zimmer, wo Jackson bereits auf ihn wartet.

2

Matilda Rose

Ich hasse den Spätsommer.

Nein, eigentlich stimmt das gar nicht. Früher habe ich diese Zeit im Jahr geliebt. Aber im Moment erinnert mich alles an die Woche, in der ich meine Eltern das letzte Mal getroffen habe.

Das milde Wetter, dieses ganz bestimmte Licht, das es nur zu dieser Jahreszeit gibt – all das macht mich traurig.

Diese Woche sind sie zwei Jahre tot.

Das klingt immer noch seltsam für mich.

Ich fühle mich einsam ohne Mom und Dad. Sie waren die vielen Jahre meiner Kindheit und Jugend meine einzige Konstante im Leben. Natürlich hatte ich Freunde, aber nie sehr lange, denn bevor sich eine wirklich enge

Freundschaft entwickeln konnte, sind wir meistens schon längst weitergezogen. Dazu kamen sprachliche und kulturelle Hindernisse, Dinge, die es eben gibt, wenn man sich in einem Dorf irgendwo in Afrika, einer verarmten Kleinstadt in Indien oder einer Insel in der Karibik aufhält, wo die eigenen Eltern Menschen medizinisch behandeln, die sich sonst niemals eine Behandlung hätten leisten können. Ich weiß, dass es beinahe melodramatisch klingt, aber sie haben unzähligen Menschen das Leben gerettet und ich bin unglaublich stolz auf das, was sie geleistet haben.

Meine Eltern waren in dieser Zeit alles für mich. Vertrauenspersonen, Bezugspersonen, Spielgefährten, Lehrer – die Dinge, die sonst andere Menschen im Leben eines Kindes übernehmen, haben sie übernommen.

Es waren spannende, aufregende und lehrreiche Zeiten. Zumindest teilweise und mehr als einmal habe ich mir eine Kindheit gewünscht, so wie ich sie bei meinen Cousins und Cousinen erlebt habe, wenn ich zu Besuch war. Mit einer einzigen Schule, zu der man geht, mit Freunden, mit Hobbys, mit einem kleinen Haus und einem eigenen Zimmer. Und in Sicherheit. In der Sicherheit eines Landes, in dem es keine Kriege gibt, keine sich bekämpfenden, marodierenden Banden, die das Sagen über die gesamte Umgebung haben. Ein Leben mit weniger Angst und mehr Konstanten.

Ich weiß, dass es meinen Cousins und Cousinen anders ging, sie haben sich nach den Abenteuern gesehnt, die ich erlebt habe, danach, neue Dinge kennenzulernen, danach, im Leben etwas zu sehen.

Wahrscheinlich sehnt man sich immer nach den Dingen, die man nicht hat.

Denn in den letzten Jahren habe ich mir mehr als

einmal mein altes Leben zurückgewünscht. Und vor allem habe ich mir meine Eltern zurückgewünscht.

Jeden Tag wünsche ich mir, die aufgeregte Stimme meiner Mom am Telefon zu hören, wenn sie mir von dem neuen medizinischen Zentrum erzählt, das sie gerade gegründet haben. Ich vermisse meinen Dad, der mich fragt, ob ich genug gegessen habe und mich darauf hinweist, wie ungesund Fastfood ist. An manchen Tagen kann ich es kaum ertragen, dass sie nicht mehr da sind.

Gestern habe ich Chase Darling belauscht, der sich mit einem seiner Brüder darüber unterhalten hat, ob es nicht besser gewesen wäre, wenn ihr Dad den Schlaganfall nicht überlebt hätte. Ich bin mir fast sicher, dass Mr. Darling diesen Gedanken auch schon des Öfteren hatte. Er ist ein stolzer Mann und er hasst es, von anderen abhängig zu sein, was ich wirklich verstehen kann. Aber ich glaube, sie sind sich nicht darüber bewusst, wie endgültig der Tod ist. Kein Herzschlag mehr, den man erlebt. Keinen Atemzug, den man mehr machen kann. Nie wieder den einmaligen Duft von verwelktem Laub riechen. Nie mehr lachen, nie mehr weinen. Nie mehr seine Liebsten berühren können, oder mit ihnen sprechen.

Nein, ich bin fest davon überzeugt, dass Mr. Darling Glück hatte, jede Menge davon, denn man kann jeden Tag sehen, wie er sich ein kleines bisschen erholt. Klar, er wird wahrscheinlich nie mehr zu den Formen auflaufen, die er früher mal hatte, aber er lebt. Und wenn es das Schicksal gut mit ihm meint, dann wird er noch viele Jahre dieses Lebens vor sich haben. Und das ist ein Geschenk, ein wahnsinnig großes sogar, und es macht mich hilflos, traurig und wütend zugleich, wenn ich miterleben muss, dass weder er noch seine Söhne es auch nur im Geringsten zu schätzen wissen.

Das Leben kann so schnell vorbei sein und letztendlich sind es vor allem wir selbst, die bestimmen, ob wir in der Zeit, die wir haben, glücklich sind oder nicht, zumindest, sobald wir erwachsen sind und selbstbestimmt handeln können.

Ich sitze auf dem kleinen Balkon, der zu meiner Wohnung gehört, welche wiederum Teil des riesigen Anwesens der Darlings ist.

Ist das nicht absurd?

Eine Wohnung in dieser Größe wäre für meine Eltern und mich eine richtige Luxusunterkunft gewesen. Manchmal waren wir schon froh, wenn wir ein Zimmer hatten, in dem es kein Ungeziefer gab.

Aber für die Familie Darling ist es das, wo man das Personal drin unterbringt, weil man selbst sich niemals mit nur fünfzig Quadratmetern zufriedengeben würde.

Draußen knirschen Schritte über den Kies.

Ich sehe Jackson, Mr. Darlings zweiten Pfleger, denjenigen, der ihn wäscht, anzieht und ins Bett bringt, gerade vor der Tür stehen und eine Zigarette rauchen und dann in seinen Wagen steigen, um nach Hause zu fahren.

In den Ländern, in denen ich aufgewachsen bin, hätten sich die Angehörigen um solche Dinge gekümmert. Was ebenso viele Vor- wie Nachteile mit sich bringt, denn ich habe pflegebedürftige Menschen in erbärmlichen Zuständen gesehen. Teils aus Unwissenheit oder mangelnden Möglichkeiten, teils aus Überforderung oder mangelndem Willen. Und ich habe pflegende Angehörige erlebt, die kurz vor einem Zusammenbruch standen, weil sie mit der Situation völlig überfordert waren.

Zumindest wäre Mr. Darling nicht den ganzen Tag allein, nur in Begleitung einer Pflegerin, die nicht mal ausreichend qualifiziert ist.

Okay, streng genommen bin ich sogar überqualifiziert, denn mir fehlen bloß noch zwei Semester, um mein Medizinstudium abzuschließen – doch das ändert nichts daran, dass ich *keinen* Abschluss habe.

Den Darlings war es egal, sie waren ebenso verzweifelt wie ich.

Kurz nachdem der Pfleger weggefahren ist, verlässt auch Chase Darling das Haus.

Er trägt einen dunklen Anzug – manchmal glaube ich, er ist mit den Dingern irgendeine merkwürdige Symbiose eingegangen – und steigt in seinen schicken Wagen, den er gerne vor dem Haus parkt. Obwohl es eine Garage dafür gibt, in der ein ganzer Fuhrpark Platz hat. Außerdem gibt es auch noch eine zweite Garage, in der die Fahrzeuge des Personals untergebracht werden. Mein eigenes Auto, ein in die Jahre gekommener Toyota Corolla, steht dort ebenfalls. Er war mal rot, aber mittlerweile ist seine Farbe zu einem undefinierbaren Etwas verblasst. Ich mag die alte Karre trotzdem, vielleicht auch, weil mir vorher nie ein eigenes Auto zur Verfügung gestanden hat, doch hier im Ort ist man auf ein Auto angewiesen, denn wir liegen irgendwo im Nirgendwo.

Ich schenke mir ein Glas Wein ein, schließlich bin ich für den Rest des Tages nicht mehr im Dienst, auch wenn Chase anscheinend davon ausgeht, denn sein Vater ist jetzt völlig allein im großen Haupthaus. Ich vermute, Chase weiß sehr genau, dass ich meine Patienten niemals in Gefahr bringen würde, und nutzt das schamlos aus. Vielleicht hat er vergessen, dass er derjenige ist, der heute Nacht den Aufpasser spielen muss, oder er hat die Verantwortung einem seiner Brüder übertragen – aber mich hat niemand informiert.

Seufzend schnappe ich mir Buch und Wein und verziehe mich auf die untere Terrasse.

Ich habe keine Ahnung, ob diese fürs Personal überhaupt vorgesehen ist, doch hier bekomme ich wesentlich schneller mit, wenn etwas mit Mr. Darling nicht stimmen sollte als in meinem Zimmer, auch wenn es einen Alarm gibt, den mein Patient auslösen kann. Dafür gibt es zwar ein mobiles Empfangsgerät, das ich normalerweise mit auf mein Zimmer nehme, aber da ich heute Nacht eigentlich keinen Dienst habe, habe ich es an Chase abgegeben – und keine Ahnung, wo es nun ist.

Wahrscheinlich bin ich übervorsichtig. Ziemlich sicher sogar. Es ist immer noch besser, wenn ich da bin und aufpasse, obwohl es nicht nötig gewesen wäre, als wenn hinterher etwas passiert.

Obendrein ist die Terrasse wunderschön und ich halte mich gerne hier auf.

Chase

DIE TÜR STEHT OFFEN, als ich nach Hause komme.

Nicht die Haustür, Bruno Farruggio, unser Hausverwalter, achtet stets pingelig genau darauf, dass sie abgeschlossen ist, sondern die der Veranda. Dabei könnte ich schwören, ich habe sie vorher verschlossen, aber manchmal habe ich fast den Eindruck, es würde in diesem verdammten Haus spuken.

In diesem Fall muss ich allerdings feststellen, dass es

sich lediglich um einen Quälgeist handelt, denn als ich die Tür schließen will, entdecke ich Matilda Rose, die auf einem der Liegestühle liegt und schläft.

Ich seufze tief.

Ich habe keine sonderliche Lust, sie zu wecken, weil mir nicht danach ist, heute noch mit irgendwem zu sprechen, und seien es auch nur ein paar Worte mit einer Angestellten. Trotzdem kann ich sie unmöglich hier draußen liegen lassen. Die Nächte werden immer kühler, und sollte sie sich erkälten und krank werden, haben wir ein ernsthaftes Problem, denn es gibt keine Vertretung für sie.

Ich räuspere mich, in der Hoffnung, das Geräusch genügt, um sie aufzuwecken, aber sie reagiert nicht.

„Ms. Howards!“, sage ich, aber es erfolgt nach wie vor keine Reaktion.

Also beuge ich mich über die, so nah, dass ich ihren süßen Duft einatmen kann. Ich habe keine Ahnung, was sie benutzt, ob ein Parfüm oder eine spezielle Bodylotion, aber sie riecht nach einem orientalischen Gewürzmarkt in Kombination mit einem Spaziergang durch einen blühenden Park.

Ich verdrehe über mich selbst die Augen, weil ich derart schwulstigen Mist denke. Ich habe wirklich keine Zeit für so etwas.

„Matilda Rose!“, sage ich und rüttle sanft an ihrer Schulter, um sie nicht zu erschrecken. Trotzdem ist sie plötzlich von null auf hundert wach. Sie reißt ihre Augen weit auf und schreckt aus dem Schlaf hoch. Ihre heftige Bewegung lässt mich zurückfahren.

„Sie sind eingeschlafen!“, erkläre ich ihr überflüssigerweise, sobald ich den Eindruck habe, dass sie ihre Umgebung wieder halbwegs klar wahrnimmt. Ich will lieber gar nicht wissen, was sie geträumt haben mag. Sie sieht mich mit einer Mischung aus Erleichterung und Scham an. Ich glaube, sie hatte jemand anderes erwartet, aber nun ist sie froh, dass nur ich es bin. Gleichzeitig ist es ihr unangenehm, Schwäche gezeigt zu haben.

Dabei freuen sich Frauen normalerweise durchaus, wenn ich in ihrer Nähe bin, Ms. Howards scheint da allerdings eine Ausnahme zu bilden.

Mir soll es recht sein.

Es war noch nie eine gute Idee, etwas mit dem Personal anzufangen, obendrein ist sie gar nicht mein Typ. Ich stehe auf Frauen, die mir keine Vorwürfe machen, denn davon mache ich mir selbst schon genug.

„Sorry!“, murmelt sie jetzt und hält sich die Hand vor den Mund, weil sie gähnen muss. „Ich wollte Sie nicht mit meiner späten Anwesenheit belästigen, aber es war niemand für Ihren Vater in Rufweite.“ Dann steht sie auf und geht rein, die Decke, die sie benutzt hat, lässt sie dabei liegen.

Ich falte sie zusammen und packe sie in die dafür vorgesehene Box auf der Veranda, weil ich es hasse, wenn irgendwo etwas herumliegt.

Dabei steigt mir erneut Matilda Rose‘ Duft in die Nase und ich erwische mich dabei, wie ich einen kurzen Moment an der Decke schnuppere.

Vielleicht sollte ich sie fragen, wo dieser Duft herkommt, denn ich bin immer auf der Suche nach exklusiven Geschenken, die ich meinen Freundinnen machen kann, und auch wenn ich gerade Single bin, bin ich gerne vorbereitet.

Wahrscheinlich würde sie mir nicht antworten, sondern mich nur auf diese überhebliche Art mustern – als wäre sie etwas Besseres als ich. Und das, obwohl ich derjenige bin, der ihren Gehaltscheck ausstellt, nicht umgekehrt. Nicht, dass ich mich ausführlicher mit ihr beschäftigt hätte, außer einem abgebrochenen Medizinstudium und einer wilden Jugend in Afrika und Asien hat sie es bisher nicht weit gebracht. Aber ich habe bereits vor Jahren damit aufgehört, viel auf die Meinung anderer Leute zu geben, insofern kann sie mich ansehen, wie immer sie will – es interessiert mich einfach nicht.

Ich schließe die Tür und verriegle sie, bevor ich die Alarmanlage aktiviere und mich in mein Büro zurückziehe. Die Nacht hat gerade erst angefangen und ich habe bis morgen früh noch mehr als genug Arbeit vor mir. In den Abendstunden weit nach Feierabend, wenn die Leute alle zu Hause sind und ihre Freizeit genießen, essen oder längst schlafen, schaffe ich meist, das Wichtigste zu erledigen. Dann ruft mich niemand mehr an und reißt mich aus meiner Konzentration. Obendrein bin ich persönlich der Meinung, dass Schlaf ohnehin überbewertet wird, ich jedenfalls brauche nicht viel davon, um mich am nächsten Tag wieder fit zu fühlen.

3

Matilda Rose

Meine Tage hier bestehen aus den ewig selben Abläufen.

Morgens warte ich darauf, dass Jackson herkommt, um sich um Mr. Darling zu kümmern, ihn zu waschen, ihn anzuziehen, ihn in den Rollstuhl zu setzen. Außerdem kontrolliert Jackson immer die Medikamente, die ich bereits hergerichtet habe, als wäre ich zu dumm, mich fehlerfrei darum zu kümmern. Ich bin mir sicher, er hat diesbezüglich genaue Anweisungen erhalten, aber ich habe nie mit ihm darüber gesprochen – Mr. Darlings Pfleger spricht nicht gern. Er macht seinen Job und verschwindet dann wieder.

Sobald Mr. Darling angezogen ist, gebe ich ihm seine Thrombosespritze, bringe ihn in den großen Salon und reiche ihm sein Frühstück, das in der Regel Karlie für ihn vorbereitet.

„Ich kann nicht verstehen, warum er nicht im Familienzimmer isst!“, sage ich, während ich darauf warte, dass sie das Rührei fertig macht und auf einem Teller anrichtet. Dazu gibt es Porridge mit Salz und Butter sowie kleingeschnittenem Bacon, damit man nichts kauen muss, weil Mr. Darling damit noch Probleme hat.

Karlie zuckt mit den Schultern.

„Ich habe mich das schon immer gefragt, denn die Familie hat das Familienzimmer die letzten Jahre kaum benutzt. Höchstens, wenn die Jungs allein gegessen haben.“ Sie streut etwas Schnittlauch über das Rührei. „Früher, als Mrs. Darling noch hier gelebt hat, war das anders. Da traf man sich im Salon einzig für offizielle Veranstaltungen. Immer dann, wenn Gäste kamen. Eigentlich ist es zu groß, um dort allein oder nur mit Chase und Matteo zu sitzen.“

Allerdings! Und ich bin jedes Mal froh darüber, dass sie sich wenigstens dazu entschlossen haben, nicht beide an den Stirnseiten Platz zu nehmen. Sonst wäre es wie in den schlechten Filmen, in denen man sich anschreien muss, um überhaupt noch ein Wort voneinander zu verstehen. Wobei es in diesem Haus nichts mehr gibt, über das ich mich wundern würde, und ich bezweifle, dass sich die Darlings je viel beim Essen unterhalten haben. Auch früher nicht, vor Mr. Darlings Schlaganfall. Ich glaube, ich habe noch keine Familie kennengelernt, in der derart wenig Herzlichkeit untereinander geherrscht hat wie in dieser.

Mrs. Darling, die *geschiedene* Mrs. Darling, soll ungleich warmherziger gewesen sein, aber bisher habe ich sie noch nicht offiziell kennengelernt, insofern kann ich nicht sehr viel dazu sagen. Dabei ist sie diejenige, die mich eingestellt hat, aber ein wirkliches Vorstellungsgespräch gab es nie. Ich habe sie nur einmal kurz gesehen, als sie gerade das Haus verlassen hat.

„Es tut mir immer leid, dass er sein gewohntes Frühstück nicht mehr essen kann. Früher hat er stets auf Eggs Benedict oder ein Clubsandwich bestanden und dazu gab es einen Obstsalat."

„Eine merkwürdige Kombination!" Aber Chase Darling scheint dieselben Vorlieben für merkwürdiges Essen zu haben. Er isst das gleiche Frühstück wie sein Vater früher. Ich schnuppere am Porridge, der für mich absolut köstlich riecht, aber ich bin, was Essen angeht, alles andere als wählerisch.

„Kommst du gleich auf einen Kaffee vorbei?", fragt Karlie mich und ich nicke.

„Sobald ich Mr. Darling beim Frühstück geholfen habe." Danach kommt Chase. Er nimmt heute sein eigenes Frühstück dort ein, wobei er Mr. Darling Gesellschaft leistet, und ich werde für die nächsten zwanzig Minuten nicht gebraucht. Oft frühstückt Chase auch im Büro. Die beiden Männer frühstücken nacheinander, was ich ein wenig seltsam finde, aber Karlie hat erzählt, dass sie nach Mr. Darlings Schlaganfall damit begonnen haben, weil er seitdem Probleme mit der Mundmotorik hat und ihm manchmal Nahrung herausfällt. Chase meinte, es wäre seinem Dad unangenehm, in Gesellschaft zu essen, aber ich frage mich, ob nicht eher er selbst ein Problem damit hat. Jemandem, der kein Kleinkind mehr ist, dabei zuzusehen, wie ihm bereits eingespeicheltes Essen aus dem Mund fällt, ist kein sonderlich angenehmer Anblick und ich stelle es mir hart vor, den eigenen Vater so zu sehen.

Selbst beim sonntäglichen Familienessen nimmt Mr.

Darling seine Mahlzeit vorher ein, und wenn die Brüder dann alle am Tisch sitzen, hüllen sie sich in Schweigen. Es ist ein Trauerspiel. Ich möchte wetten, dass es Friedhöfe gibt, auf denen mehr Leben tobt als im großen Salon der Darlings.

In diesem Haus gibt es drei Zeiteinheiten: die Zeit vor Mrs. Darlings Auszug, die Zeit dazwischen und die Zeit nach Mr. Darlings Schlaganfall.

„Mrs. Darling ist solch eine warmherzige Frau!“, erzählt mir Karlie, als ich später bei ihr in der Küche sitze. Ich habe mich ebenfalls für Porridge entschieden, ohne den Speck, dafür mit eingerührtem Obstsalat, obwohl ich mir sicher bin, Karlie hätte mir auch jeden anderen Frühstückswunsch erfüllt. „Und ich glaube, Mr. Darling hat sie aufrichtig geliebt. Leider liebte er seinen Job noch mehr als seine Frau. All die vielen Geschäfte …“ Karlie wedelt mit der Hand hin und her, als würde sie die ganze Welt miteinschließen wollen. „Er hatte einfach keine Zeit für seine Frau. Und sie ist jeden Tag ein bisschen blasser und ein bisschen stiller geworden. Sie kommt selbst aus ziemlich wohlhabenden Verhältnissen, sie ist intelligent und tüchtig. Mr. Darling wollte aber nicht, dass sie sich einen Job sucht, und die vielen Wohltätigkeitsveranstaltungen, die es gab, haben nicht ausgereicht, um sie beschäftigt zu halten.“ Karlie zuckt mit den Schultern. „Natürlich hatte sie die Jungs, aber Mr. Darling hat darauf bestanden, dass sie ein Kindermädchen einstellen, als die Jungs noch kleiner waren, damit seine Frau ihn jederzeit zu Geschäftsessen oder anderen Terminen begleiten kann. Als die Jungs größer waren, sind sie ins Internat gekommen. Ich glaube, in dieser Zeit ist Mrs. Darling erst richtig bewusst geworden, wie einsam sie eigentlich ist.“

„Hatte sie keine Freundinnen?“, frage ich und nippe an meinem Kaffee.

Karlie schnaubt.

„Ich glaube manchmal, dass es in diesen Gesellschaftsschichten so etwas wie wahre Freundschaft nicht mehr gibt. Es gibt nur noch Geschäftsbeziehungen und Zweckgemeinschaften. Es ist wirklich traurig.“

„Und dann ist Mrs. Darling irgendwann ausgezogen?“

„Ja, eines Tages hat sie es nicht mehr ausgehalten. Und hier konnte sie nicht bleiben, das Anwesen ist seit seiner Erbauung in Familienbesitz. Wenn die Jungs in den Ferien nach Hause kamen, waren sie mal in *Darling Manor* und mal bei ihrer Mutter. Aber sie wohnt nicht so komfortabel wie hier. Natürlich wohnt sie wunderschön, ich könnte mir etwas Derartiges niemals leisten, egal, wie viel Geld ich spare. Aber das Haus bietet einfach nicht denselben Luxus wie hier. Kein Pool, kein großer Garten, keine unzählbaren Autos in der Garage. Ich glaube, die Jungs haben sich immer zu diesem Haus zugehörig gefühlt. Dieses Haus ... Es macht irgendetwas mit den Männern, die darin wohnen“, teilt Karlie mir jetzt im Flüsterton mit und klingt dabei überzeugt genug, dass mir ein kalter Schauer den Rücken hinunterläuft. Und ich bin wirklich nicht leicht zu beeindrucken.

„Etwas wie ein Fluch?“, frage ich leise nach, und Karlie nickt, bevor sie sich bekreuzigt. Dabei ist sie nicht einmal katholisch, denn seit ich da bin, versucht sie mich dazu zu überreden, den Gottesdienst in ihrer methodistischen Kirche zu besuchen, aber ich lehne jedes Mal dankend ab. Trotzdem erwische ich mich dabei, mich ebenfalls bekreuzigen zu wollen.

Das Problem ist, dass ich ihr irgendwie glaube. Dieses Haus ist merkwürdig und die Männer darin sind es auch.

Machtvoll, anziehend, zerstörerisch – man kann sich ein Adjektiv aussuchen.

Ich weiß nicht, ob ich an Dinge wie Flüche glaube. Aber ich habe jede Menge Menschen in meinem Leben getroffen, die es getan haben, und die wenigsten von ihnen waren einfach dumm.

Ich habe unendlich viele Geschichten über solche Dinge gehört, derart viele, dass ich mich manchmal gefragt habe, ob sie wirklich alle Märchen sein können, auch wenn meine Eltern mit mir geschimpft haben, sobald ich etwas in der Art angedeutet habe. Sie waren eben Menschen der Wissenschaft. Aber ich glaube, dass es mehr gibt als nur harte Fakten auf dieser Welt.

Normalerweise würde ich um einen Ort wie diesen einen großen Bogen machen.

Es ist nicht die Art Leben, die ich zu führen gewohnt bin, schon allein, weil es hier viel zu viel Personal gibt.

Zwei Frauen, die sich ums Putzen, Aufräumen und die Wäsche kümmern, Karlie, die kocht und serviert, Bruno, der offiziell *Hausverwalter* heißt, aber eigentlich der Mann für alles ist, und natürlich noch Alfonso, den Gärtner und Mechaniker. So viele Leute für ein riesiges Haus, in dem eigentlich nur noch drei Personen dauerhaft leben, nämlich Chase, Matteo und Mr. Darling.

Okay, und natürlich Karlie, Bruno und ich – doch ich finde, wir zählen nicht richtig, weil wir ohne die Darlings nicht hier wären.

Das alles kommt mir in einem Ausmaß dekadent vor, dass ich es fast als unanständig empfinde.

Dennoch ist es die schnellste Möglichkeit für mich, genug Geld zusammenzubekommen, um mein Studium nächstes Semester wieder aufnehmen zu können, und ich habe das Gefühl, das meinen Eltern irgendwie schuldig zu sein.

Genau wie ich das Gefühl habe, es mir selbst schuldig zu sein. Die Semester, die bereits hinter mir liegen, waren voller harter Arbeit und es ist seit meiner Kindheit mein Traum, Ärztin zu werden.

4

Chase

„Wie kann es sein, dass Sie nicht wissen, wo er steckt?“ Ich brülle beinahe ins Telefon und zwinge mich dann selbst, mich zu mäßigen.

Die Sekretärin des Abteilungsleiters, der für die Branche mit den individuellen Eheringen zuständig ist, kann schließlich auch nichts dafür, dass ihr Boss nicht erreichbar ist.

Ich halte zwar viel davon, streng zu sein, wenn man Menschen anleitet und anführt, aber niemand arbeitet effektiver, nur weil er angebrüllt wird. Ein wenig Respekt darf es schon sein. Leider liegen meine Nerven in den letzten Wochen wirklich blank, und die Anwesenheit von

Matilda Rose in meinem Haus macht es auch nicht viel besser.

Sie scheint überall zu sein. Wo auch immer sie entlanggeht, erahnt man auch Stunden später noch den zarten Duft nach exotischen Gewürzen und nach Rosen. Dabei gehört sie gar nicht zu den Frauen, die von einer dicken Duftwolke umhüllt sind. Ich habe keine Ahnung, wie sie das anstellt. Es ist mir auch egal. Es zerrt an meinen Nerven. Am liebsten würde ich ihr verbieten, es zu benutzen. Allerdings käme ich mir albern dabei vor, außerdem habe ich manchmal das Gefühl, dass sie wie ein wildes Tier ist, dem man besser keine Schwäche zeigen sollte. Dass sie genau weiß, wie sehr wir auf sie angewiesen sind und diesen Umstand schamlos ausnutzt, beweist meine Theorie.

Meine Grandma, möge sie in Frieden ruhen, hätte einen Menschen wie Matilda Rose als *unzivilisiert* bezeichnet. Erstaunlicherweise hat Matilda Rose tadellose Tischmanieren und ist durchaus gebildet.

Genervt lege ich einen Stapel mit Unterlagen zur Seite, den ich mir gerade ansehen wollte, aber ich kann mich nicht konzentrieren. Selbst was das angeht, ist diese Frau eine echte Landplage. Sie spukt eindeutig zu oft in meinen Gedanken herum.

Gestern roch das ganze Zimmer meines Dads nach einem orientalischen Markt, weil sie ihm mit irgendeinem seltsamen Öl Hände, Kopf und Nacken massiert hatte. Das soll angeblich die Durchblutung fördern, Spannungen lösen, Entzündungen mildern und somit die Heilung vorantreiben.

Mein Dad hat die Augen verdreht, als Matilda Rose davon erzählt hat, aber gefallen lassen hat er es sich trotzdem.

„Caroline?“ Ich rufe nach meiner Assistentin. „Bitte

besorgen Sie mir Frühstück. Und hat der Gouverneur den Termin für heute Abend bereits bestätigt?"

Caroline ist nur wenige Sekunden später im Raum, wie immer akkurat gekleidet in Kostüm und mit hohen Schuhen. Ihr Haar hat sie streng nach hinten frisiert. Sie ist fast zehn Jahre jünger als ich, gerade mal Anfang zwanzig. Somit ist sie eigentlich zu jung für diesen Job, aber sie ist die Tochter eines Schmuckherstellers, dessen Geschäft wir vor ein paar Jahren aufgekauft haben, und ich fühle mich ihr gegenüber irgendwie verpflichtet. Zumal ihre Mom mit meiner Mom befreundet ist. Dass Caroline ihre Bluse meistens ein Stück weiter aufknöpft, als es schicklich wäre, und zu viel Make-up trägt, ignoriere ich, denn sie macht ihren Job ansonsten gut. Womöglich wäre sie mein Typ, wenn sie nicht meine Angestellte wäre, aber Beziehungen am Arbeitsplatz kommen für mich wirklich nicht infrage.

„Dürfen es heute die Eggs Benedict oder lieber ein Clubsandwich sein, Sir?", fragt sie und ihre Augenlider flattern dabei, als wäre sie aufgeregt. Oder erregt. Oder eventuell muss sie auch nur niesen. Caroline sieht ziemlich oft so aus, und ich kann es nie richtig zuordnen, was mich sehr irritiert.

„Ich nehme das Clubsandwich, bitte. Und dazu einen kleinen Obstsalat."

„Ich gebe Ihre Bestellung sofort auf, Sir!"

Sie wird Karlie anrufen, die das Ganze fertigstellt, damit Caroline es abholen kann. Es ist praktisch, wenn man die Bürogebäude auf demselben Grundstück wie das Wohngebäude hat, denn Karlie macht einfach das beste Essen weit und breit.

„Danke, Caroline. Was ist mit dem Gouverneur?"

„Er hat den Termin vorhin bestätigt."

„Bestens. Das war es erst mal."

Caroline lächelt und nickt und beim Gehen spannt sich ihr Rock über ihrem Po. Ich frage mich, ob sie das wohl weiß, aber ich gehe davon aus, dass sie sich dessen bewusst ist. Sie ist nicht dumm. Und trotzdem sucht sie beinahe verzweifelt nach einem reichen Ehemann, was ich nicht verstehen kann. Warum macht ein Mensch nicht mehr aus seinem Leben?

Wahrscheinlich ist das ein wenig scheinheilig von mir, denn ich bin quasi mit dem berühmten goldenen Löffel im Mund geboren worden. Andererseits hat unser Dad uns nie etwas geschenkt, wenn es um unseren beruflichen Werdegang ging, und ich sitze heute nicht nur hinter diesem Schreibtisch, weil ich der Sohn meines Vaters bin, sondern auch, weil mich viel harte Arbeit hierhergeführt hat. Ich kann faule Menschen nicht leiden, und sich einen reichen Ehemann zu suchen, ist in meinen Augen nicht das Ziel, das eine Frau heutzutage erstrebenswert finden sollte, um sich abzusichern. Ich schließe an dieser Stelle die Frauen aus den letzten Jahrhunderten explizit aus, sie hatten damals wohl kaum eine andere Möglichkeit. Aber selbst, wenn ich an meine Mom denke, so sehr ich sie auch liebe, werde ich niemals verstehen, warum sie es vorgezogen hat, vom Geld meines Vaters zu leben. Das tut sie bis heute, statt sich etwas Eigenes zu suchen. Das Organisieren von Wohltätigkeitsveranstaltungen sowie eine Mitgliedschaft im Country Club ist wohl kaum etwas, das man landläufig als harte Arbeit bezeichnen würde. Auch wenn meine Mutter das anders sehen mag.

Matilda Rose

HEUTE LISTET Chase seinem Vater keine Gesellschaft am Morgen, da sein Physiotherapeut bei ihm ist.

Seit unserem kleinen Zwischenfall mit dem geworfenen Teller bekommt Mr. Darling keine Anfälle mehr deswegen und auch die Logopädin hat mir berichtet, unser Patient würde mittlerweile halbwegs willig mitarbeiten.

Das ist wirklich viel wert, denn es wird ihm helfen, schneller seine alten Fähigkeiten zurückzuerlangen.

Diese Familie hat mehr als genug Geld, um alle Therapien zu zahlen, die irgendwie helfen können, doch nichts davon wirkt, wenn der entsprechende Patient unwillig ist.

Möglich, dass er bloß keine weiteren Vorträge von mir hören will, ich habe ihn wochenlang zermürbt. Oder er wollte nicht, dass ich ihn noch einmal mit einem trotzigen Kleinkind vergleiche. Egal, was geholfen hat, ich hoffe, es bleibt dabei.

Wenn der Physiotherapeut morgens vorbeikommt, dann frühstückt Chase in seinem Büro und seine Assistentin Caroline holt ihm das Frühstück aus der Küche.

Ich weiß das, allerdings habe ich mich heute mit Karlie verquatscht.

Normalerweise vermeide ich es, Chase' Assistentin über den Weg zu laufen, aber ich werde auch bestimmt nicht vor ihr abhauen.

Sie gehört zu der Art von Frau, die jedes andere weibliche Wesen in ihrem Alter als unmittelbare Konkurrenz für was auch immer ansieht. Leider hat sie anscheinend nicht begriffen, dass das völliger Blödsinn ist und auf die Dauer schrecklich paranoid machen dürfte. Zum anderen ist es wesentlich cleverer, sich mit der potenziellen Konkurrenz anzufreunden, statt ihr offene Feindschaft entgegenzubringen, vor allem, wenn man noch gar nicht weiß, ob es sich überhaupt um Konkurrenz handelt.

„Hast du mal wieder nichts zu tun?“, fragt sie mich und zieht eine perfekt gezupfte Augenbraue in die Höhe, als sie mich bei Karlie entdeckt.

„Mr. Darling ist gerade bei der Physiotherapie“, sage ich lächelnd, als würde ich mit einer Freundin sprechen. „Da ist meine Anwesenheit weder erforderlich noch erwünscht. Also leiste ich Karlie Gesellschaft. Wir haben Kaffee getrunken. Möchtest du auch einen?“

„Nein, danke! Ich habe zu tun. Ist das Frühstück für Chase fertig?“ Sie sagt immer Chase, wenn sie von ihm spricht, als würde sie ihn tatsächlich auch sonst beim Vornamen nennen, dabei weiß ich genau, dass sie Mr. Darling zu ihm sagt. Schon allein, weil sie seinen Nachnamen immer auf eine Art haucht, als wäre es wirklich ein Kose- und kein Familienname. Chase hingegen scheint für Carolines Schwärmereien blind zu sein. Aber ich glaube, er interessiert sich schlicht für nichts, das über seine Familie und sein Geschäft hinausgeht. Und für Caroline wahrscheinlich erst recht nicht, schon gar nicht auf die Art, auf die sie es vermutlich gerne hätte. Ich habe ein bisschen Mitleid mit ihr, denn jeder Blinde könnte sehen, dass sie furchtbar in Chase Darling verschossen ist, und unerwiderte Liebe kann einfach schrecklich wehtun. Wenn man in seinem Leben auch nur einmal selbst Liebeskummer hatte, dann weiß man das.

Trotzdem ist all das kein Grund, unfreundlich zu anderen Menschen zu sein und zu versuchen, sie schlechter zu machen, nur damit man sich selbst besser fühlt. Ich kann solche Menschen nicht ausstehen, aber weil ich keine Lust auf Streit habe und Caroline mich jedes Mal Nerven kostet, versuche ich unsere Begegnungen normalerweise auf ein

Minimum zu beschränken. Zum Glück ist sie nicht sehr oft hier, weil sie im Gebäude nebenan arbeitet, aber Chase schickt sie immer wieder für kleinere Aufträge ins Haus.

„Hier ist Mr. Chase‘ Frühstück!“, sagt Karlie und klingt dabei ein wenig atemlos. Ich muss manchmal lächeln, wenn sie ihn *Mr. Chase* nennt, als wären sie ein altes Adelsgeschlecht oder etwas in der Art, allerdings kommt ein royaler Status dem, wie die Familie vor Ort behandelt wird, tatsächlich ziemlich nahe.

„Danke. Ich hoffe, du hast an alles gedacht? Du weißt, wie er es hasst, wenn es nicht perfekt ist“, sagt Caroline jetzt zu Karlie und lässt damit vermutlich ihre Abneigung gegen mich an unserer armen Köchin aus.

„Natürlich!“, erwidert Karlie empört. „An meinem Essen liegt es bestimmt nicht, wenn Mr. Chase sich ärgert!“

Go for it, Karlie!

Ich muss lächeln und Caroline rümpft die Nase.

„Also dann, im Gegensatz zu euch habe ich noch eine Menge zu tun!“, sagt sie und stürmt aus der Küche.

„Das arme Ding!“ Karlie blickt ihr kopfschüttelnd hinterher. „Mr. Chase kann wirklich manchmal schwierig sein. Er ist ein anspruchsvoller Mann. Bestimmt ist Caroline damit überfordert.“

„Vielleicht!“, antworte ich ausweichend, denn ich komme mir mies dabei vor, wenn ich sage, dass meiner Meinung nach nur Carolines Persönlichkeit daran schuld ist, dass sie wirkt, als hätte sie … na ja. Eben eine beschissene Persönlichkeit.

Aber zum Glück muss ich das nicht weiter ausführen, denn es wird Zeit, Mr. Darling aus den Händen des Physiotherapeuten zu befreien. Oder umgekehrt. Da bin ich mir noch nicht ganz sicher.

5

Chase

„Soll ich Sie heute Abend begleiten, Mr. Darling?“, fragt Caroline mich und ich runzle die Stirn.

„Begleiten wohin?“

„Zu Ihrem Abendessen mit dem Gouverneur.“

Ich bin einen Moment lang derart perplex, dass ich nicht gleich antworte. Caroline hat mich noch nie zu einem Abendessen begleitet, und ich habe sie nie darum gebeten. Ich weiß, es ist teilweise üblich, seine Assistentin zu derartigen Terminen mitzunehmen, aber manche Abendessen sind nicht rein geschäftlich, sondern haben, wie heute, einen großen privaten Anteil. Wie gesagt – ich lasse mich niemals auf Angestellte ein und da ich weiß, dass sie mehr von mir will, ziehe ich die Grenze hier besonders klar.

„Nein, danke!“, sage ich. „Das überschreitet Ihren Aufgabenbereich als meine Assistentin deutlich. Und ich brauche auch keine Begleitung.“

„Es würde mir nichts ausmachen!“, sagt sie nun, und erneut blinzelt sie auf diese merkwürdige Art. Vielleicht muss sie auch dringend zur Toilette, und während andere in diesem Fall anfangen, nervös von einem Bein auf das andere zu zappeln, blinzelt Caroline? Das ergibt natürlich wenig Sinn, aber dieses Geblinzle irritiert mich maßlos.

„Danke. Ich brauche Sie nicht!“, erwidere ich, schroffer, als es geplant war, was dazu führt, dass sie nun die Augen weit aufreißt und ihre Unterlippe ein Stückchen vorschiebt, als wäre sie ein beleidigtes Kleinkind, das jeden Moment in Tränen ausbrechen wird.

Meine Güte.

Ich habe wirklich keine Zeit für solcherlei Dramen.

„Ich könnte Ihnen die Unterlagen heraussuchen, die Sie für die Bebauung des Grundstücks in Auftrag gegeben haben. Die Gutachten und so …“ Jetzt blinzelt sie wieder. „Und Sie Ihnen reichen, sobald Sie sie brauchen.“

„Sie können mir die Unterlagen einfach heraussuchen, auf meinen Schreibtisch legen und dann Feierabend machen. Der Gouverneur und ich tauschen heute Abend vertrauliche Informationen aus. Ich will niemanden dabeihaben. Ich brauche Sie erst morgen, Caroline.“

Sie schmollt erneut und ich ignoriere es. Wir sind schließlich nicht im Kindergarten, wo es belohnt wird, wenn man niedlich aussieht.

Ich verlasse das Büro und gehe zu Karlie in die Küche. Normalerweise hätte ich Caroline geschickt, um die Menüplanung für heute Abend mit Karlie zu besprechen, aber angesichts deren Laune lasse ich sie lieber allein im Büro und kehre erst dahin zurück, wenn sie weg ist.

Der Gouverneur ist verwitwet, seit seine Frau vor einigen Jahren verstorben ist. Eventuell ist das Carolines Intention dafür, mitkommen zu wollen. Er ist zwar alt genug, um ihr Vater zu sein, aber noch immer ein sehr attraktiver Mann. Allerdings glaube ich, dass er sich nichts aus Frauen macht, es aber geheim hält, um seine konservative Wählerschaft nicht zu verschrecken. Was im einundzwanzigsten Jahrhundert ziemlich traurig, wenn auch von seiner Seite aus nachvollziehbar ist. Ich bin mir nicht einmal sicher, ob seine Frau und er damals nicht eher eine Zweckgemeinschaft als eine Ehe hatten. Auch wenn ich glaube, er hat sie durchaus geliebt.

„Oh, Mr. Chase!“ Karlie dreht sich lächelnd zu mir um, als sie mich entdeckt. „Was kann ich für Sie tun?“ Sie arbeitet schon hier, seit ich ein kleiner Junge bin, und ich finde es nach wie vor merkwürdig, wenn sie mich *Mister* nennt.

„Mich Chase nennen!“, sage ich daher als Erstes. „Und ich bin hergekommen, um über das Menü für heute Abend zu sprechen.“

„Ich dachte an Hummersuppe als Vorspeise, Lammbraten mit Maronen und Kürbispüree als Hauptgang und zum Nachtisch eine klassische Crème Brûlée. Der Gouverneur liebt Creme Brûlée.“

„Das hört sich hervorragend an!“, sage ich zu Karlie und stibitze mir einen der Kekse, die sie gerade in eine Dose räumt. Sie serviert sie zum Kaffee, wenn unerwartet Gäste vorbeikommen. Lächelnd hält sie mir die ganze Dose hin. Ich liebe diese Kekse einfach, und sie weiß das genau.

„Kann ich sonst noch etwas für Sie tun, Mr. Chase?“, fragt sie mich und diesmal tadle ich sie nicht wegen meines Namens. Ich versuche seit Jahren, sie dazu zu bringen, mich wieder Chase zu nennen, aber sie ist diesbezüglich offenkundig sturer als ich.

„Nein, danke, das war alles.“

Seufzend verlasse ich die Küche. Ich schinde nur Zeit, weil ich Caroline nicht mehr über den Weg laufen will und ich kann erkennen, dass ihr Wagen nach wie vor auf dem Parkplatz neben dem Bürogebäude steht.

Vielleicht sollte ich ab morgen wieder dazu übergehen, in unserem Hauptsitz am Rand von Darling Harbour zu arbeiten. Meine dortige Sekretärin ist um die fünfzig und schneller weg, als ich den Satz zu Ende führen kann, wenn ich ihr sage, dass sie für heute Feierabend machen kann. Nicht, weil sie faul wäre, im Gegenteil, mir ist selten ein Mensch begegnet, der derart effektiv und fleißig arbeitet wie Frieda.

Doch seit Dad seinen Schlaganfall erlitten hat, bin ich lieber hier, damit ich vor Ort bin, falls es ihm schlechter gehen sollte oder es irgendwelche Probleme bezüglich seines Gesundheitszustandes gibt.

Ich seufze.

Schließlich straffe ich die Schultern.

Ich bin ein angesehener Geschäftsmann.

Ich werde mich mit Sicherheit nicht durch meine eigene Assistentin aus dem Büro vertreiben lassen.

Ich schaffe es, durch das Vorzimmer zu gehen, als Caroline gerade nicht anwesend ist, und verschanze mich dort, bis es Zeit wird, den Gouverneur in Empfang zu nehmen.

Matilda Rose

Mr. Darling besteht darauf, dass ich ihm abends helfe, einen Anzug anzuziehen, aber immerhin kann ich ihn überreden, die Krawatte wegzulassen, denn wie wir beide bereits festgestellt haben, bin ich nicht dazu fähig, einen anständigen doppelten Windsorknoten zu binden. Um genau zu sein, kann ich überhaupt keine Krawattenknoten binden.

„Es tut mir unendlich leid, Mr. Darling. Diese Fähigkeit habe ich in meinem Leben bisher nie benötigt."

„Könntest es ja lernen!", sagt er zu mir, und dann anschließend irgendetwas, das sich wie YouTube anhört, doch da bin ich mir nicht sicher. Wahrscheinlich will er mir mitteilen, dass es mittlerweile für alles Videos im Internet gibt.

„Vielleicht mache ich das sogar, wenn Sie aufhören, mit Ihrem Essen oder sonstigen Dingen nach mir zu werfen!", sage ich augenzwinkernd zu ihm.

Mr. Darling grummelt irgendetwas Unverständliches.

„Leider wird es mir heute Abend allerdings nicht mehr gelingen, meine Fertigkeiten bezüglich Krawattenknoten ausreichend aufzubauen, um Sie zufriedenzustellen. Wie wäre es, wenn Sie stattdessen ein Tuch nehmen?"

Ich hole eine der seidenen Halsbinden aus der Schublade, aber Mr. Darling verzieht unwirsch das Gesicht.

„Egal!", sagt er schließlich. „Sind spät dran!"

Tatsächlich sind wir das nicht, denn der Gast, den sein Sohn heute Abend erwartet, kommt erst in einer Viertelstunde, und es ist ja nicht so, als wäre der Weg, den wir dafür zurücklegen werden, sonderlich weit. Ich bin trotzdem erleichtert, weil ich nicht auch noch feststellen muss, wie kompliziert sich Männerhalstücher binden lassen, denn auch damit kenne ich mich nicht aus.

Also helfe ich Mr. Darling vom Bett auf und er setzt sich mit meiner Hilfe in den Rollstuhl. Das klappt in den letzten Tagen schon viel besser als vorher, ich finde ohnehin, dass er große Fortschritte macht, aber wenn ich ihm das erzähle, will er es nicht hören und sagt etwas von Krüppel und Kretin.

Und ich will wiederum nicht hören, wenn er derart schlecht über sich selbst spricht, weil mir das irgendwie wehtut.

Trotz all seiner schlechten Laune und dem miesen Benehmen, das er ab und an an den Tag legt, habe ich ihn ins Herz geschlossen. Ich glaube nicht, dass er ein schlechter Mensch ist. Sein Zustand ist einfach entsetzlich für ihn, obendrein ist er sehr, sehr einsam.

Dann fahre ich ihn in den großen Speisesaal, wo die Darlings ihre Gäste empfangen.

Chase steht dort am Fenster, und als er sich umdreht, runzelt er erstaunt die Stirn.

„Dad! Ich wusste gar nicht, dass du uns heute Abend Gesellschaft leisten willst.“ Chase ruft nach Karlie und bittet Sie, ein drittes Gedeck aufzulegen, und Mr. Darling gestikuliert wild, nachdem sie den Raum verlassen hat.

Manchmal fallen ihm die Worte nicht ein, die er sagen will.

„Nur hallo sagen!“, bringt er schließlich heraus und wirkt dabei ärgerlich und erleichtert zugleich.

Chase runzelt noch immer die Stirn.

„Ihr Vater möchte nicht am Essen teilnehmen, er will Ihren Gast lediglich begrüßen!“, dolmetsche ich, weil ich um Chase‘ Schwierigkeiten weiß, seinen Vater zu verstehen. Eigentlich sollte er auch wissen, dass Mr. Darling nicht mehr vor anderen isst. Vor seiner eigenen Familie nicht, und vor Fremden dementsprechend erst recht nicht. Aber ich habe wirklich keine Lust, ihn diesbezüglich zu belehren, vor allem nicht in Anwesenheit seines Vaters, der sich ohnehin genug für seinen Zustand schämt.

„Oh, okay. Das verstehe ich natürlich." Dann wendet sich Chase an mich. „Mein Vater und der Gouverneur kennen sich schon ewig. Dad war gut mit seinem Vater befreundet und Theodor ist so etwas wie ein Sohn für ihn."

„Verstehe!", sage ich und freue mich darüber, dass Mr. Darling an solchen Dingen langsam wieder Interesse zeigt. Als ich hergekommen bin, hatte ich manchmal den Eindruck, ihm war alles egal und er stand kurz davor, sich aufzugeben, aber irgendetwas scheint seinen Kampfgeist zumindest in Ansätzen wiederbelebt zu haben.

Ich werte das als Fortschritt.

Ich bin in meinem Leben vielen Menschen begegnet, die völlig am Ende schienen und sich aus purer Willenskraft anschließend erholt haben. Manchmal gibt es wirklich Wunder. Und auch wenn bei manchen Fällen selbst die größte Willenskraft nicht ausreicht, um den Kampf gegen eine Krankheit zu gewinnen, so geht es meiner Erfahrung nach doch niemals ohne. Insofern freue ich mich sehr, zu sehen, wie Mr. Darling zumindest langsam ins Leben zurückfindet.

Karlie kommt ins Zimmer, um hektisch ein drittes Gedeck auf den Tisch zu legen, und Chase setzt gerade an, ihr zu erklären, dass er es nicht braucht, als es an der Tür klingelt.

6

Chase

Ich werfe Matilda Rose und meinem Dad noch einen Blick zu, bevor ich verschwinde, um dem Gouverneur die Tür zu öffnen. Normalerweise übernimmt Mr. Farruggio diesen Job, aber ich möchte es so persönlich wie möglich halten, wenn Theodor mich besuchen kommt.

Es ist schön zu sehen, dass es Dad langsam besser zu gehen scheint, ich weiß allerdings trotzdem nicht, was ich von der Sache halten soll.

Der Gouverneur ist ein alter Freund der Familie und ihm ist längst bekannt, dass Dad einen schweren Schlaganfall hatte, dennoch versuchen wir nach außen zu verbergen, wie schlimm es tatsächlich um ihn steht.

Erfahrungsgemäß ist es besser, seinen Feinden gegenüber möglichst wenig Schwäche zu zeigen, und Feinde haben wir genug. Macht, Einfluss und Reichtum machen Menschen nicht unbedingt beliebt, und der ziemlich offensive Kauf von Firmen, die kurz vor der Pleite stehen, wahrscheinlich auch nicht.

Dabei bedenken manche Menschen gar nicht, was es bedeuten würde, wenn diese Firmen *nicht* aufgekauft werden würden. Ja, natürlich, wir entlassen anschließend Mitarbeiter, feuern teilweise die Vorstände, verändern Abläufe und Prozesse, mit denen nicht jeder zurechtkommt, manchmal kürzen wir die Löhne. Doch wenigstens erhalten wir Unmengen an Arbeitsplätzen, die ansonsten verloren wären.

Ich will *Darling Inc.* gar nicht als Heilige darstellen, das sind wir wahrlich nicht. Aber wir sind auch weit davon entfernt, die skrupellosen Teufel zu sein, für die uns manche halten.

Ich atme tief durch und öffne dann die Tür, setze ein Lächeln auf mein Gesicht, das nur halb ehrlich ist, weil ich mit meinen Gedanken nach wie vor bei meinem Dad und bei der Firma bin.

„Theodor!“, sage ich, und der Gouverneur zieht mich in eine kurze, männliche Umarmung, die nach teuren Zigarren und ebensolchem Aftershave duftet.

Sein Anzug sitzt tadellos, allerdings trägt er keine Krawatte.

Dies hier ist ein Geschäftsessen, keine Frage, aber es ist auch Treffen unter alten Bekannten.

„Chase, mein Junge!“, sagt er zu mir, obwohl er zu jung ist, um mein Vater sein zu können. Er ist eher so etwas wie ein älterer Cousin und bloß fünfzehn Jahre älter als ich. „Wie geht es dir? Wie geht es deinem Dad?“

„Du kannst dich gleich selbst davon überzeugen, wie es

ihm geht. Er wartet im Salon auf dich und will dir kurz hallo sagen. Mit uns essen möchte er allerdings nicht."

„Oh!" Theodors Augen werden groß. „Es freut mich zu hören, dass er wieder auf den Beinen ist."

Ich berichtige seinen Irrtum nicht, erwähne nicht, dass mein Vater noch immer im Rollstuhl sitzt, er wird es ohnehin gleich selbst mitbekommen und ich hoffe, er wird nicht zu schockiert sein.

Doch Theodor ist ein Profi, was solche Dinge angeht, vielleicht hat er in seinem Leben auch einfach schon weitaus Schockierenderes erlebt.

„Clifford!", sagt er zu meinem Vater, der seine funktionierende linke Hand nach ihm ausstreckt. Theodor umgreift sie mit beiden Händen, wie er es manchmal macht. Er ist ein guter Händeschüttler, falls es so etwas gibt. „Ich freue mich sehr, dich zu sehen. Ich würde dir ja sagen, dass du gut aussiehst, aber wir beide wissen, dass du schon bessere Zeiten erlebt hast, und ich lüge nur ungern."

Mein Vater gibt ein bellendes Lachen von sich und der Gouverneur grinst breit. „Trotzdem verstehe ich nicht, warum dich deine Familie vor mir versteckt. Ich hatte mit wesentlich Schlimmerem gerechnet." Er mustert meinen Dad mit leicht schiefgelegtem Kopf. „Wie geht es dir, alter Freund?", fragt er schließlich, und es ist nicht nur als oberflächliche Frage gemeint. Theodor mag als Politiker oft diplomatisch geschickt sein und Interesse vorheucheln, wo er gar keines hat, aber er kann auch wirkliches, tiefes Mitgefühl für andere empfinden.

„Schon mal besser!", antwortet Dad und ausnahmsweise verstehe sogar ich ihn.

Theodor setzt sich zu ihm, zieht sich einen Stuhl heran und erzählt den neuesten Klatsch und Tratsch, so wie er es früher auch immer getan hat, wenn er uns besucht hat.

Dad scheint das in vollen Zügen zu genießen.

Es ist ein bisschen Normalität und dieses Treffen ist eine Art Hybriddinner aus einem Freundschaftsbesuch und einem geschäftlichen Termin. Näher an seine geliebte Arbeit ist mein Vater seit seinem Schlaganfall nicht mehr gekommen und er sieht heute besser aus als sonst. Was vielleicht auch daran liegt, dass er einen Anzug trägt, das nehme ich erst in diesem Moment richtig wahr.

Matilda Rose muss ihm damit geholfen haben. Die letzte Pflegerin hat darauf bestanden, dass wir Hosen mit Gummizug kaufen, weil diese einfach unkomplizierter wären. Wahrscheinlich hatte sie damit recht, aber jetzt, in Jackett und Stoffhose, wirkt mein Dad zum ersten Mal seit Wochen wieder ein wenig mehr wie er selbst.

Irgendwann wird er müde.

Ich sehe es an der Art, wie er den Kopf seitlich sinken lässt, und als würde Matilda Rose das irgendwie spüren, kommt sie in genau diesem Augenblick in den Raum, um meinen Dad abzuholen.

Theodors Augen werden groß, als er sie entdeckt.

„Tilda!", sagt er und steht auf. Zu meinem Erstaunen zieht er sie in eine feste Umarmung. Als er sich von ihr löst, haben sie beide Tränen in den Augen. „Was machst du hier, Mädchen?" Dann umarmt er sie noch einmal. „Ich habe das von deinen Eltern gehört, es tut mir wirklich sehr leid!" Und weil Theodor ein cleverer Bursche ist, fällt sein Blick nun auf den Tisch und er nimmt die drei Gedecke wahr, denn ich hatte keine Möglichkeit, Karlie mitzuteilen, dass sie eines wieder abräumen soll. „Isst du mit uns zu Abend?" Seine Aufmerksamkeit richtet sich auf mich. „Sie isst doch mit uns zu Abend, oder?"

„Ich, ähm, ich kümmere mich erst mal um Mr. Darling!", sagt Matilda Rose, als wüsste sie nicht, wie sie mit alldem umgehen soll. Dann greift sie nach dem Rollstuhl und der Blick meines Vaters heftet sich voller Erstaunen auf sie.

„Ist sie Cliffords Pflegerin?“, fragt Theodor mich, nachdem sie den Raum verlassen hat.

„Ja, wir haben sie eingestellt, nachdem die letzte gekündigt hat.“ Ich räuspere mich. „Mein Vater ist kein einfacher Patient.“

„Das denke ich mir. Es muss hart für ihn sein, dass er sein Leben auf einmal nicht mehr selbst in der Hand hat.“ Er schaut auf die Tür, durch die Matilda Rose und mein Vater gerade verschwunden sind. „Aber wenn jemand mit ihm fertig wird, ist es Tilda.“

„Es erstaunt mich, dass du sie kennst.“ Ich bedeute dem Gouverneur mit einer Geste, er möge sich bitte setzen, und nehme ihm gegenüber Platz. „Sie erscheint mir recht unkonventionell zu sein.“

„Was weißt du über sie?“, fragt Theodor. Er ist ein cleverer Kerl, der nicht mehr preisgeben will, als er muss.

„Abgebrochenes Medizinstudium, fünfundzwanzig Jahre alt.“ Ich zucke mit den Schultern. „Keine Vorstrafen, keine familiäre Bindung. Sie ist Single.“

„Du hast sie überprüfen lassen?“

Ich stehe auf und hole uns einen Aperitif von der Bar.

„Natürlich habe ich das, ich lasse jeden Angestellten überprüfen. Allerdings muss ich gestehen, dass ich nicht wirklich viel Auswahl hatte. Nachdem Dad ihre Vorgängerinnen vertrieben hat, hat sich in der Gegend herumgesprochen, wie schwierig er als Patient sein kann. Und offenkundig hatte sich das auch über die Grenzen dieses Bezirkes hinaus herumgesprochen. Dabei dachte ich immer, dass es in Berufen wie diesen so etwas wie eine Schweigepflicht geben würde.“ Ich schwenke mein Glas und lasse die Eiswürfel darin klirren. „Aber offenkundig gibt es auch einen enormen Fachkräftemangel, und die wenigen, die qualifiziert sind, können sich aussuchen, wo sie arbeiten. Matilda Rose ist die Erste, die es mehr als zwei Wochen ausgehalten hat." Nachdenklich stelle ich den Drink auf dem Tisch ab. „Was weißt du über sie?"

„Ich kenne ihren Dad noch von der Uni. Wir waren gut befreundet, bevor er um die halbe Welt gereist ist, um Menschen zu retten, die ansonsten keine Hilfe zu erwarten hatten. Er war ein ziemlicher Weltverbesserer. Gleichzeitig ein Arzt der alten Schule. Einer, der seinen hypokratischen Eid wirklich ernst genommen hat. Er und seine Frau, die ebenfalls Ärztin war, haben das beide getan. Tilda ist von kleinauf mit ihnen gereist." Er deutet in Richtung Tür. „Das Mädchen hat ganz andere Dinge erlebt als einen mürrischen, alten Knacker wie deinen Vater."

„Du sprichst in der Vergangenheitsform von ihren Eltern", stelle ich fest.

„Ihre Eltern sind bei einem Autounfall ums Leben gekommen." Er räuspert sich. „Hast du darüber nichts gelesen? Du hast sie schließlich überprüfen lassen."

Wahrscheinlich habe ich das, doch ich habe dem keine weitere Beachtung geschenkt, was ein wenig herzlos klingen mag. Aber für ihre Befähigung als Pflegekraft für meinen Dad war es für mich nicht relevant, was mit ihren Eltern passiert ist, und ich lese beinahe täglich irgendwelche Überprüfungen unserer Leute. Ich merke mir nicht mehr alle. Obendrein kannte ich sie damals auch noch nicht und sie ist eine Angestellte, niemand, zu dem ich einen Bezug habe.

Theodors Blick wandert zurück zur Tür.

Das ist spannend. Theodor hat nicht viele Freunde von früher, zumindest ist mir noch nie jemand begegnet, und irgendwie scheint er sich mit der Pflegerin meines Dads verbunden zu fühlen. Einer Frau, die eigentlich völlig unpassend für dieses Haus ist und die gerade wieder den Raum betritt.

„Ich will nicht lange stören!“, sagt sie in meine Richtung, wirkt jedoch nicht allzu verlegen. „Aber Ted, eventuell könnten wir uns demnächst mal auf einen Kaffee oder so treffen? Ich habe noch ein paar Fragen bezüglich meiner Eltern und ich würde gern mit dir darüber sprechen.“

„Natürlich können wir das!“, sagt der Gouverneur und lächelt herzlich. „Möchtest du mit uns zusammen essen? Oder spricht irgendetwas dagegen und wir erwarten noch weitere Gäste?“ Er deutet auf das dritte Gedeck.

„Ich dachte, Dad würde uns Gesellschaft leisten wollen!“, antworte ich und Theodor lächelt begeistert.

„Anscheinend will er das nicht, sodass der Platz für Tilda frei ist, richtig?“

Was soll ich dazu sagen?

Ich habe ihn heute eingeladen, weil ich will, dass er bei der Bebauung eines Grundstücks, gegen die sich ein paar Anwohner wehren, ein gutes Wort für mich einlegt. Da werde ich ihm wohl kaum einen Wunsch wie diesen abschlagen. Völlig ungeachtet dessen, wie unpassend ich es finde, wenn die Pflegerin meines Vaters bei einem solchen Termin mit am Tisch sitzt, als wäre sie eine Angehörige – und keine Angestellte.

7

Matilda Rose

Dass Ted hier ist, macht mich merkwürdigerweise nervös.

Es ist, als hätte jemand meine Vergangenheit genommen, sie mit der Gegenwart auf skurrile Weise vermischt und an diesen Tisch gesetzt.

Es ist schön.

Es ist tröstlich.

Aber es ist auch gleichzeitig schmerzhaft.

Es weckt Erinnerungen, die ich momentan gerne verdränge.

Erinnerungen an eine bessere Zeit. Und an schlechtere.

Ted hat uns oft besucht, bevor er Gouverneur geworden ist. Er war auch da, nachdem ich gefangen genommen wurde und wieder freikam, weil meine Eltern dabei verletzt worden sind und sich zunächst nicht um mich kümmern konnten. Ich weiß bis heute nicht, ob er den politischen Einfluss, den er damals hatte, irgendwie hat spielen lassen, als ich in diesem Höllenloch festhing.

Die USA zahlen kein Lösegeld, wenn Amerikaner von Terroristen festgenommen werden. Zumindest offiziell nicht.

Ich bin mir nicht sicher, ob in meinem Fall nicht dennoch irgendwelche Gelder geflossen sind und Ted seine Finger dabei im Spiel hatte.

Ted ist wie ein Lieblingsonkel für mich, auch wenn wir gar nicht verwandt sind. Trotzdem hatten wir keinen Kontakt mehr, nachdem das mit meinen Eltern passiert ist. Er war ein Freund meines Dads, und um ehrlich zu sein hätte ich nicht gewusst, wie ich Ted überhaupt erreichen sollte. Ich hatte keine Kontaktdaten von ihm, und ihm eine Mail an seine Dienstadresse zu schreiben, kam mir irgendwie falsch vor. So ist das eben mit den Lieblingsonkeln, die eigentlich keine sind. Ich hätte ohnehin nicht gewusst, was ich ihm sagen soll.

Chase‘ Blick wandert nun zwischen Ted und mir hin und her, als könnte er nicht glauben, dass wir uns kennen. Dass ein Wesen wie ich solche Kontakte hat. Ich würde ihm gern die Zunge herausstrecken. Tatsächlich habe ich im Lauf der Zeit noch ganz andere Menschen kennengelernt, zusammen mit meinen Eltern bin ich sogar mal dem Dalai Lama begegnet.

Ich weiß zwar, dass Chase mich hat überprüfen lassen, bevor ich meinen Dienst bei den Darlings angetreten habe, aber offenkundig ist er dabei nicht sehr gründlich vorgegangen, sonst hätte er zumindest wissen können, dass Ted und ich uns kennen.

Doch egal, wen ich wie gut kenne: Hier am Tisch komme ich mir merkwürdig fehl am Platz vor, denn in einer Hinsicht hat Chase vermutlich recht. Egal, wie viele Menschen ich auch kenne, ein Leben in der High Society habe ich nie geführt. Natürlich habe ich gelernt, Bitte und Danke zu sagen, mit Besteck zu essen – zumindest dort, wo es angebracht war – und mich halbwegs zu benehmen, aber normalerweise sind wir nicht in sonderlich vornehmen Häusern gewesen, im Gegenteil. Meistens haben wir die Ärmsten der Armen besucht und auch unsere eigenen Unterkünfte waren in der Regel sehr bescheiden, es sei denn, wir waren auf irgendwelchen Wohltätigkeitsveranstaltungen, um Spenden zu generieren.

Bei dem Gedanken, wie Chase auf einer Matte in einer Hütte schläft, quasi direkt auf dem festgetretenen Lehmboden, und die kaum vorhandenen sanitären Einrichtungen nutzt, muss ich lächeln. In dieser Welt wäre er ebenso fehl am Platz, wie ich es in dieser bin.

Ich habe es geliebt dort, solange es gedauert hat. Jetzt möchte ich nie mehr dorthin zurück, denn ich habe einfach zu viele der Schattenseiten kennengelernt. Es ist etwas anderes, ob man freiwillig in einer solchen Hütte liegt, oder gefesselt und geknebelt dort auf den Boden geworfen wird, in der festen Überzeugung, diesen Ort nie wieder zu verlassen.

Ein kalter Schauder läuft mir den Rücken herunter.

„Geht es dir gut, Tilda?“, fragt Ted und legt mir eine warme Hand auf den Unterarm.

„Ja, alles in Ordnung!“, lüge ich. „Ich war nur mit meinen Gedanken woanders. Alte Zeiten …“ Das zumindest ist keine Lüge. Ich versuche es mit einem Lächeln, das mir nicht richtig gelingen will. „Du rufst viele Erinnerungen hervor.“ In Teds Augen steht Sorge.

„Ich hätte Kontakt zu dir aufnehmen sollen, als ich vom Tod deiner Eltern erfahren habe."

„Du hast mir eine Karte geschickt und ich habe nie darauf geantwortet. Außerdem brauchte ich keine Hilfe." Ich deute vage in die Richtung, in der Mr. Darlings Zimmer liegt. „Ich habe einen Job und ich komme zurecht, wie du siehst."

„Wenn jemand hier zurechtkommt, dann bist das du!" Ted lächelt, bevor wir von Karlie unterbrochen werden, die uns den ersten Gang serviert.

Als sie mich am Tisch entdeckt, zwinkert sie mir kurz zu und in ihrem Blick steht irgendeine Erkenntnis, die an mir bisher vorübergegangen ist.

Chase

ICH HABE DIE UNTERLAGEN, die ich heute Abend benötige, in meinem Büro liegen lassen und das ärgert mich, denn normalerweise vergesse ich solche Dinge nie, doch Carolines Verhalten hat mich abgelenkt.

„Ich lasse euch mal kurz allein", sage ich entschuldigend, nachdem das Dessert serviert wurde, und stehe auf.

Ich glaube nicht, dass es Ted sonderlich stören wird, wenn er mit Matilda Rose allein am Tisch zurückbleiben muss, denn seine gesamte Aufmerksamkeit hat an diesem Abend ohnehin nur ihr gegolten. Die beiden sind sehr vertraut miteinander, und wenn sie mit ihm spricht, ist da eine Wärme in ihrem Blick, die ich zuvor niemals wahrgenommen habe. Irrationalerweise hat mich das ein wenig eifersüchtig werden lassen, denn der Gouverneur ist ziemlich sicher homosexuell, und selbst wenn er es nicht wäre, ist Matilda Rose mir völlig egal.

Sollte sie zumindest sein.

Als ich mit meinen Unterlagen unterm Arm zurück in den Salon komme, stehen Theodor und Matilda Rose am Fenster und schweigen.

Der Gouverneur dreht sich zu mir um, als er mich hereinkommen hört.

„Oh, du bist ja schon zurück." Er entdeckt die Akte unter meinem Arm und sein Lächeln ist nicht mehr ganz so warm wie jenes, das er eben noch der Frau neben sich geschenkt hat. „Ah, die Arbeit ..." Er mustert mich. „Sei mir nicht böse, aber ich muss morgen früh raus. Lass uns ein anderes Mal darüber sprechen, okay? Und wir sehen uns bestimmt nächste Woche beim Herbstball? Du kommst doch, oder? Bring Tilda mit!"

Er kommt zu mir und reicht mir die Hand, als würden wir einen Deal besiegeln, dabei habe ich mich mit gar nichts einverstanden erklärt.

Eigentlich wollte ich Caroline mitnehmen, denn es handelt sich bei diesem Ball für mich beim besten Willen nicht um eine private Veranstaltung. Vielleicht ist es sogar besser, wenn sie mich nicht begleitet. Andererseits frage ich mich, ob es eine kluge Idee ist, eine Frau wie Matilda Rose als Begleitung mitzunehmen, doch wie es scheint, habe ich jetzt kaum noch eine Wahl.

Theodor geht zu ihr und umarmt sie kurz und fest, dabei flüstert er ihr etwas ins Ohr, das ich nicht verstehen kann, ihre Augen aber zum Strahlen bringt.

„Ich begleite dich noch nach draußen", sage ich zum Gouverneur, der den Kopf schüttelt.

„Ich finde den Weg!“, sagt er, und dann ist er auch schon weg.

Wenige Sekunden später fällt die Tür laut krachend ins Schloss.

Das passiert manchmal, vor allem im Herbst, wenn es draußen windig und irgendwo im Haus noch eines der Fenster geöffnet ist.

Matilda Rose zuckt zusammen und gibt ein erschrecktes, leises Geräusch von sich, bevor sie ein paar Schritte in meine Richtung getaumelt kommt und beinahe über ihre eigenen Füße stolpert.

Ich umfasse ihre Ellenbogen und sie umklammert mit weit aufgerissenen Augen meine Oberarme.

„Alles in Ordnung?“, frage ich sie ein wenig unwirsch, weil ich einen Moment lang glaube, dass sie betrunken ist. Doch dann rekapituliere ich, was sie während des Dinners tatsächlich getrunken hat – und es waren nicht mehr als zwei halbvolle Gläser Wein. Der Grund für ihr Verhalten muss also irgendwo anders liegen.

Sie starrt mich noch immer an, als wüsste sie für einen Moment nicht, wo sie sich befindet, schließlich schüttelt sie leicht den Kopf.

„Ja, es ist alles in Ordnung. Ich habe ... die Begegnung mit Ted hat nur ein paar alte Geister erweckt. Es tut mir leid!“ Sie löst sich von mir und verlässt den Raum.

8

Matilda Rose

Heute ist Sonntag, und somit steht das Familienessen an.

Mr. Darling stresst das, obwohl ich glaube, dass er diesen Tag gleichzeitig liebt, denn er liebt seine Familie ohne jeden Zweifel und ich wette, früher hat er auch gerne Zeit mit ihnen verbracht.

Jetzt fällt es ihm schwer, weil jeder, der mit am Tisch sitzt, seine Schwächen zu sehen bekommt, obwohl er so gerne stark sein will.

Ich merke schon morgens, kurz nachdem Jackson gegangen ist, wie angespannt Mr. Darling ist, und ich hole eines meiner Öle heraus, um seine Hände und seinen Nacken zu massieren. Am Anfang hat er sich dagegen gewehrt, mittlerweile lässt er es über sich ergehen, als wäre er ein Kind, das sich in sein Schicksal fügt, aber ich kann erkennen, wie sehr er es heimlich genießt.

Doch heute reicht es nicht aus.

Als ich ihm mit dem Frühstück helfe, verschluckt er sich mehrfach und beginnt zu husten.

„Kein guter Tag, hm?", frage ich ihn, während ich ihn saubermache und das Handtuch wegräume, das er sich zum Essen umhängt, um seine Kleidung nicht ständig zu bekleckern.

Mr. Darling brummt irgendetwas Unverständliches, und ich werte es als Zustimmung.

„Sie sollten versuchen, sich ein bisschen mehr zu entspannen. Ich weiß, dass Sie nicht viel von solchen Dingen halten, aber haben Sie es mal mit Meditation versucht?" Mein Patient sieht mich an, als hätte ich einen Dachschaden, und schweigt. „Es gibt verschiedene Arten von Meditation. Wenn man es nicht gewohnt ist, ist es manchmal am leichtesten, sich auf irgendetwas zu konzentrieren. Zum Beispiel auf ein Mantra", referiere ich und verschweige dabei, dass ich selbst ziemlich schlecht im Meditieren bin. „Das bekannteste Mantra ist übrigens *Om*. Es ist kein billiges Vorurteil, dass es tatsächlich genutzt wird. Es soll den Klang des Universums beschreiben. Wollen wir es mal versuchen?" Ich suche auf meinem Handy nach Gesängen buddhistischer Mönche und werde schnell fündig. Anschließend verbinde ich mein Handy mit der Stereoanlage und die Gesänge erfüllen den Raum. Vor meinem inneren Auge erscheint das Bild eines tibetanischen Tempels, den ich mal zusammen mit meinen Eltern besucht habe, und es ist, als würde der Geruch nach Räucherstäbchen meine Nase erfüllen. Es ist eine gute Erinnerung, ich muss dabei lächeln.

Ich setze mich auf den Boden und schließe die Augen, weil ich weiß, Mr. Darling wird niemals mitmachen, wenn er denkt, ich würde ihn beobachten.

„Mitsingen ist merkwürdig befreiend und man muss kein Buddhist sein, um dabei ein wenig Frieden zu finden." In das nächste *Om* stimme ich mit ein, lasse es langsam in meiner Brust anschwellen, bis ich das Gefühl habe, es erfüllt meinen gesamten Körper. Dann lasse ich es ziehen und stimme das nächste an. Es sorgt von allein für einen gleichmäßigen, tiefen Atemrhythmus.

Mr. Darling schweigt.

Er ist neuen Methoden gegenüber nicht sonderlich aufgeschlossen. Traditionelleren übrigens auch nicht. Aber er ist ein intelligenter Mann und weiß mittlerweile, dass ich zumindest ab und an recht habe. Ich lasse die Gesänge weiterlaufen, singe weiter mit, und nach ein paar Minuten höre ich ein leises Brummen neben mir, das sich verdächtig nach dem *mmm* im *Om* anhört.

Ich muss lächeln.

Das gebrummte *Mmm* neben mir wird stärker, auch wenn es noch immer unwillig klingt.

Irgendwann höre ich das Klappern einer Tür.

Jemand stellt abrupt die Musik ab, und als ich meine Augen widerwillig öffne, sehe ich Chase vor mir stehen.

Sein Blick wandert zwischen seinem Vater und mir hin und her und ich stehe auf. Ich will nicht, dass er auf mich herabschaut, während ich am Boden sitze.

„Kann ich irgendwie weiterhelfen?", frage ich ihn.

„Ich würde Sie gerne kurz sprechen. Auf dem Flur!" Er wirkt ... nun ja. Angepisst. Seine Stirn ist gerunzelt und seine Augen sind eine Spur dunkler als sonst.

Ich folge ihm auf den Flur und seufze innerlich.

Chase ist alternativen Heilungsmethoden gegenüber eindeutig noch weniger aufgeschlossen als sein Vater.

„Ich schätze es nicht sonderlich, wenn jemand einfach hereinplatzt, während ich mit meinem Patienten beschäftigt bin. Das Verhältnis zwischen Therapeutin und Patient basiert auf Vertrauen, und das wird durch jede Störung … na ja, eben *gestört!*“ Ich verschränke die Arme vor der Brust, denn ich finde es tatsächlich schwierig, dass Chase ohne sich bemerkbar zu machen hereingekommen ist. Es ist irgendwie übergriffig.

Doch Chase runzelt nur die Stirn, als hätte ich ihm erzählt, Gänseblümchen könnten fliegen.

„Was war das da gerade?“, fragt er mich und deutet auf die geschlossene Tür.

„Eine Mantra-Meditation zu dem heiligen Mantra *Om*!“, spreche ich aus, was eigentlich offensichtlich sein sollte.

„Sie sollen meinen Vater behandeln und ihn nicht der Lächerlichkeit preisgeben. *Om* – so wie *Om* aus diversen schlechten Filmen?“

„So wie das Mantra *Om*. Und mal abgesehen davon, dass ich nicht weiß, was daran lächerlich sein sollte, sind *Sie* derjenige, der unvermutet hereingeplatzt ist. Mr. Darling und ich waren vorher unter uns, dementsprechend konnte ich niemanden der Lächerlichkeit preisgeben.“ Ich meine ja nur.

„Ich habe geklopft, doch niemand hat geantwortet, weil ihr darin mit irgendwelchen merkwürdigen, rituellen Gesängen beschäftigt wart. Um ehrlich zu sein, habe ich mir Sorgen gemacht, du wärst gerade dabei, meinen Vater … zu *opfern* oder etwas in der Art. Ich bin reingekommen, um nach dem Rechten zu schauen.“

„Ich führe Menschenopfer einzig unter freiem Himmel durch. Da hinterlassen sie keinen Dreck auf irgendwelchen

Teppichen. Im Gegensatz zu dir nehme ich nämlich Rücksicht auf Karlie und die Hausmädchen!"

Chase kommt einen Schritt näher.

„Ich lasse mir bestimmt keine Respektlosigkeit gegenüber meinem Personal vorwerfen!"

Ich betrachte die dunklen Schatten unter seinen Augen. Ich glaube, er schläft im Moment schlecht. Oder zu wenig. Ich habe keine Ahnung. Auf alle Fälle irritieren sie mich, weil sie diesen sonst so perfekt aussehenden Mann viel menschlicher wirken lassen. Er hat also tatsächlich Schwächen.

„Ach nein? Schön für dich. Und ich lasse mir nicht vorwerfen, ich würde meinen Patienten der Lächerlichkeit preisgeben!", zische ich und komme noch einen Schritt näher, auch wenn ich damit meine eigene Grenze des Abstands, in dem ich mich wohlfühle, unterschreite. Ich habe allerdings wirklich keine Lust, mir von irgendeinem Businesstypen erzählen zu lassen, wie ich meinen Job zu machen habe. „Dein Vater hat Stress und das jeden Tag. Weißt du, wie es ist, wenn man permanent auf die Hilfe anderer angewiesen ist? Wenn man nichts mehr allein machen kann? Wenn man den Job, den man geliebt hat, nicht mehr ausführen kann, weil der Körper nicht mehr mitspielt? Der eigene Körper plötzlich ein Gefängnis aus Unzulänglichkeiten darstellt?" Ich ziehe die Augenbrauen in die Höhe. „Nein, das weißt du garantiert nicht!" Ich lege meine Hände auf seinen Brustkorb und spüre die harten Muskeln darunter. Ich schubse Chase leicht, natürlich weicht er keinen Millimeter. „Nein, das weißt du natürlich nicht. Aber dein Dad weiß es. Er erlebt es jeden verdammten Tag. Und es stresst ihn. Stress ist nicht gut für die Genesung. Auch wenn Typen wie du denken mögen, das würde nur für Schwächlinge gelten."

Chase

„Mein Vater ist kein Schwächling!“, knurre ich, auch wenn ich weiß, dass Matilda das eigentlich gar nicht gesagt hat. Sie kämpft für meinen Dad und sie lässt sich nichts von mir gefallen, was ich beeindruckend finden würde, würde sie mich nicht derart wütend machen.

„Ganz genau. Und deshalb sorge ich dafür, dass er genug Kraft zum Kämpfen hat. Und dafür ist mir jedes moralisch vertretbare Mittel recht.“ Matilda deutet auf die Tür und ihre Augen fixieren mich. Sie haben die Farbe von Kastanien, stelle ich fest, obwohl ich mich gerade wirklich nicht auf ihre Augen konzentrieren möchte. Also senke ich den Blick ein wenig und betrachte stattdessen ihren Mund, was auch keine sonderlich gute Idee ist, denn er wirkt voll und weich und ich würde zu gerne wissen, wie sich dieser Mund auf meinem anfühlt.

Der Gedanke irritiert und erregt mich gleichermaßen.

„Du kannst meinen Vater nicht meditieren lassen!“, zische ich. „Er ist zu stolz und zu vernünftig für solchen esoterischen Mist. Er ist schließlich kein durchgeknallter Hippie!“

„Der Dalai Lama meditiert ebenfalls. Übrigens sogar mit *Om*. Würdest du den auch als durchgeknallten Hippie bezeichnen?“ Sie bewegt sich leicht und ihr Rosen- und Gewürzduft dringt mir in die Nase.

Mein Schwanz wird steif und ich verfluche mich für diese Reaktion.

„Ich möchte, dass du meinen Vater anständig behandelst!“, beharre ich auf meinem Punkt, auch wenn ich selbst merke, wie sehr ich mich gerade verrenne.

Wenn ich genauer darüber nachdenke, hat Dad nicht mal unzufrieden ausgesehen, als ich vorhin hereingekommen bin.

Im Gegenteil.

Er hat tatsächlich entspannt gewirkt. So entspannt wie schon lange nicht mehr.

Matilda Rose streckt das Kinn vor.

„Ich bin hier die Pflegerin. Das ist der Job, für den ich angestellt wurde, und ich werde mir dabei von einem Laien nicht reinreden lassen. Ich komme auch nicht in dein Büro und erzähle dir etwas über Buchhaltung, Finanzen und Goldpreise, oder womit du dich sonst den lieben langen Tag beschäftigst.“ Sie wedelt mit der Hand vor meinem Gesicht herum und ich fange sie ein, bevor sie mich damit noch versehentlich erwischt. Ihre Finger fühlen sich warm und fest unter meinen an und meine Haut beginnt zu kribbeln an den Stellen, an denen wir uns berühren. „Wenn du nicht willst, dass ich deinem Vater helfe, wirf mich raus. Ansonsten werde ich weitermachen. Und wenn ich glaube, etwas ist gut für ihn und könnte ihm helfen, werde ich es versuchen. Er ist mein Patient und ich habe die Verantwortung für ihn übernommen!“

Zu meinem großen Bedauern entzieht sie mir nun ihre Hand, dann lässt sie mich einfach stehen. Sie geht zurück in das Wohnzimmer meines Vaters und nur wenige Sekunden später ertönen die Gesänge von vorher wieder auf dem Flur.

Ich starre fassungslos auf die Tür.

Matilda Rose hat mich mitten in der Diskussion stehen lassen.

Ich glaube, das ist etwas, was mir noch nie vorher passiert ist.

Ich sollte sauer sein.

Vielleicht sollte ich sie tatsächlich entlassen.

Aber ich muss gestehen, dass ihr Mut und ihre Leidenschaft mich irgendwie beeindrucken.

Außerdem scheint Dad sie zu mögen und er macht tatsächlich Fortschritte, seitdem sie hier ist. Er macht bei den Therapien mit, was er zuvor vollständig verweigert hat.

Also lasse ich die Sache auf sich beruhen.

Ich drehe mich um und richte meinen Schwanz, der aus völlig anderen Gründen gerne in das Zimmer stürmen würde, um Matilda Rose zurück auf den Flur zu holen.

Als ich aufblicke, schaue ich unvermittelt Caroline an, die heute ausnahmsweise auch sonntags arbeitet und gerade dabei war, mein Frühstück zu holen.

Sie sagt nichts und tut, als hätte sie nichts von dem kleinen Streitgespräch mitbekommen, aber ihre Augen verfinstern sich, als sie sieht, wie ich meinen Schritt zurechtrücke – und es hat nichts damit zu tun, dass es ihr peinlich wäre, mich dabei erwischt zu haben.

„Ich habe Ihr Frühstück, Sir!“, sagt sie zu mir und das Lächeln kehrt auf ihr Gesicht zurück. „Eggs Benedict und Kaffee, ganz, wie Sie es gewünscht haben!“

Wenigstens eine Frau in diesem Haus, die macht, was ich ihr sage.

9

Matilda Rose

Während des sonntäglichen Familienessens habe ich normalerweise ein paar Stunden frei, während sie sich zum Dinner treffen und Unterhaltungen führen, bei denen eigentlich niemand wirklich anwesend sein möchte.

Matteo, der Jüngste der vier, und Chase wohnen im Haus, während Ryan und Liam woanders leben, auch wenn sie noch ein Zimmer in der Villa haben, das sie mal mehr und mal weniger nutzen. Sie sind mir alle bereits ein paarmal über den Weg gelaufen, aber viel miteinander zu tun hatten wir bisher nicht.

Selbst Matteo bin ich, obwohl er auf *Darling Manor* wohnt, kaum begegnet.

Er scheint mir deutlich entspannter und ausgeglichener als sein ältester Bruder zu sein, doch jeder der Männer hat diesen gehetzten Ausdruck in den Augen, der vermittelt, dass sie nicht immer das Leben führen, das vielleicht gut für sie wäre.

Aber wer macht das schon?

Wenn ich die Wahl hätte, wäre ich ebenfalls nicht hier.

Jeder einzelne der Brüder ist überaus attraktiv. Groß, dunkelhaarig, trainiert, ihre Manieren sind tadellos, doch irgendetwas an dieser Veranstaltung wirkt einfach zu steif.

Wenn meine Familie aufeinandergetroffen ist, weil wir sie besucht haben, dann war es laut und turbulent. Alle haben durcheinandergeredet, sich umarmt, gelacht, manchmal gab es auch Streit. Im Gegensatz dazu hat man hier den Eindruck, auf einem Friedhof gelandet zu sein.

Mr. Darling isst nicht mit, ich habe ihm bereits vorher mit seiner Mahlzeit geholfen. Stattdessen sitzt er am Kopfende des Tischs und lässt seinen strengen Blick über seine Söhne schweifen.

Ich habe keine Ahnung, warum er darauf bestanden hat, dass ich an diesem Essen teilnehme, und ich fühle mich mehr als fehl am Platz.

Zumal die Männer einen Anzug tragen und ich selbst heute Morgen in einen schlichten Pullover mit einer Stoffhose geschlüpft bin und mir völlig underdressed vorkomme. Aber ich bin schließlich zum Arbeiten und nicht zu meinem Vergnügen da, und meine Kleidung muss funktionell, leicht waschbar und bequem sein.

Wobei sich auch kein anderer der Anwesenden wirklich zu amüsieren scheint.

„Wie läuft es im Hotel?“, richtet Chase nach einer Weile des Schweigens das Wort an Ryan. „Habt ihr die Problematik mit den Zimmermädchen lösen können?“

Ryan streicht sich eine Strähne seines Haars aus dem Gesicht.

„Natürlich!“, sagt er und klingt leicht genervt.

Anscheinend spielt Chase gerne den großen Bruder und hält alles unter Kontrolle. Und wenn ich mir Mr. Darling ansehe, dessen Adleraugen über jeden der Anwesenden wandern, würde ich zu gerne seine Gedanken lesen können. Ich bin mir sicher, dass er gleichzeitig stolz auf seine Söhne ist und doch keinen für gut genug befindet.

„Allerdings würde ich gerne ein paar der älteren Zimmer grundlegend renovieren lassen und einige von ihnen zu Appartements umbauen. Die Nachfrage nach luxuriöseren, aber bezahlbaren Urlaubsunterkünften steigt immer mehr. Die Leute wollen nicht mehr mit ihren Kindern auf fünfzehn Quadratmetern Urlaub machen. Ich habe auch darüber nachgedacht, ob es sich nicht lohnen würde, kleine Blockhütten als Feriendorf zu bauen. Natürlich alles mit Strom- und Wasseranschluss.“

Mr. Darling neben mir ballt seine gesunde Hand zu einer Faust. Anscheinend ist er mit den Ideen seines Sohnes nicht wirklich einverstanden.

„Kommt nicht infrage!“, sagt er und schlägt mit der Faust auf den Tisch.

Ryan verschränkt die Arme vor der Brust und schaut seinen Vater an.

„Ich habe Berechnungen erstellen lassen, wie lange es dauern würde, bis sich so etwas rentiert. Die Prognosen sind vielversprechend. Ich kann sie dir gerne vorlegen“, sagt er an seinen Vater gewandt. „Allerdings hat der Arzt gemeint, du solltest dich erst mal schonen.“

Dabei denke ich manchmal, ein bisschen Abwechslung könnte Mr. Darling durchaus guttun, aber ich habe schnell erkannt, dass das Urteil des Arztes weit über meinem steht.

„Ich würde die Unterlagen auch gerne sehen!“, wirft Chase jetzt ein und ich könnte schwören, dass seine Brüder im Geist kollektiv die Augen verdrehen. Chase ist ein echter Kontrollfreak.

„Wofür?“, fragt Ryan. „Ich leite das Hotel.“

Chase sagt nichts mehr, trotzdem ist die Stimmung auf einmal noch schlechter als vorher.

Da hilft es auch nicht, dass Matteo versucht, Liam in ein Gespräch über einen Segelausflug zu verwickeln, den er geplant hat, zumal Liam ohnehin der schweigsamste der Brüder ist.

Als das verdammte Dinner endlich vorbei ist, habe ich Kopfschmerzen.

„Was halten Sie von einem kleinen Spaziergang, Mr. Darling?“, frage ich und warte die Antwort nicht mal richtig ab, bevor ich mir den Rollstuhl des alten Mannes schnappe und ihn nach draußen bringe.

Überall um uns herum verfärben sich die Bäume, es ist ein wunderschönes Schauspiel, aber Mr. Darling starrt bloß seine Hände an.

Ich schiebe den Rollstuhl zu einer Bank und setze mich neben ihn.

Eine Weile lang beobachten wir einen Vogel, der irgendetwas unter den heruntergefallenen Blättern sucht.

Dann schaut Mr. Darling mich an.

„Ich bin müde!“, sagt er schließlich und ich nicke.

Ich kann ihn bestens verstehen.

Mich hat das Dinner auch müde gemacht.

Nachdem ich Mr. Darling in sein Zimmer gebracht und ihm beim Hinlegen geholfen habe, fängt Chase mich ab.

„Ich habe noch etwas für dich!“, sagt er. „Bitte warte kurz.“

Ich habe zwar keine Ahnung, was er genau für mich zu haben meint, aber er ist mein Boss – also tue ich, was er mir sagt.

Nur wenige Minuten später ist er zurück, mit einem großen Karton auf dem Arm.

„Hier, bitte. Du brauchst für den Ball etwas zum Anziehen.“

„Für den Ball?“, frage ich mit gerunzelter Stirn.

„Der Gouverneur hat beschlossen, dass du für diesen Anlass meine Begleitung wirst, falls du dich erinnerst.“ Chase wirkt bei diesen Worten alles andere als begeistert, und auch ich bin nicht unbedingt sonderlich entzückt.

„Ted schlägt viele Dinge vor, von denen er denkt, sie wären für irgendwen gut“, sage ich und versuche Chase den Karton zurückzugeben, aber er verschränkt nur die Arme vor der Brust, als wäre er ein bockiges Kind. Okay, ein ziemlich großes und extrem gut gebautes bockiges Kind in einem maßgeschneiderten Anzug, doch wer hält sich schon mit solchen Nebensächlichkeiten auf?

Er sieht mich an, seine Augen verengen sich.

„Es ist mir egal, ob du meinst, dieser Ball wäre gut für dich oder nicht. Du bist meine Angestellte und der Ball ist wichtig für Darling Inc. Also ist er auch wichtig für dich. Es sei denn, du kannst mir einen triftigen Grund dafür nennen, nicht mitzukommen.“

„Escortservice steht nicht in meinem Vertrag. Ich bin als Pflegerin für Mr. Darling angestellt“, erwidere ich. Ich lasse mich überaus ungern zu irgendetwas zwingen.

Chase schnaubt abfällig.

„Ich zahle dir ein halbes Monatsgehalt zusätzlich, wenn

du mich begleitest. Deshalb bist du doch hier, oder? Geld ist deine Motivation, diesen Job zu machen.“

Wenn er das so sagt, klingt es irgendwie schäbig, nur leider hat er recht. Ich brauche das Geld dringend und ich bin nicht zu stolz, es auch anzunehmen. Zumal für die meisten Menschen eine monetäre Belohnung der Grund ist, ihren Job zu machen.

Ein Abend auf einem Ball für ein halbes Monatsgehalt?

Ich habe bereits schlimmere Dinge für weniger Geld getan.

„Okay!“, sage ich schließlich. „Ich möchte außerdem einen zusätzlichen Tag frei bekommen.“ Nicht, dass ich mit meiner Freizeit viel anfangen würde. Zumal ich Mr. Darling auch nur sehr ungern Jackson überlasse, der an meinen freien Tagen für mich einspringt. Ich weiß allerdings, wie sehr sich Chase darüber ärgert, wenn ich Forderungen stelle, und es gefällt mir viel zu gut, ihn zu ärgern.

„Übertreib's nicht!“, sagt er, und seufzt dann. „Den freien Tag kannst du bekommen, wenn dir so viel daran liegt. Dafür möchte ich, dass du dich den ganzen Abend lang anständig benimmst.“

Ich muss lachen.

„Natürlich, Chase. Ich putze mir vorher die Zähne, ich werde mich nicht betrinken und keinen fremden Männern an den Hintern fassen. Außerdem nicht in die Ecken spucken und kein Essen von fremden Tellern klauen. Sonst noch etwas?“

Er brummt irgendetwas völlig Unverständliches und verdreht die Augen in Richtung Himmel, bevor er mich wieder ansieht.

„Sei pünktlich!“, sagt er und lässt mich einfach stehen.

Blödmann.

10

Matilda Rose

Ich weiß, wie albern das ist, doch am Tag des Balls bin ich aufgeregt.

Ich war schon auf allen möglichen Benefiz-Veranstaltungen, denn immer, wenn wir in den USA waren, haben meine Eltern mich zu solchen Events mitgeschleppt, um Spenden für ihre Projekte zu sammeln, es ist also nichts Neues für mich.

Allerdings bin ich noch nie ohne meine Eltern dort gewesen.

Das sollte mir nichts ausmachen, denn ich bin eine erwachsene, fünfundzwanzigjährige Frau, die tough genug ist, ohne Mommy und Daddy irgendwo hinzugehen; aber ich befürchte, dass mich heute alles an sie erinnern wird.

Nach ihrem Tod hatte ich gehofft, der Schmerz und die Trauer um sie würden irgendwann nachlassen. Dass ich eines Tages wieder leben kann, ohne jedes Mal das Gefühl zu haben, es reißt mir die Beine weg, wenn ich an sie denke. Tatsächlich ist es im Laufe der Zeit besser geworden. Allerdings glaube ich, das schmerzhafte Vermissen wird niemals ganz aufhören. Sie fehlen mir jeden Tag und an manchen Tagen ist mir der Verlust besonders bewusst.

Ich habe mir das Kleid, das Chase mir gekauft hat, noch nicht angesehen, was vielleicht leichtsinnig sein mag, aber irgendwie wollte ich es bisher nicht, weil ich ein Stück weit verdrängt habe, dass ich heute mit ihm zu diesem Ball muss.

Außerdem hat er einen ziemlich guten Geschmack und ich hätte ohnehin nichts Passendes im Schrank gehabt. Die Kleider von früher habe ich mir geliehen, weil es ansonsten keine Möglichkeiten gab, sie zu tragen.

Als ich den Karton schließlich öffne und das dünne Papier über dem Kleid zur Seite schiebe, kommt mir dunkelgrüner Satin entgegen.

Immerhin hat er sich nicht für schwarz oder pink entschieden, aber wahrscheinlich ist er viel zu kultiviert für etwas derart Langweiliges oder derart Schrilles.

Das Kleid ist asymmetrisch geschnitten, auf der linken Schulter verläuft ein breiter Träger, die rechte Schulter lässt es frei und es ist knöchellang.

Erst als ich es anziehe, fällt mir auf, dass es beinahe unanständig hoch geschlitzt ist, der Schlitz verläuft fast bis zur Mitte des Oberschenkels.

Allerdings habe ich schon Frauen in Minikleidern gesehen, die deutlich kürzer waren, insofern ist es wahrscheinlich in Ordnung.

Zu dem Kleid gehören eine passende Stola und goldene Sandalen mit hohen Absätzen.

Ich habe keine Ahnung, wie ich darauf den ganzen Abend überstehen soll, denn ich trage sonst eigentlich nie hohe Absätze, aber als ich hineinschlüpfe, stelle ich fest, dass sie bequemer sind, als ich dachte.

Chase wollte mir eine Stylistin schicken, die sich um Haar und Make-up kümmert. Ich habe mich diesbezüglich geweigert. Ich kann es nicht leiden, wenn fremde Menschen in meinem Gesicht herumwerkeln. Nicht, seitdem ich entführt wurde, mir ständig der Knebel angelegt und wieder abgenommen wurde. Mich jemand gefüttert und mir zu trinken gegeben hat, weil sie Angst hatten, mir die Handfesseln zu lösen. Je nachdem, wer sich gerade darum gekümmert hat, wurde mir anschließend sogar das Gesicht abgewischt. Oder ich wurde geschlagen, weil ich in meinem geschwächten Zustand zu sehr gekleckert habe.

So oder so – ich kümmere mich lieber selbst um mich.

Mein Haar habe ich schon vor einer Weile auf Lockenwickler gedreht, die ich mir zum Anfang meines Studiums mal gekauft habe, als ich noch ab und an auf Partys gegangen bin. Jetzt fallen sie in weichen Wellen den Rücken hinunter und ich befestige sie auf der einen Seite mit einer goldenen Haarspange.

Mein Augen-Make-up halte ich, passend zu meinen Augen, in einem hellen Braun mit goldenen Akzenten. Auch hier habe ich keine große Auswahl, denn mein gesamtes Make-up besteht ebenfalls bloß aus Relikten aus meiner Partyzeit, die sich anfühlt, als wäre sie in einem völlig anderen Leben gewesen.

Ein bisschen Lippenstift, den ich gestern in einer Drogerie gekauft habe, das muss reichen.

Es klopft an meiner Tür und ich reiße sie mit etwas zu viel Schwung auf, weil ich denke, Chase steht davor, um sicherzugehen, dass ich wirklich pünktlich komme.

Aber es ist nicht Chase, es ist seine Mutter.

„Mrs. Darling!“, sage ich erstaunt. Ich bin ihr bisher nur ein paarmal kurz über den Weg gelaufen, doch man vergisst sie nicht so schnell, weil sie eine unglaublich schöne Frau ist. Sie hat noch immer eine derart schlanke Taille, dass man sich kaum vorstellen kann, wie sie vier Kinder bekommen hat.

Früher ist sie mit Mr. Darling auf diese Art von Veranstaltungen gegangen, aber seit ihrer Scheidung lässt sie sich dort nicht mehr blicken, weil es sich angeblich nicht gehören würde. Das hat mir zumindest Karlie erzählt.

Sie mustert mich einmal von oben bis unten, schließlich tritt ein leichtes Lächeln auf ihr Gesicht. Offenkundig scheint sie zufrieden zu sein mit dem, was sie sieht.

„Mein Sohn hat einen guten Geschmack!“, sagt sie, den Blick fest auf mich geheftet, und irgendwie ist mir die ganze Situation auf einmal peinlich. Wie sie es sagt, klingt es fast, als hätten Chase und ich ein Date, aber ich habe das Gefühl, wenn ich jetzt widerspreche, mache ich alles nur noch schlimmer. Wahrscheinlich meint sie einfach das Kleid, das er mir besorgt hat.

„Lassen Sie mich raten …“, sage ich, als das Schweigen mir langsam unangenehm wird. „Chase schickt Sie, um sicherzustellen, dass ich ihn heute Abend nicht mit meinem Styling blamiere?“

Mrs. Darling zuckt mit den Schultern. Sie gibt sich nicht einmal die Mühe, es abzustreiten.

„Mein Sohn geht gerne auf Nummer sicher!“, sagt sie stattdessen mit einem sanften Lächeln, wie es nachsichtige Mütter für ihre Kinder übrighaben. „Ich habe ihn allerdings getadelt, weil er Ihnen keinen Schmuck gebracht hat. Immerhin repräsentiert er *Darling’s Jewelery*. Seine Begleitung kann auf keinen Fall irgendwo hingehen, ohne

Schmuck von uns zu tragen. Ich bin hergekommen, um mich darum zu kümmern. Eine Kette passt nicht wirklich zu diesem Kleid. Doch Ohrringe und einen Armreif halte ich durchaus für angemessen."

Sie schaut auf meine Arme und entdeckt dann den Armreif, den ich bereits trage. Es ist ein breiter Reif aus goldenen Ornamenten, den meine Eltern mir zu meinem achtzehnten Geburtstag in Nepal gekauft haben. Es war mein letzter Geburtstag, bevor ich angefangen habe, in den USA zu studieren. Und der letzte, bevor ich entführt worden bin.

„Oh, wie ungewöhnlich!" Mrs. Darling berührt das Schmuckstück sanft mit den Fingerspitzen. „Ich hatte an etwas Klassischeres gedacht, aber dieser Reif unterstreicht Ihre unkonventionelle Art ganz hervorragend." Sie öffnet eine Box, die sie mitgebracht hat. „Und zufälligerweise habe ich hier Ohrringe, die perfekt dazu passen." Sie holt ein paar schlichte, goldene Ohrhänger heraus, die unten in einem dicken, goldenen Tropfen enden. „Na los, probieren Sie sie schon an!" Sie klatscht entzückt in die Hände, als wäre sie ein kleines Mädchen, das gerade ein niedliches Pony entdeckt hat, und ich komme mir ein bisschen albern vor.

Trotzdem hat sie recht – die Ohrringe passen perfekt und sie runden das Outfit ab.

„Okay …", sage ich und greife nach einem bunt bestickten Täschchen, das ich ebenfalls von meinen Eltern bekommen habe. Ich stecke mein Handy und den neuen Lippenstift ein, alles unter Mrs. Darlings kritischen Blicken. Wahrscheinlich findet sie meine Tasche auch *unkonventionell*, und ich glaube nicht, dass sie das positiv meint. Aber es ist mir egal. Zum einen interessiert es mich nicht sonderlich, was sie über mich denkt, weil sie in meinem Leben keine Rolle spielt. Zum anderen fühlt es sich durch die geschenkten Dinge meiner Eltern, die ich nun mit mir trage, ein wenig so an, als wären sie bei mir, und auf dieses Gefühl möchte ich auf keinen Fall verzichten.

Mrs. Darling geht vor und ich folge ihr und komme mir dabei vor, als wäre ich irgendeine Debütantin, die ihrem Tanzpartner zugeführt wird.

Tatsächlich wartet Chase bereits am Ende der Treppe auf mich. Es ist wie in einem schlechten Film.

Als er mich entdeckt, werden seine Augen groß und ich gerate bei seinem Anblick ins Stolpern.

11

Chase

„Hoppla!“ Ich fange Matilda Rose gerade noch im letzten Moment auf. Vielleicht hätte ich ihr doch andere Schuhe kaufen sollen, denn ich habe sie sonst nie auf hochhackigen Schuhen gesehen, aber diese passen einfach hervorragend zu ihrem Kleid.

Und das Kleid passt hervorragend zu ihr.

Ihre Größe und Schuhgröße konnte ich aus ihren Unterlagen entnehmen, denn eigentlich sollte sie, wie alle Hausangestellten, spezielle Dienstbekleidung bekommen, aber sie hat sich von Anfang an geweigert, diese zu tragen.

„Du siehst gut aus!“, sage ich widerwillig zu ihr und lasse sie los.

Tatsächlich ist das untertrieben, denn sie sieht nicht nur gut, sondern großartig aus.

Ihr rotes Haar fällt in langen, weichen Wellen ihren Rücken hinab und ich frage mich, wie es sich wohl zwischen meinen Fingern anfühlen würde.

Und ihre Augen wirken aufgrund des Make-ups dunkel und geheimnisvoll.

Sie ist verdammt wunderschön, zumindest, wenn man auf Frauen wie sie steht.

„Ist sie nicht unkonventionell?“, fragt Mom und reißt mich damit aus meinen Gedanken. „Ich möchte unbedingt ein Foto von euch machen.“

Ich möchte gerne die Augen verdrehen. Meine Mom liebt große Auftritte, selbst dann, wenn es nicht ihre eigenen sind.

„Wir gehen nicht zu irgendeinem Abschlussball und dies hier ist kein Date, Mom!“, sage ich zu ihr und kann meinen Blick dabei nicht von Matilda Rose nehmen.

Wahrscheinlich ist unkonventionell genau der richtige Ausdruck, denn zwischen all den blond gefärbten und brünett gesträhnten, hochkultivierten Frauen wird sie heute Abend auffallen.

„Es ist mir egal, was das hier ist – ich will trotzdem ein Foto!“, beharrt meine Mom. „Immerhin bin ich heute Abend auf deine Bitte hin extra hergekommen. Und du weißt, wie ungern ich dieses Haus betrete!“

Seit sie sich von meinem Dad hat scheiden lassen, ist sie tatsächlich kaum noch in *Darling Manor* gewesen. Ich weiß nicht, ob es daran liegt, dass sie ihn nach wie vor liebt und es zu schmerzhaft für sie ist, herzukommen, oder ob sie dieses Haus hasst, wie sie es immer behauptet.

Aber ich weiß sicher, sie wird keine Ruhe geben, bevor sie nicht ihr verdammtes Foto hat.

Also reiche ich Matilda Rose meinen Arm, damit sie sich unterhaken kann, und wir beide lächeln gekünstelt in die Kamera.

„Brauchst du noch etwas?", frage ich sie, nachdem meine Mom ihre Fotos bekommen hat. „Ansonsten wartet der Fahrer auf uns."

„Nein, ich bin fertig", sagt sie zu mir und ich spüre das leichte Zittern in ihrer Hand, deshalb lasse ich sie nicht wieder los, als wir zum Wagen gehen.

Kaum dass wir uns gesetzt haben, wird mir bewusst, wie sehr mich ihr Duft in der Enge dieses Raumes umgibt.

Ich mustere sie, die deutliche Wölbung ihrer Brust, die leichte Rundung ihrer Hüfte, die nackte Haut ihres Oberschenkels, die unter ihrem langen Kleid hervorschaut, und umgehend beginnt mein Schwanz sich zu regen.

Ich setze mich bequemer hin und hoffe, es wird ihr nicht auffallen.

„Also ..." unterbricht sie nach einer Weile die Stille zwischen uns. „Gibt es noch irgendwelche Anweisungen? Irgendetwas, das ich beachten müsste, um dich heute Abend nicht der Lächerlichkeit preiszugeben?" Ihre Stimme ist trügerisch sanft, aber in ihren Augen blitzt die reine Provokation.

„Wenn ich dir jetzt sage, was du alles *nicht* machen sollst, laufe ich Gefahr, dass du es erst recht tust? Einfach nur, weil du mich leiden sehen möchtest?"

„Vielleicht!", sagt sie und ihr Lächeln wirkt schelmisch. „Allerdings dachte ich bisher, du liebst Herausforderungen."

„Das habe ich niemals gesagt. Eigentlich mag ich es sogar sehr viel lieber, wenn mein Leben in geordneten Bahnen abläuft." Ich lehne mich mit verschränkten Armen zurück.

„Das behaupten Typen wie du immer, und dann brechen sie aus, um das große Abenteuer zu erleben. Mir sind schon genug von deinem Schlag begegnet." Sie zupft am Saum ihres Kleides herum, vermutlich, um ihr Bein mehr zu bedecken, aber es führt nur dazu, dass der Schlitz weiter aufspringt und noch mehr nackte, sahnig weiße Haut preisgibt.

Himmel, hilf.

Ich habe keine Ahnung, wie ich diesen Abend überstehen soll.

„Typen wie ich?" Ich versuche, mich auf ihr Gesicht, statt auf ihren fast nackten Schenkel zu konzentrieren.

Matilda Rose zuckt mit den Schultern.

„Ja, Typen wie du. Privilegiert, konservativ, ehrgeizig, erfolgsorientiert. Typen, die meinen, das Geschäft wäre alles im Leben, bis sie eines Tages feststellen, dass ihnen das einfach nicht mehr reicht. Schließlich seid ihr gelangweilt – und macht irgendwelche dummen Sachen, bei denen es darum geht, sich selbst zu verwirklichen und Gutes zu tun", klärt sie mich auf und ich verschlucke mich fast an dem Whisky, den ich mir aus der Bar zwischen uns genommen habe. „Leider sind Typen wie du auch verwöhnt und verweichlicht und völlig entsetzt, wenn die Welt da draußen nicht auf sie wartet und ihnen niemand ihr Clubsandwich ohne Gurke bringt, sobald sie es verlangen."

Irgendwie gelingt es mir, nicht zu husten.

„Du scheinst sehr interessante Leute zu kennen!", sage ich und meine Stimme klingt trügerisch ruhig. Ich bin mir nicht sicher, ob ich wütend sein soll oder lachen muss. Matilda Rose ist wirklich geradeheraus. Nein, eigentlich ist sie sogar ziemlich unverschämt. Ich bin es nicht gewohnt, dass andere Menschen mich mit derart wenig Respekt behandeln, von meinen Brüdern vielleicht mal abgesehen.

Aber irgendwie ist es auch erfrischend. „Ich kann dir jedenfalls versichern: Ich langweile mich nie. Ganz im Gegenteil. Wahrscheinlich hätte ich nichts dagegen, es ab und an doch mal zu tun. Ich stelle mir das überaus entspannend vor. Außerdem liebe ich Gurke." Ich lehne mich ein Stück zu ihr herüber, sodass ich noch mehr von ihrem süßen Duft einatmen kann. „Und ich hätte niemals gedacht, dass du Menschen in Schubladen packst und dich von Äußerlichkeiten blenden lässt. Hast du etwa *Vorurteile*? Wie unschön!"

Sie weicht mir nicht aus und ein kleines Lächeln umspielt ihre Lippen.

„Jeder Mensch hat Vorurteile. Diese sind uns quasi angeboren, weil sie früher überlebenswichtig waren. Sie haben dabei geholfen, herauszufinden, wer Freund und wer Feind ist. Wem wir vertrauen können, und bei wem wir besser unsere Beine in die Hand nehmen und weglaufen sollten." Jetzt ist sie diejenige, die dafür sorgt, dass kaum noch Abstand zwischen uns ist. „Vorurteile sind nicht das Problem, man muss nur willens sein, sie ständig neu zu überprüfen, sobald sich andere Gegebenheiten aufzeigen."

„Und du tust das?", frage ich und schaue in ihre erstaunlich dunklen Augen, die im schwachen Licht des Wagens wirken wie tiefe Seen.

„Im Gegensatz zu vielen anderen Menschen gebe ich mir zumindest Mühe."

„Und was müsste zum Beispiel passieren, damit du mich nicht mehr in die Schublade der verwöhnten, aber frustrierten Workaholics steckst?" Ich betrachte die hellen Sommersprossen auf ihrem Nasenrücken und frage mich, wie dunkel sie wohl werden, wenn es Sommer ist. Was passieren würde, wenn man ein paar Tage mit ihr an den Strand fährt und sie Sonne abbekommt.

„Du könntest zum Beispiel öfter mal lächeln!", antwortet

Matilda Rose, und nun lächle ich tatsächlich. Ohne es zu wollen, verzieht sich mein Mund zu einem breiten Lächeln und etwas in mir fühlt sich wärmer an als sonst, während mein Schwanz noch steifer wird.

Diese Frau wird mich umbringen.

12

Matilda Rose

Ich starre Chase an und kann gar nicht wieder wegsehen, wage kaum, mich zu bewegen.

Er lächelt tatsächlich, und verdammt noch mal, wer hätte gedacht, dass sich dabei Grübchen auf seinen Wangen bilden?

In meinen Fingern zuckt es, weil ich zu gerne die Hand danach ausstrecken würde, um sie zu berühren.

Und ich würde gerne meine Lippen auf seine legen, um dieses verdammte Lächeln spüren zu können.

Ich ziehe scharf die Luft ein, was eine dumme Idee ist, denn Chase‘ Duft dringt nun tief in meine Lungen ein und hinterlässt ein Kribbeln in meiner Mitte.

Er sollte mir nicht auf diese Art gefallen.

Das ist dumm und unprofessionell.

Doch meine Eierstöcke scheinen das leider anders zu sehen, und mein Körper schüttet deshalb fleißig Hormone aus, die kein Mensch braucht.

Es ist erstaunlich, wie sehr wir auf Fortpflanzung programmiert sind und wie ursprünglich unsere Instinkte diesbezüglich manchmal sind.

Der Gedanke daran bringt mich zum Lachen. Ich frage mich, wie schockiert Chase auf einer Skala von eins bis zehn wohl wäre, wenn ich ihn hier und jetzt darum bitten würde, mir ein Baby zu machen.

„Was amüsiert dich so?“, fragt er, und endlich lehnt er sich wieder ein Stück nach hinten.

Ich schüttle den Kopf.

„Nichts. Aber es steht dir, wenn du lächelst.“

Er kommt nicht mehr dazu, mir zu antworten, weil der Wagen in diesem Moment anhält und kurz darauf die Tür geöffnet wird.

„Bereit?“, fragt er. „Eventuell wird die Presse da sein. Also immer schön lächeln!“

Ich vergesse immer, dass die Familie Darling beinahe im ganzen Land bekannt ist. Selbst ich kenne „Darling’s Jewelery“, erlesene Schmuckstücke, die in den typischen Verpackungen jedes Jahr unter diversen Weihnachtsbäumen liegen oder zur Verlobung verschenkt werden. Sie stehen für Qualität und Luxus und wahrscheinlich geraten Frauen völlig in Ektase, wenn sie ein Stück von *Darling’s* geschenkt bekommen.

Chase steigt als Erster aus und ich rutsche reichlich unelegant über den Sitz, als er mir den Arm hinstreckt.

Ich habe noch nie darüber nachgedacht, wie unpraktisch es ist, für einen roten Teppich auf nur einer Seite eines Wagens aussteigen zu können. Aber was tut man nicht alles für ein bescheuertes Zeremoniell?

Ich kann nur hoffen, dass mein Kleid irgendwie unten bleibt und nicht verrutscht, damit ich den Fotografen keinen Einblick ins pralle Leben biete.

Okay, ich trage ein Höschen. Es ist zwar winzig, weil sich alles andere abgezeichnet hat, aber es sollte trotzdem meine intimsten Körperteile verdecken. Was nichts daran ändert, so nicht fotografiert werden zu wollen.

Ich streiche umständlich meinen Rock glatt, bevor ich aussteige, und bin dankbar dafür, dass Chase währenddessen direkt vor mir steht und mir ins Gesicht sieht.

Als ich endlich ausgestiegen bin und auf diesen schwindelerregenden Schuhen mein Gleichgewicht gefunden habe, reicht Chase mir wieder seinen Arm.

Es fühlt sich merkwürdig vertraut an, ihm derart nah zu sein, aber draußen ist es mittlerweile ziemlich frisch geworden und mein Kleid ist mehr als luftig, sodass ich seine Nähe gleich in doppelter Hinsicht genieße.

Chase schreitet mit mir am Arm auf das Gebäude zu und ignoriert dabei die Fotografen, die ihm irgendetwas zurufen, als wäre er ein verdammter Superstar. Ich tue es ihm gleich, versuche aber, wenigstens zu lächeln, weil mir alles andere irgendwie mies vorkommen würde. Die Fotografen machen schließlich auch nur ihren Job und sind hier, um ein halbwegs gutes Foto zu schießen.

Kaum dass wir das Gebäude betreten haben, bekommen wir ein Glas Champagner serviert, und ich bin ehrlich dankbar dafür, zumal bloß ein paar Sekunden vergehen, bis Chase in das erste Gespräch verwickelt wird. Dabei lässt er seine Hand die ganze Zeit auf meinem unteren Rücken ruhen und ich spüre die Wärme seiner Haut durch den dünnen Stoff meines Kleides.

Ich sollte nicht nervös sein, wirklich nicht. Ich war schon auf einigen ähnlichen Veranstaltungen, aber ohne meine Eltern hier zu sein, fühlt sich irgendwie falsch an. Verdammt, an manchen Tagen fühlt es sich sogar falsch an, überhaupt zu leben. Ihr Tod hat mich hart getroffen, denn sie waren die einzigen Verwandten für mich, die jemals gezählt haben, und seit sie nicht mehr da sind, habe ich manchmal den Eindruck, völlig allein auf dieser Welt zu sein.

Trotzdem mache ich jeden Tag weiter, versuche, mein Leben irgendwie zu leben, weil ich weiß, dass es das ist, was sie sich für mich gewünscht hätten. Und letztendlich ist es auch das, was ich mir selbst wünsche, denn ich bin mir völlig bewusst, wie privilegiert ich trotz allem noch bin. Ich bin jung, ich bin gesund, ich muss mir keine Gedanken machen, ob ich morgen noch genug zu essen habe oder mein Haus von Guerillakriegern niedergebrannt wird, die meine Familie verschleppen, meinen Mann töten und mich vergewaltigen. Ich bin so sicher, wie man es nur sein kann, und das ist weitaus mehr, als viele Menschen in ihrem Leben haben.

Meine Eltern haben um das Leben und die Gesundheit anderer gekämpft und ich werde mein eigenes Leben schon allein deshalb nicht einfach aufgeben.

„Und Sie kennen Chase woher noch mal genau?“, fragt mich die blonde Frau vor mir. Von weitem sieht sie aus wie Mitte zwanzig, aber wenn man direkt vor ihr steht, erkennt man deutlich, dass sie die fünfzig bereits eine Weile überschritten hat und vermutlich regelmäßig einen plastischen Chirurgen konsultiert.

Ich sehe Chase hilfesuchend an. Wir haben über dieses Thema nicht gesprochen und ich weiß nicht, ob es ihm recht ist, wenn ich jedem erzähle, dass ich die Pflegerin seines Vaters bin. Denn ich möchte wetten, Chase Darling lässt sich normalerweise nicht mit seinen Angestellten ein.

„Wir sind uns auf beruflichem Wege begegnet!", antworte ich deshalb ausweichend, das ist ja keine Lüge und eigentlich geht es ohnehin niemanden etwas an, woher wir uns kennen. „Aha!", sagt die Blondine und mustert mich dreist von oben bis unten. „Normalerweise kenne ich die Frauen, mit denen er herkommt."

Ich lächle möglichst freundlich.

„Darling Harbour ist ein kleiner Ort. In solchen kennt meistens jeder jeden."

„Oh, wir kommen von außerhalb!" Ich bin mir nicht sicher, ob sie diesen Umstand begrüßt oder bedauert. „Die meisten von uns reisen extra für heute Abend an. Dieser Ball ist einfach legendär." Sie beugt sich zu mir vor. „Wussten Sie, dass der Gouverneur heute Abend herkommen wird?"

„Das wusste sie. Ich habe sie persönlich eingeladen!", erklingt Teds Stimme hinter mir, und ich bin ihm schrecklich dankbar, weil er gerade in diesem Moment auftaucht.

„Ted!", sage ich und er zieht mich in eine Umarmung, weg von Chase, und diesmal bin ich diejenige, die nicht weiß, ob sie diesen Umstand begrüßen oder bedauern soll.

„Wie geht es dir?", fragt er, nachdem er allen anderen artig die Hand geschüttelt hat und sich nun wieder mir zuwendet.

Ein Kellner kommt vorbei und tauscht mein mittlerweile leeres Glas Champagner gegen ein volles aus.

„Es ist merkwürdig, eine Veranstaltung wie diese ohne Mom und Dad zu besuchen."

Ted legt mir eine Hand auf die Schulter.

„Ich hätte dich nicht bitten sollen, herzukommen. Ich dachte, du hättest vielleicht Spaß daran." Sein Blick wandert zu Chase, als wollte er noch etwas über ihn sagen, aber dann schüttelt Ted kaum merklich den Kopf. „Ich habe nicht darüber nachgedacht, wie schmerzhaft Erinnerungen sein können."

„Nein, es ist schon in Ordnung, wirklich. Ich muss mich daran gewöhnen, ohne sie zu leben. Es ist ein Lernprozess. Aber ich lerne nichts, wenn ich zu Hause herumsitze und Däumchen drehe."

Ted sieht mich mit hochgezogenen Brauen an.

„Gab es je einen Tag in deinem Leben, wo du zu Hause herumgesessen und Däumchen gedreht hast? Deine Mom hat sich jedenfalls manchmal darüber beschwert, dass du viel zu viel Energie hast."

Ich muss lachen, denn das hat sie tatsächlich immer getan.

„Vermutlich ist das eher selten vorgekommen."

„Es muss hart für dich sein, dass du sie verloren hast, ich weiß, wie eng eure Beziehung zueinander war."

„Das Leben geht weiter!" Es ist mein ewiges Mantra. „Ich habe nur dieses eine und ich bin die Einzige, die die Macht hat, es endgültig zu verderben."

„Das hast du damals auch gesagt. Nach der Entführung, als wir dich rausgeholt haben."

Ich hole tief Luft. Eigentlich ist heute kein guter Abend, um solche Dinge zu besprechen, andererseits ist es das nie.

„Ich gebe einfach nicht gerne auf."

Um Teds Augen bildet sich eine Vielzahl kleiner Lachfalten.

„Nein, das hast du in der Tat nie!" Schließlich erweckt irgendetwas anderes seine Aufmerksamkeit und er sieht mich entschuldigend an. „Ich muss leider weiter, wir sehen uns sicherlich später!"

Bevor ich noch etwas sagen kann, ist er verschwunden,

und als ich mich umdrehe, stelle ich fest, dass Chase direkt hinter mir steht.

Ich frage mich, was von unserem Gespräch er wohl alles mitbekommen hat.

Ich rede nicht gern mit Fremden über meine Vergangenheit. Die meisten können nichts davon nachvollziehen. Aber Chase' Gesichtsausdruck verrät mir nicht das Geringste. Da ist kein Erstaunen, kein Mitleid, keine Sensationsgier zu erkennen, so wie das normalerweise der Fall ist, wenn Menschen etwas über meine Vergangenheit mitbekommen.

„Komm!", sagt Chase ruhig zu mir und seine Hand landet wieder auf meinem Rücken. „Gehen wir zu unserem Platz. Das Dinner müsste jeden Moment losgehen." Wie aufs Stichwort knurrt mir der Magen und Chase schmunzelt amüsiert. Er beugt sich ein Stück zu mir herunter. „Füttern wir dich nicht gut genug?" Ich kann seinen warmen Atem an meinem Ohr spüren.

„Um ehrlich zu sein habe ich vergessen, heute Nachmittag noch etwas zu essen. Ich hatte viel zu tun." Ich habe mich um Mr. Darling gekümmert, bis der Physiotherapeut kam. Heute Abend wird Matteo den Job übernehmen, nach seinem Vater zu schauen. „Und anschließend hatte ich kaum noch Zeit für mein Styling. Dann vergesse ich manchmal zu essen."

„Du brauchst jemanden, der sich um dich kümmert und auf dich achtgibt!" Chase führt mich durch den Raum bis zu den runden Tischen und zieht einen Stuhl für mich zurück.

„Ich kann wahrscheinlich besser auf mich aufpassen, als du es dir vorstellen kannst." Nach meiner Entführung habe ich jeden Selbstverteidigungskurs gemacht, zu dem ich irgendwie Gelegenheit hatte. Auch wenn das eigentlich Schwachsinn war – denn sobald einen eine Bande bewaffneter Männer mit Maschinengewehren bedroht, hilft es nicht, wenn man ihnen theoretisch mit einem Haustürschlüssel die Augen ausstechen könnte. In solchen Momenten hebt man brav die Hände und macht, was sie sagen. Don't move, don't talk, don't smile.

Das ist das Motto, das man beim Militär für solche Fälle eingetrichtert bekommt. Mach, was sie von dir wollen und halt die Klappe.

„Ich bin mir sicher, dass du dein Leben besser im Griff hast als viele andere Menschen, auch wenn man das auf den ersten Blick nicht glauben mag. Aber braucht nicht jeder ab und an mal einen Menschen, der auf ihn aufpasst?"

„Vielleicht", murmle ich und vermute, dass Chase gar nicht weiß, wie sehr ich mich manchmal danach sehne, wieder jemanden zu haben, der genau das tut. Jemanden, der für mich da ist, wenn ich ihn brauche, für den ich an erster Stelle stehe. Und als ich ihn jetzt ansehe, frage ich mich, ob es ihm wohl ähnlich ergeht.

Ich habe mir vorher kaum Gedanken darüber gemacht, wie es für ihn sein muss, das Familienunternehmen zu führen. Ein Unternehmen, an dem Tausende von Arbeitsplätzen hängen, das Tausende von Familien ernährt und von dem seine Familie ebenfalls in einer gewissen Art und Weise abhängig ist. Okay, er könnte es natürlich auch einfach verkaufen, wahrscheinlich hätte die Familie Darling in diesem Fall genug Geld, um ein Leben in Luxus zu führen und trotzdem nie mehr einen Finger krummmachen zu müssen. Aber es ist das Familienerbe, etwas, in das Generationen vor ihm Schweiß und Blut und Tränen gesteckt haben. So etwas gibt man vermutlich nicht so schnell auf.

13

Chase

Ich betrachte die Frau, die neben mir sitzt, und ich kann nicht anders, als sie wunderschön zu finden, auch wenn mich das irgendwie verstört. Frauen wie Matilda Rose sind normalerweise wirklich nicht mein Typ. Ich mag Frauen aus meiner Gesellschaftsschicht, die zwar wissen, was sie wollen, aber ansonsten eine Spur kultivierter sind, sanfter, nicht derart kratzbürstig. Frauen, die genau wissen, wie sie sich zu kleiden, zu schminken und zu benehmen haben. Und trotzdem habe ich heute Abend nur Augen für Matilda Rose, die unter all diesen kultivierten Frauen wirkt wie eine wilde, duftende Rose zwischen lauter langweiligen Gewächshausexemplaren ohne Dornen.

Sie sticht aus der Menge hervor, schon allein aufgrund

ihrer Haarfarbe, und ich habe mehr als einen Kerl gesehen, der seinen Blick weit länger auf ihr hat weilen lassen, als es angemessen ist. Ich hätte gerne jedem Einzelnen von ihnen die Augen ausgestochen.

Das ist neu für mich.

Ich bin sonst nie eifersüchtig.

Erst recht nicht, wenn es um eine Frau geht, die nicht mehr oder weniger tut, als mich einen Abend lang zu begleiten. Normalerweise sind mir solche Frauen völlig egal.

Ich bin höflich zu ihnen, natürlich bin ich das, immerhin opfern sie ihre Zeit für mich, und ein Abend gestaltet sich einfach angenehmer, wenn man halbwegs aufmerksam miteinander umgeht.

Doch Matilda Rose würde ich am liebsten die größten Leckerbissen von meinem Teller geben, um sie auf ihren zu legen, und dafür Sorge tragen, dass dieser angespannte Zug auf ihrem Gesicht verschwindet.

Mir fallen zigtausend Lösungen ein, die dazu führen könnten, dass sie sich entspannt, aber nicht eine davon ist anständig, dafür würde jede einzelne von ihnen Matilda Rose zum Stöhnen bringen.

Ich frage mich, wie sie wohl aussieht, wenn ihre Wangen vor Erregung gerötet sind und ob sie zu den Frauen gehört, die stöhnen und schreien, oder ob sie völlig lautlos beim Sex bleibt.

Nach dem Essen setzt die Musik ein und ich reiche ihr meine Hand.

„Aber niemand tanzt!“, widerspricht sie und ich grinse.

„Hatte ich dir nicht erzählt, dass diesen Tanz traditionell ein Darling eröffnen muss? Und ich bin der Einzige, der hier ist.“

Sie gibt etwas von sich, was sich unverkennbar nach

einem Fluch anhört, und als sie feststellt, dass alle Blicke auf sie gerichtet sind, setzt sie ein unechtes Lächeln auf ihr Gesicht. Dabei wirkt sie fast wie die Frauen, auf die ich normalerweise stehe. Es gefällt mir nicht, wenn sie so wirkt.

„Du kannst doch tanzen, oder?", frage ich sie, kurz bevor wir auf der Tanzfläche angekommen sind. Natürlich will ich sie ein wenig ärgern, doch ich will sie auf keinen Fall der Lächerlichkeit preisgeben.

„Ich kann all das, was Shakira kann! Mit dem Hintern wackeln, mit den Armen in der Luft herumwedeln ... Ich bin beeindruckend gut in Limbo und Lambada. Und selbstverständlich im Twerken. Meinst du, das reicht?"

Ich bin mir nicht sicher, ob sie mich auf den Arm nimmt, aber ich persönlich würde sie furchtbar gern twerken sehen. Nur nicht hier, wo jeder andere sie auch sehen kann.

„Wie ist es mit langsamem Walzer?", frage ich daher und gehe gar nicht weiter auf ihre Provokation ein.

„Finden wir es heraus!", antwortet Matilda Rose mit einem Schulterzucken, und kurz wird mir etwas mulmig zumute.

Manche Menschen behaupten, ich hätte einen Kontrollzwang, und wahrscheinlich haben sie damit recht.

In meiner Welt lernt jede Frau spätestens im Alter von vierzehn tanzen und nimmt an einem Tanzkurs teil. Ich habe keine Ahnung, ob es auch Teil von Matilda Rose' Bildungsprogramm war. Ich hätte das vorher abchecken müssen. Aber ich habe einfach nicht daran gedacht.

Ich führe sie den ersten Schritt auf das Parkett und bereits beim dritten und vierten stellt sich heraus, dass sie eine hervorragende Tänzerin ist. Ihre Haltung ist akkurat und ihre Schritte sind locker und leichtfüßig, außerdem lässt sie sich von mir führen, als hätte sie niemals etwas anderes getan.

Ich mache mir nichts aus tanzen, aber als die Musik vorbei ist, bin ich beinahe enttäuscht. Also tue ich, was ich sonst nie tue – ich tanze auch noch den nächsten Tanz mit ihr, diesmal einen Wiener Walzer, bei dem sie zu meinem großen Entzücken viel enger in meinen Armen liegt. Kein Wunder, dass er im alten England eine ganze Zeit als frivol galt, denn ich kann Matilda überall spüren.

„Also, meine Rose …“, raune ich in ihr Ohr und zu meiner großen Freude kann ich beobachten, wie eine tiefe Röte über ihr Dekolletée kriecht und schließlich ihre Wangen erreicht.

Wer hätte das gedacht? Meine kleine Wildrose wird verlegen, wenn man ihr Komplimente macht. „Wollen wir noch weitertanzen oder wollen wir uns hinsetzen?“

Sie sieht mich an und zieht eine rotbraune Augenbraue in die Höhe.

„So sehr es manche Frauen auch genießen mögen, sich an deinem Körper auf diese Art unauffällig reiben zu können, mir tun in diesen verdammten Schuhen die Füße weh und ich stehe nicht auf Schmerzen.“

Ich muss lachen.

„Ist vermerkt!“, sage ich. „Nur für den Fall der Fälle.“ Matildas Röte breitet sich noch weiter aus und ich frage mich, was ich hier eigentlich erzähle. Wahrscheinlich könnte sie mich für den Mist, den ich von mir gebe, anzeigen, wenn sie das wollen würde. Ich sollte wirklich vorsichtiger sein.

Als wir zurück zu unseren Plätzen gehen, sitzen wir kaum, als Theodor kommt, um sich mit uns zu unterhalten, und tatsächlich schaffe ich es, endlich das Thema auf die

Bebauung des Grundstücks zu lenken, an dem ich so interessiert bin.

„Ich besuche dich nächste Woche in deinem Büro", sagt er zu mir, nachdem er sich alles angehört hat, was ich zu sagen hatte. „Dann können wir in Ruhe und ohne Ablenkung darüber sprechen. Aber generell klingt es für mich erst mal gut. Mehr Arbeitsplätze ist etwas, dass die meisten Leute gerne mögen. Solange kein Naturschutzgebiet oder irgendein Kulturerbe davon betroffen ist, keine rituellen Kultstätten der Eingeborenen zerstört werden oder sonstige Argumente dagegen sprechen, fallen mir keine Gründe ein, es nicht zu tun." Ich atme erleichtert auf. Natürlich ist Theodor nicht das Gesetz, aber sein Wort zählt eine Menge und ich hoffe, dass ich auch noch die letzten Zweifler ausschalten kann, wenn er ein gutes Wort für mich einlegt.

Der Abend ist also ein voller Erfolg und für mich gibt es keinen Grund mehr, länger zu bleiben.

„Wollen deine Füße gerne nach Hause und aus diesen Schuhen raus?", frage ich Matilda daher, nachdem der Gouverneur sich verabschiedet hat.

„Sie wollen nichts lieber als das!" Sie seufzt wohlig, als würde allein der Gedanke daran ihr angenehme Gefühle bereiten, und meine Gedanken driften erneut in Richtungen ab, in die sie nicht abdriften sollten. „Kannst du jetzt schon gehen? Ich dachte, Abende wie dieser wären wichtig zur Kontaktpflege, um Geschäfte zu machen und was weiß ich nicht noch alles."

Ich zucke mit den Schultern.

„Sind sie auch. Bis auf den Gouverneur gibt es niemanden hier, mit dem es für mich sonderlich von Vorteil wäre, Kontakte zu pflegen." Ich zögere kurz. „Klingt es sehr arrogant, wenn ich sage, dass die meisten der Anwesenden eher etwas von mir wollen als ich von ihnen?"

„Ja, klingt es. Allerdings befürchte ich auch, es entspricht der Wahrheit.“ Sie rümpft die Nase, als würde sie irgendeinen anstößigen Geruch wahrnehmen. „Ich muss gestehen, dass ich einiges über deine Familie gelesen habe, bevor ich den Job angenommen habe.“ Mit einem kleinen Lächeln beugt sie sich zu mir vor. „Du bist nicht der Einzige, der Auskünfte über die Personen einholt, mit denen er zusammenarbeitet. Mir war zwar klar, dass euch die Gegend hier quasi gehört, aber nicht, wie sehr ihr hofiert werdet.“ Dann lehnt sie sich wieder zurück, ihr Lächeln wird nun noch breiter. „Es muss dich entsetzlich ankotzen, dass du dich bei Ted wegen der Bebauung dieses Grundstücks einschleimen musst, oder?“ Sie wiegt leicht den Kopf. „Ich befürchte jedoch, sich bei ihm einzuschleimen, wird nicht viel bringen. Das Argument mit den Arbeitsplätzen war es, was ihn zur Zustimmung bewogen hat. Wusstest du, dass er tatsächlich aus recht bescheidenen Verhältnissen kommt?“

„Ja!“, antworte ich zähneknirschend, denn sie hat recht. Ich hasse es, wenn ich meine Interessen nicht durchsetzen kann und andere um Gefallen bitten muss.

„Dachte ich mir schon. Du bist gern informiert über die Menschen um dich herum, richtig?“

„Ja!“, antworte ich erneut. Deshalb habe ich auch vorhin, als Matilda kurz auf der Toilette war, meinen Privatdetektiv damit beauftragt, alles über die Entführung herauszufinden, von der Theodor vorhin gesprochen hat. „Komm, kümmern wir uns um deine armen Füße!“, sage ich zu ihr und reiche ihr die Hand, bevor sie auf die Idee kommen kann, noch mehr Fragen zu stellen, deren Antworten mir nicht wirklich gefallen.

14

Matilda Rose

Die Fahrt zurück zum Anwesen der Darlings verbringen wir schweigend.

Ich traue mich nicht, meine Schuhe auszuziehen, weil ich genau weiß, dass ich mich nachher für die letzten Meter vom Wagen bis zum Haus wieder würde hineinzwängen müssen. Ich will meine malträtierten Füße lieber gar nicht erst daran gewöhnen, dass die Tortur vorbei ist, bevor sie nicht auch wirklich vorbei ist. Obendrein dauert die Fahrt auch nicht sonderlich lange.

Zwischen Chase und mir herrscht eine seltsame Stimmung, voller Anspannung, die ich nicht deuten kann.

Der Abend ist für ihn gut gelaufen. Wie ich Ted kenne, wird er alles dafür tun, um mehr Arbeitsplätze in der

Region zu schaffen und noch mehr Wohlstand in diese Gegend zu bringen. Denn das ist es, was ihm seine Wiederwahl sichern wird. Ich würde behaupten, dass er ein guter Mensch ist, zumindest habe ich ihn nie anders kennengelernt, aber er ist auch erfolgsorientiert und das ist die Schraube, an der Chase nun gedreht hat.

Als wir ankommen, regnet es in Strömen und der Chauffeur öffnet uns mit einem Schirm in der Hand die Tür.

Diesmal steige ich zuerst aus und Chase folgt mir.

„Also dann!“, sagt er, als wir wieder im Foyer des Anwesens stehen. „Danke für deine Begleitung.“

„Gern geschehen!“, murmle ich, und obwohl ich ja eigentlich keine Wahl hatte, stimmt es, dass ich gern mitgekommen bin, was mich selbst ein wenig erstaunt.

Ich schleiche die Treppe hoch und biege ab, um auf den Flur zu kommen, auf dem sich meine kleine Wohnung befindet. Den gesamten Weg nach oben kann ich Chase‘ Blicke im Rücken spüren, und als ich endlich in meinem Appartement stehe, lehne ich mich von innen gegen die Tür und atme tief durch.

Erst jetzt schlüpfe ich aus den Schuhen und stöhne leise, als sich meine Zehen dankbar in den dicken, weichen Teppich krallen.

Wir sind viel früher zu Hause, als ich dachte, und ich frage mich, wie ich es auf diesen Höllendingern hätte aushalten sollen, wenn wir noch länger geblieben wären. Ich empfinde ziemlichen Respekt den Frauen gegenüber, die das tatsächlich durchstehen, ohne sich zu beschweren.

Mein Kleid ziehe ich nur widerwillig aus. Irgendwie hatte der Abend einen gewissen Zauber und ich habe das Gefühl, ihn abzustreifen, wenn ich aus diesem Kleid steige; trotzdem tue ich es, ohne groß zu zögern.

Chase Darling lässt sich nicht mit Frauen wie mir ein. Und, was noch wichtiger ist: Ich würde niemals etwas mit einem Mann wie ihm anfangen.

Trotzdem war da heute etwas zwischen uns, eine Anziehung, und ein stummes Verständnis, das noch weit über einfache Anziehung hinausgeht.

Das ist gefährlich, denn er und ich, wir werden niemals zusammenkommen.

Ich passe genauso wenig in seine Welt wie er in meine.

Ich möchte mein Studium abschließen und dann in die Fußstapfen meiner Eltern treten. Vielleicht will ich dafür nicht mehr unbedingt nach Asien oder nach Afrika, dafür habe ich zu viel Angst, aber auch hierzulande gibt es mehr als genug soziale Projekte, in denen man sich als Ärztin engagieren kann. Das ist mein Lebensplan und ich habe nicht vor, davon abzuweichen, schon gar nicht für einen Mann.

Ich schminke mich ab und schlüpfe in mein Nachthemd, bevor ich mich hinlege und mir ein Buch schnappe, um auf andere Gedanken zu kommen.

Chase

Ich starre Matilda hinterher, bis sie aus meinem Blickfeld verschwunden ist.

Ihr Hintern sieht in diesem Kleid wirklich umwerfend aus.

Vermutlich ist er auch umwerfend – in den unförmigen

Hosen, die sie sonst trägt, ist mir das nur bisher nicht aufgefallen.

Ich sollte hier nicht stehen und starren, das weiß ich selbst, und als Matteo plötzlich um die Ecke kommt, erschrecke ich mich beinahe.

Er hat die Ärmel seines Hemdes nach oben gekrempelt und hält ein Glas Whisky in der Hand.

„Ihr seid schon zurück?", fragt er und sein Blick fliegt zu der Stelle, an die ich bis gerade noch geschaut habe, die Treppe hoch zu den Wohnungen der Angestellten.

Matteo ist nicht doof, er weiß genau, wo ich hingesehen habe, und sein Grinsen beweist mir meine Theorie.

„Ich bleibe nie lange auf solchen Veranstaltungen, das solltest du doch wissen. Wie geht es Dad?"

„Er schläft. Ich glaube, die Medikamente, die er nimmt, machen ihn träge."

„Und du? Was machst du heute Abend noch?"

„Ich weiß nicht, wahrscheinlich schaue ich mir einen Film an. Eventuell gehe ich später auch noch mal aus. Matilda ist ja wieder da und kann auf Dad aufpassen. Vielleicht bleibe ich auch hier. Ich weiß es noch nicht."

Matteo geht in letzter Zeit verdammt oft aus, zumindest wesentlich mehr als früher, und wenn ich ihn frage, wie es war, antwortet er immer nur ausweichend. Ich denke, irgendetwas stimmt da nicht, aber bisher habe ich nicht genug Indizien, um der Sache genauer nachzugehen. Zumal es sein Leben ist und nicht meins.

Und trotzdem schnüffelst du Matilda hinterher …

Manchmal kann ich mein Gewissen nicht leiden, wirklich nicht. Doch in diesem Fall kann ich es damit rechtfertigen, dass sie meine Angestellte ist, und mehr noch: Das Leben meines Dads liegt quasi in ihren Händen. Ich muss wissen, ob sie in einem Notfall in der Lage dazu ist, richtig zu reagieren.

Also ziehe ich mich in meine eigene Wohnung zurück.

Für Außenstehende wirkt es manchmal seltsam, dass es in diesem Haus gleich mehrere Wohnungen gibt, aber als es erbaut wurde, ging es vor allem darum, nach außen Macht und Wohlstand auszustrahlen. Dementsprechend groß ist es auch ausgefallen und heute profitieren wir davon.

Dort setze ich mich an meinen Schreibtisch und öffne meinen Laptop, wobei ich erfreut feststelle, dass die Mail meines Privatdetektivs bereits angekommen ist.

Viel konnte ich leider nicht herausfinden, anscheinend ist einiges Verschlusssache. Scheint fast, als hätte irgendein hohes Tier seine Finger mit im Spiel gehabt, als es um die Befreiung von Matilda Rose Howards ging, das jedoch nicht genannt werden möchte. Auch die Presse hat kaum etwas darüber berichtet. Ein bisschen habe ich trotzdem herausfinden können, zufällig habe ich Freunde bei der Polizei vor Ort.

Vermutlich hat er sie bestochen, um an Informationen zu kommen. Mir soll es recht sein, solange niemand dabei zu Schaden kam.

Ich öffne die Anhänge, die er mir geschickt hat, die tatsächlich recht dürftig sind.

Anscheinend ist Matilda entführt worden, als sie gerade achtzehn geworden ist, nur wenige Wochen, bevor sie in die USA zurückkehren wollte, um dort ihr Studium zu beginnen. Eine bewaffnete Gang hat das Krankenhaus überfallen, in dem sie zusammen mit ihren Eltern gearbeitet hat. Beziehungsweise das, was man in diesem Ort ein Krankenhaus genannt hat, eigentlich ist es nicht mehr als ein flaches Gebäude mit ein paar Betten und einem notdürftig eingerichteten OP-Saal, dessen Technik größtenteils noch aus dem letzten Jahrtausend stammt.

Sie haben Matilda in ihre Gewalt gebracht und ihre Eltern dabei schwer verletzt, weil die beiden wie Löwen um ihre Tochter gekämpft haben müssen.

Matilda wurde dann mehrere Tage festgehalten, in einer winzig kleinen Hütte. Es gibt einen Bericht, in dem steht, dass sie völlig dehydriert war und von blauen Flecken übersät. Hinweise auf sexuelle Übergriffe gab es aber nicht.

Ich balle meine Hände zu Fäusten, wenn ich mir vorstelle, dass sie geschlagen und gegen ihren Willen festgehalten worden ist.

Es gibt ein Foto von der Hütte, in der sie gefangen gehalten wurde, ein ärmliches Konstrukt aus einem Haufen Brettern.

Etwas in mir möchte dorthin fliegen, es mit Benzin übergießen und abfackeln.

Ich weiß, dass es in manchen Ländern unendlich große Armut, unendlich großes Leid gibt. Selbst hier, in einem hochentwickelten Industrieland, gibt es Menschen, die kaum wissen, wovon sie ihre nächste Mahlzeit bezahlen sollen. Alte und demente Angehörige werden voller Verzweiflung einfach an der Straße ausgesetzt, weil ihre Nachkommen keine andere Möglichkeit sehen, sie zu versorgen. Das Elend und die Armut in anderen Ländern sind derart groß, dass ich es mir wahrscheinlich niemals vorstellen kann. Die wenigsten von uns dürften dazu in der Lage sein. Armut und Verzweiflung treiben Menschen in die Kriminalität. Vielleicht ist das nicht immer eine Entschuldigung, aber es ist zumindest eine Erklärung. Wenn es ums blanke Überleben geht, kann man es sich nicht so einfach leisten, auch moralisch zu sein. Manche Menschen schaffen es ja nicht mal, wenn sie ohnehin schon genug haben. Ich nehme mich selbst da nicht aus.

Allerdings waren die Entführer in Matildas Fall gut

organisiert und teuer bewaffnet. Obendrein waren sie unnötig gewalttätig. Ihr Vater hätte den Überfall damals fast nicht überlebt.

Es macht mich wütend, was sie ihr angetan haben, unendlich wütend.

Über ihre Befreiung ist nicht viel zu lesen, irgendwann ist sie freigelassen worden. Man hat ihr die Fesseln abgenommen und sie aus einem fahrenden Auto geworfen und einfach liegen lassen. Wieso weiß niemand – zumindest offiziell nicht. Man munkelt über große Geldsummen, die geflossen sein sollen. Die Drahtzieher der Entführung sind eines Tages verschwunden und niemals wieder aufgetaucht, was all meine Rachepläne leider zunichtemacht. Ich habe zwar viele Möglichkeiten, aber sie sind auch nicht unbegrenzt.

Ich öffne die letzte Datei, es ist ein Foto von Matilda, und wenn nicht ihr leuchtend rotes Haar wäre, hätte ich sie wahrscheinlich kaum erkannt. Sie wirkt jünger auf diesem Bild und gleichzeitig um Jahre gealtert. Ihre Wangen sind eingefallen, sie trägt ein zerrissenes Shirt und keine Hose, ihr Körper ist übersät von blauen Flecken und Kratzern.

Und ihre Augen ... Sie wirkt so gehetzt, dass ich sie am liebsten in meine Arme ziehen möchte und ihr immer wieder ins Ohr flüstern will, sie wäre in Sicherheit.

Ihr Anblick ist kaum zu ertragen.

Ich schließe die Dateien und klappe den Monitor herunter.

Dabei frage ich mich, wem ich hier eigentlich etwas vormache.

Ich habe mir selbst eingeredet, nur gründlichere Nachforschungen über eine Angestellte anzustellen, weil es zur Sicherheit meines Vaters beiträgt, wenn ich möglichst viel über sie in Erfahrung bringe.

Was für ein Bullshit.

Für die Pflege meines Dads ist ihre Vergangenheit völlig egal, solange sie nicht kriminell war, und das habe ich überprüfen lassen.

Diese Informationen sind für mich.

Da lässt sich auch nichts schönreden.

Das sollte mir zu denken geben.

Und noch mehr sollte es mir zu denken geben, was diese Informationen in mir auslösen.

15

Matilda Rose

Ich hasse diese verdammten Panikattacken, aber ich kann mich einfach nicht dagegen wehren, wenn die Bilder aus der Vergangenheit mich überkommen, so wie jetzt.

Wahrscheinlich war es die erneute Begegnung mit Ted, die mich derart aufgewühlt hat, eventuell waren es auch die vielen Menschen und die Aufregung des Tages oder die Autotüren, die zu laut zugeschlagen sind.

Ich habe keine Ahnung, woran es liegt, und letztendlich spielt es ja auch keine Rolle. Ich kann nicht jedem Auslöser aus dem Weg gehen, in dem Fall hätte ich wahrscheinlich überhaupt kein eigenes Leben mehr und würde mich nur noch irgendwo verstecken.

Mein Therapeut hat mir damals zu einer stufenweisen Konfrontationstherapie geraten, damit mein Gehirn sich nach und nach daran erinnern kann, dass nicht jeder Knall aus einer Waffe stammt und nicht jede lautere Stimme von einem potenziellen Entführer herrührt.

Ich hatte sie eine Weile lang gut im Griff und sie traten nur sehr selten auf, aber seit dem Tod meiner Eltern ist es wieder schlimmer geworden und die Begegnung mit Ted hat mich zusätzlich aufgewühlt.

Es war keine Lüge, als ich beim Essen vorige Woche zu Chase gesagt habe, dass das Zusammentreffen mit ihm alte Geister in mir aufgeschreckt hat. Nun schleiche ich durchs Haus, als wäre ich selbst ein Geist, weil ich nicht zur Ruhe komme.

Ich mag andere Menschen mit Meditation oder Duftölen zur Ruhe bringen, bei mir selbst wirkt es leider kaum. Zumindest nicht in einem Zustand wie jetzt.

Meine kleine Wohnung, die mir sonst wie der absolute Luxus vorkommt, scheint mir plötzlich zu eng zu sein. Selbst auf dem Balkon fühlt es sich an, als würden die Wände immer näherkommen und der dunkle Nachthimmel jeden Moment auf mich herabstürzen.

Obwohl es draußen kalt ist und nicht heiß und stickig, so wie damals in der Hütte, schwitze ich heftig.

Es ist die pure Vernunft, dass ich mir eine Strickjacke über mein Nachthemd gezogen habe, denn ich will mich nicht erkälten und Mr. Darling gegebenenfalls anstecken.

Ich betrete die Küche und gehe in die Speisekammer, öffne den Kühlschrank, nur um festzustellen, dass ich eigentlich gar keinen Hunger habe. Dafür gibt es in der Speisekammer eine Tür nach draußen mit einer Terrasse, die nur die Angestellten benutzen, die aber trotzdem wunderschön ist. Anders als die Terrassen, die von den

Bewohnern benutzt werden, blickt man von dieser auf das weite Waldgebiet, das sich auf der Rückseite der Villa erstreckt. Irgendwo dahinter befindet sich das Meer und ich bilde mir ein, es von hier aus riechen zu können.

Ich atme die Luft tief ein und versuche, mich irgendwie zu beruhigen.

Der Wald duftet nach süßem Herbst und Regen und es riecht völlig anders als in der engen Hütte irgendwo in Afrika, in der es nach Schweiß und Fäkalien gestunken hat.

Ich fülle meine Lungen ein weiteres Mal ganz bewusst mit der kalten, frischen Luft, dann drehe ich mich um, um zurück ins Haus zu gehen, als ich direkt hinter mir eine dunkle Gestalt aufragen sehe.

Ich beginne beinahe sofort hysterisch zu schreien. Ich kann es selbst hören, doch ich kann einfach nicht mehr damit aufhören. Selbst als ich erkenne, dass es sich bei der Gestalt um Matteo, den jüngsten der Darling-Brüder handelt, gelingt es mir nicht, mich zu beruhigen.

„Hey!“, sagt er und hebt abwehrend seine Hände. „Alles gut, ich bin’s nur. Ich wollte dich nicht erschrecken … Bitte, beruhige dich.“

Dann tritt eine zweite Gestalt dazu und ich erkenne Chase. Erst seine grimmige Miene bringt mich wieder halbwegs zur Vernunft, dafür zittere ich nun am ganzen Körper.

„Was machst du denn?“, herrscht er seinen jüngeren Bruder an, der entschuldigend mit den Schultern zuckt.

„Ich habe Kekse gesucht, dabei habe ich festgestellt, dass die Tür nach draußen offenstand. Ich wollte nach dem Rechten schauen, aber Matilda Rose muss sich irgendwie erschreckt haben.“

Ich sage nichts, weil ich dazu gar nicht in der Lage bin, obendrein wird mein Zittern jetzt noch heftiger. Ich hasse diesen Zustand und ich weiß, wie lange ich wahrscheinlich brauchen werde, um wieder zur Ruhe zu kommen, um wieder klar denken zu können, um mich wieder wie mich selbst zu fühlen.

Chase schaut mich an, dann wandert sein Blick zu seinem Bruder und schließlich wieder zurück zu mir.

„Mach doch etwas!“, sagt er, und ich bin mir sicher, er meint damit nicht mich, sondern Matteo.

„Ich finde, sie wirkt, als müsste sie jemand in den Arm nehmen. In Anbetracht der Umstände, dass ich sie gerade fast zu Tode erschreckt habe, bin ich vermutlich nicht der richtige Kandidat dafür.“ Der Mistkerl klingt beinahe amüsiert. „Und du bist der Einzige, der sonst noch hier ist und diesen Job übernehmen könnte.“

Ich will widersprechen, wirklich, aber ich bringe nicht mehr als ein Krächzen heraus.

„Scheiße!“, sagt Chase und kommt auf mich zu.

Bei dem Gedanken, dass er mich festhalten könnte, gerate ich noch mehr in Panik, doch statt wegzulaufen, verfalle ich in eine regelrechte Schockstarre. Ich habe keine Chance, noch irgendwohin zu verschwinden, bis Chase bei mir ist und mich fest in seine Arme schließt.

Einen kurzen Augenblick lang kämpfe ich dagegen an, dann atme ich tief ein und nehme seinen Duft tief in mir auf, und es ist, als würde sein Duft mich erden, mich zurück ins Hier und Jetzt bringen.

Ich entspanne mich ein bisschen, nehme Chase‘ Herzschlag wahr, der kräftig und gleichmäßig an seiner Brust zu hören ist. Und schließlich ist da seine Wärme, die sich tröstlich um mich herumlegt.

Ich kann wieder durchatmen, nur das verdammte Zittern hört immer noch nicht auf.

Irgendwann hebt Chase mich hoch und bringt mich ins Haus, in ein Zimmer, das ich nicht erkenne, aber dem Duft der Laken nach dürfte es seins sein.

„Was machen wir hier?“, frage ich, als er mich auf dem Bett abgelegt und zugedeckt hat.

„Ich mag ja ein Arschloch sein, doch du hast eindeutig eine Panikattacke und ich werde dich in diesem Zustand sicherlich nicht alleinlassen. Allerdings muss ich morgen früh raus und ich brauche meinen Schlaf. In deinem Zimmer ist mir das Bett zu klein. Also wirst du wohl oder übel bei mir schlafen müssen.“

Er zieht mich zurück in seine Arme.

Chase

ICH WEIß, woran sie gedacht hat.

Als sie vorhin da draußen vor der Küche stand, habe ich den Ausdruck in ihren Augen erkannt. Getrieben und gehetzt, voller Panik, genauso wie auf dem Foto, das ich früher am Abend von ihr angeschaut habe. Und ich konnte es nicht ertragen, sie so zu sehen.

„Hast du diese Flashbacks öfter?“, frage ich und streiche sanft über ihr Haar.

Sie versucht, sich aus meinen Armen zu befreien, aber ich lasse es nicht zu.

Ich weiß, wir sollten nicht zusammen hier sein und dass ich eine Grenze überschreite, von der ich mir fest vorgenommen habe, sie einzuhalten.

Aber gerade kann ich nicht anders.

Ich brauche diese Nähe ebenso wie Matilda, völlig egal, wie falsch das auch sein mag.

Also vergrabe ich meine Nase in ihrem Haar und atme ihren Duft tief ein, spüre ihrem Körper nach, der langsam aufhört zu zittern.

„Meistens habe ich es ganz gut im Griff, nur dieser Abend hat mich aufgewühlt. Manchmal habe ich auch keine Ahnung, woher es kommt."

„Ich habe von deiner Entführung gelesen. Bei meinen Recherchen über dich." Ich bin ein Feigling, weil ich es klingen lasse, als wüsste ich schon lange davon.

„Ich …" Für einen Moment versteift sie sich in meinen Armen, aber schließlich wird ihr Körper weicher. „Ja, es ist seit meiner Entführung. Wusstest du, dass solche Dinge früher überlebenswichtig waren? Situationen, in denen viele Stresshormone ausgeschüttet werden, speichert unser Hirn besonders ab. Wir erinnern uns deutlich öfter und genauer daran. Was ja sinnvoll war, oder manchmal auch nach wie vor ist. Du hast mal einen Tiger brüllen gehört und plötzlich stand er hinter dir und hat dich gejagt und beinahe gefressen? In Zukunft wirst du vorsichtiger sein, wenn du dieses Geräusch hörst, besser aufpassen, früher davonlaufen. Das ist sinnvoll."

„Leider ist es nicht sinnvoll, wenn es sich um einmalige Situationen handelt", ergänze ich ihre Ausführung.

„Nein, dann ist es in erster Linie anstrengend. Ich habe das, was man eine posttraumatische Belastungsstörung nennt. Meistens habe ich sie allerdings wirklich gut im Griff. Aber an Tagen wie diesen … Es war der Ball und das Tanzen. All das hat alte Erinnerungen hervorgerufen. Außerdem Trauer, weil ich zu solchen Veranstaltungen früher mit meinen Eltern gegangen bin."

„Ich hätte dich nicht dahin mitnehmen sollen … Es tut mir sehr leid."

„Du konntest es nicht wissen, oder? Und etwas ähnliches hat Ted heute ebenfalls zu mir gesagt. Die Sache ist nur die: Ich muss lernen, damit zu leben. Mit jedem positiven Ergebnis glaubt mir mein Hirn mehr, dass das Leben weitergehen wird."

Meine kleine Rose ist eine Kämpferin. Das erstaunt mich allerdings nicht. Ich hätte nie etwas anderes von ihr erwartet, wenn ich ehrlich sein soll.

Sie räuspert sich.

„Es geht mir schon besser. Du kannst mich jetzt loslassen!", sagt sie zu mir, aber ich will sie nicht loslassen.

Trotzdem lockere ich meinen Griff um sie ein wenig, wenn auch nur widerwillig, aber ich bleibe nach wie vor hier liegen, warte ab, was passiert, warte darauf, bis sie wirklich versteht, dass sie bei mir in Sicherheit ist.

Irgendwann wird ihr Atem langsamer, ihr Körper entspannt sich immer weiter und sie schläft ein.

Und als nichts mehr außer ihren ruhigen Atemzügen den Raum erfüllt, schlafe auch ich ein.

16

Matilda Rose

Ich hätte mich wirklich mehr wehren sollen, Chase stärker widersprechen sollen, als er mich in sein Schlafzimmer geschleppt hat.

Das ist absolut unangemessen.

Es könnte mich wahrscheinlich sogar meinen Job kosten. Sollte Chase morgen aufwachen und feststellen, dass ich nicht dazu in der Lage bin, mich weiter um seinen Vater zu kümmern, weil ich zu instabil bin, wird er alles daransetzen, eine neue Pflegerin für ihn zu bekommen. Und das mag vielleicht schwer sein, aber es ist beim besten Willen nicht unmöglich. Er könnte beispielsweise das Gehalt verdreifachen. Oder den Suchradius ausweiten.

Natürlich habe ich mir immer eingeredet, sie wären auf

mich angewiesen, doch niemand ist in einem Job unersetzlich. Das weiß auch ich. Ich kann mir hier zwar einiges herausnehmen, aber nicht alles.

Und sollte Chase befinden, dass ich zwar weiterhin für meinen Job geeignet bin, ihm das Ganze aber irgendwie unangenehm sein – nun, auch in diesem Fall werde ich meine Sachen packen und gehen können. So ist das eben, wenn man die Angestellte und nicht der Boss ist, und aus genau diesem Grund sollte man sich auch nicht auf Spielchen wie diese einlassen.

Leider hat es sich vorhin angefühlt, als gäbe es nicht die geringste Wahl.

Nicht, weil Chase mir keine gelassen hat, ich bin mir sicher, er hätte mich sofort gehen lassen, wenn ich ihm vehementer widersprochen hätte. Er muss allerdings gespürt haben, wie sehr ich das gerade brauche. Einen Menschen, der für mich da ist, der mich in den Arm nimmt und festhält, der mich zusammenhält, während ich den Eindruck habe, innerlich zu zerspringen und mich zu verlieren.

Verdammt, es ist viel zu lange her, dass es jemanden gab, der für mich da war.

Natürlich gab es früher meine Eltern, und in den ersten Semestern meines Studiums hatte ich einen Freund, aber ihm ist es schnell zu kompliziert geworden mit mir. Er konnte nicht damit umgehen, dass ich an manchen Tagen fröhlich und extrovertiert war, während ich mich an anderen irgendwo verkrochen habe. Er konnte nicht mit meiner Geschichte umgehen und ich kann ihm das bis heute nicht übelnehmen – denn ich selbst konnte kaum damit umgehen.

Ich bin stabiler geworden. Ich habe Therapien gemacht. Auch die Zeit hat ihren Teil dazu beigetragen.

Manches wird besser, wenn man einfach abwartet und weitermacht.

Wie Chase hat mich noch nie jemand gehalten. Und es hat sich viel zu gut angefühlt.

Ich lausche auf seinen ruhigen Atem, genieße noch einen Augenblick lang seine Wärme und schließlich nehme ich all meine Willenskraft zusammen und schleiche mich aus dem Bett.

Es ist falsch, mich auf das hier einzulassen. Sowohl aus beruflichen als auch aus emotionalen Gründen, denn ich bin mir sicher, für Chase ist es längst nicht so wichtig wie für mich. Ich sehne mich viel zu sehr nach Nähe, bin viel zu ausgehungert danach, und das macht mich labil.

Das kann er nicht wissen.

Er soll es auch gar nicht wissen.

Aber ich weiß, dass ich dringend mehr Abstand einhalten muss, sonst endet das hier in einer Katastrophe.

Ich schleiche mich auf Zehenspitzen aus seiner Wohnung und schließe leise die Tür, dann mache ich mich auf den Weg zu meinem eigenen Zimmer.

Das Haus ist nachts nur schwach beleuchtet, auf den Fluren brennen kleine Sicherheitslampen, die die Umgebung in ein schummriges Licht tauchen, und wie so oft, wenn ich eine Panikattacke hatte, nehme ich alles überdeutlich wahr. Vermutlich, weil meine Sinne sich immer noch nicht wieder beruhigt haben.

Ich stehe kurz vor meiner Zimmertür, als ich schwere Schritte hinter mir höre.

Ich weiß, dass es Chase ist, und er gibt sich nicht die geringste Mühe, von mir unentdeckt oder ungehört zu bleiben. Vielleicht ist er sogar absichtlich laut, damit ich mich nicht erschrecke.

Ich bleibe stehen und drehe mich zu ihm um.

„Was machst du hier, Matilda?" Er klingt ... na ja. Angepisst. Er ist es gewohnt, dass andere Menschen sich seinem Willen, seinen Wünschen, seinen Befehlen beugen, und er wollte, dass ich bei ihm bleibe. Das habe ich aber nicht getan.

„Schlafen gehen!", erwidere ich matt.

„Und mein Bett war dir nicht bequem genug?" Er steht nun direkt vor mir, die Arme vor seiner Brust verschränkt, und sieht mich an.

Ich schaue mich um, weil ich nicht will, dass uns hier jemand entdeckt. Andererseits gibt es nur Karlie und Bruno hier oben, und die wohnen auf der anderen Seite des Flures, beide haben ihre Türen immer fest geschlossen. Ich selbst bekomme nie mit, wenn sie auf dem Flur entlanglaufen. Meine Sorge ist also wahrscheinlich nicht berechtigt.

„Dein Bett ist sogar sehr bequem. Dennoch sollten wir das nicht tun. Und du weißt das genauso gut wie ich."

„Was sollte ich nicht tun? Mich um einen Menschen kümmern, dem es schlecht geht?" Er zieht provokant eine Augenbraue in die Höhe. „Gerade von dir hätte ich ein bisschen mehr Verständnis für Altruismus erwartet." Chase kommt noch einen Schritt näher und ich weiche nach hinten aus, nicht, weil ich nicht möchte, dass er näher an mich herankommt, sondern weil ich es für unvernünftig halte.

Den ganzen Abend lang habe ich mich bereits viel mehr von ihm angezogen gefühlt, als es gesund für mich ist. Und momentan habe ich den Eindruck, als würden meine überlasteten Sinne völlig durchdrehen.

Und Chase?

Er ist wie ein Raubtier, das die Schwäche seiner Beute wittert.

Er folgt mir.

Wenn ich ihm sagen würde, dass er gehen soll – er würde es tun.

Aber ich schweige.

Ich stehe nur da und starre ihn an.

„Altruismus wird manchmal überbewertet!", krächze ich schließlich und Chase stößt ein raues Lachen aus. „Und es war nichts, mir geht es schon wieder gut."

„Blödsinn, meine kleine Rose!" Er ist mir jetzt so nahe, dass ich seine Wärme spüren kann. Dann streckt er die Hand aus, legt sie unter mein Kinn und hebt es sanft an. „Dir geht es alles andere als gut. Da ist noch immer dieser Ausdruck in deinen Augen. Ich will, dass er verschwindet und die selbstbewusste Matilda wieder zum Vorschein kommt. Voller Kampfgeist und Widerspruch."

„Und wie willst du das anstellen?", frage ich. Meine Stimme klingt seltsam rau.

Chase lässt die Hand sinken und tritt einen weiteren Schritt auf mich zu, stützt seine Unterarme links und rechts von mir an der Wand ab und betrachtet mich eingehend.

Ich bin nun zwischen seinem Körper und der Wand gefangen und wundere mich selbst darüber, dass ich nicht in Panik gerate, stattdessen überkommt mich eine seltsame, wunderschöne Art der Ruhe. Ich fühle mich, als wäre ich zum ersten Mal seit Jahren ganz bei mir selbst, als würden all meine durchdrehenden Sinne ein paar Sekunden lang zur Ruhe kommen, bevor sie sich neu ordnen und auf etwas anderes konzentrieren.

„Ich weiß es noch nicht genau", flüstert Chase und seine Stimme ist tief und heiser. „Wie wäre es, wenn wir einfach versuchen, es herauszufinden? Ein paar Ideen hätte ich schon!“

Dann beugt er sich vor und küsst mich.

Seine Lippen fühlen sich weich und fest zugleich an, und er küsst mich langsam, aber mit Nachdruck, lässt seinen Mund auf meinem verweilen, um zu testen, wie ich reagiere. Schließlich löst er sich von mir, um mich zu mustern.

„Nicht genug!“, sagt er und schaut mich an, während ich atemlos vor ihm stehe. „Besser, aber eindeutig noch nicht genug.“

Er küsst mich erneut.

Diesmal ist sein Kuss wilder, intensiver, und als seine Zunge über meine Lippen fährt, öffne ich den Mund für ihn, um ihm Einlass zu gewähren. Ich höre mich selbst stöhnen, als seine Zunge in meinen Mund eindringt und ich ihm entgegenkomme, wir uns gegenseitig erforschen, bis wir beide völlig atemlos sind. Irgendwann löst er sich erneut von mir, sieht mich wieder an.

Ein kleines Lächeln umspielt seine Mundwinkel, und ich strecke die Hand aus, um ihn dort zu berühren.

Sein Blick ist wild und ich stelle jegliches Denken ein.

„Mehr?“, fragt Chase.

„Ja!“, hauche ich, was genau die Antwort zu sein scheint, die er von mir hören will.

Als er mich diesmal küsst, lässt sein Kuss keinen Zweifel mehr daran, wie sehr er mich will.

Ich kralle mich an seinen Schultern fest und er lässt die Arme sinken, umschließt meine Taille und zieht mich an sich heran, bis kein Millimeter Luft mehr zwischen uns bleibt.

Sein Kuss macht mich schwindelig. Und ich will mehr, immer noch mehr.

„Du machst mich völlig verrückt!“, flüstert er irgendwann an meinen Lippen. Ich würde ihm gerne zustimmen, ihm sagen, dass er wohl eher derjenige ist, der mich verrückt macht, aber ich habe alle Wörter vergessen.

Es gibt nur noch ein einziges, was ich zu kennen scheine.

„Mehr!“, bettle ich erneut, und das Lachen, das Chase nun von sich gibt, strotzt vor männlicher Zufriedenheit.

Er gibt mir, was ich will.

Diesmal prallen unsere Münder förmlich aufeinander. Dieser Kuss ist alles andere als sanft oder zart; er raubt mir meine Sinne.

Ich schlinge ein Bein um Chase und er hebt mich hoch, sodass ich auch noch das andere um ihn legen kann, drückt mich gegen die Wand und hört nicht auf, mich zu küssen.

Seine Erektion presst sich hart gegen meine Mitte und ich stöhne laut auf, als er sein Becken an meinem reibt.

Mehr, mehr …

Das ist alles, was ich noch denken kann, bis in meinem Zimmer der Alarm losgeht.

Ich höre ihn eindeutig zuerst, denn Chase macht einfach weiter, bis er merkt, dass ich mich verspanne. Umgehend lässt er von mir ab, lässt mich an seinem Körper heruntergleiten und tritt einen Schritt zurück.

„Was ist los?“, fragt er, atemlos, erregt und sichtlich irritiert.

„Der Alarm!“, sage ich. „Irgendwas stimmt bei deinem Dad nicht!“

Und dann laufe ich auch schon los, in Richtung Treppe, während ich Chase leise hinter mir fluchen höre.

17

Chase

Ich brauche einen Moment länger als Matilda, bis ich wieder halbwegs bei mir bin.

Dieser Kuss ... Ich habe keine Worte dafür. Ich habe schon viele Frauen geküsst, aber noch nie war es so wie mit ihr. Noch nie habe ich alles andere vergessen, mich nur auf einen Menschen konzentriert, während alles andere egal war.

Verdammt, ich habe es nicht mal mitbekommen, als in ihrem Zimmer der Alarm losging.

Ich atme ein paarmal tief durch, dann folge ich ihr und hoffe, dass es meinem Dad gut geht.

Vor seinem Zimmer treffe ich auf Matteo, der mich mit gerunzelter Stirn ansieht.

„Was machst du denn hier?“, fragt er mich, und erst in diesem Augenblickt wird mir klar, dass ich einen Fehler gemacht habe.

In meinem Zimmer hätte ich den Alarm gar nicht hören können.

Wir haben mobile Geräte dafür, die unabhängig vom W-Lan funktionieren.

Eins steht bei Matilda, das andere bei demjenigen, der nachts zusätzlich dafür da ist, nach Dad zu schauen, sollte es einen Notfall geben – und das bin heute Nacht nicht ich, sondern es ist Matteo.

„Ich habe die Unruhe hier zufällig mitbekommen!“, lüge ich mehr schlecht als recht und Matteo legt den Kopf leicht schief.

„Aha!“, sagt er und ich bin mir sicher, er glaubt mir kein Wort.

„Du weißt doch, dass ich gerne selbst nach dem Rechten sehe.“ Jetzt zuckt er zusammen, als hätte ich ihn geschlagen, und er tut mir fast ein wenig leid. Aber gerade ist keine Zeit für irgendwelches Geplänkel. Ich muss nachschauen, ob es Dad gut geht, ob Matilda Hilfe braucht, ob irgendetwas Ernsthafteres passiert ist.

Matilda ist bereits im Zimmer, und als ich die Tür aufstoße, kniet sie vor dem Bett, genau neben Dad, der dort auf dem Boden liegt.

Offenkundig ist er herausgefallen und ich frage mich, wie das passieren konnte, denn das Bett hat ein hochklappbares Gitter, um eben solche Dinge zu vermeiden.

„Es geht ihm so weit gut!“, sagt Matilda, als sie uns bemerkt. Sie trägt ein Stethoskop, das sie nun abnimmt und zur Seite legt. „Nur das Handgelenk tut ihm weh und ich bekomme ihn allein nicht mehr hoch.“

Matteo und ich eilen zu ihr und sie gibt uns Anweisungen, wie wir unserem Vater wieder aufhelfen sollen.

Ich habe oft genug Probleme, Dad seit seinem Schlaganfall zu verstehen, aber dass er die ganze Zeit flucht, ist mehr als deutlich.

Als Dad endlich im Bett liegt, tastet Matilda sein Handgelenk ab, bewegt es in alle Richtungen.

„Ich denke nicht, dass irgendetwas gebrochen ist", sagt sie zu ihm. „Ich bringe Ihnen gleich etwas Eis zum Kühlen. Tut Ihnen sonst noch irgendetwas weh?"

„Nein!", antwortet mein Vater energisch. „Geht mir gut."

„Okay." Matilda klappt das Gitter hoch – und ich erstarre.

„Matteo?" Ich drehe mich zu meinem Bruder um. „Hast du vergessen, das Gitter hochzuklappen?"

Mein Bruder funkelt mich böse an.

„Natürlich nicht!", sagt er. „Ich habe mich an die dämliche Checkliste gehalten, die du geschrieben hast. An jeden einzelnen Punkt." Er deutet auf den Zettel an der Tür und irgendwie wirkt er verletzt. Aber es wäre nicht das erste Mal, dass mein kleiner Bruder den Kopf irgendwo in den Wolken hat, statt sich auf die Dinge zu konzentrieren, die wirklich wichtig sind.

„Ich wollte aufstehen!", sagt Dad nun und spricht diesmal erstaunlich klar. Ich starre ihn an. „Musste pissen, verdammt!", sagt er und wendet das Gesicht ab.

Ich öffne meinen Mund, um ihn gleich wieder zu schließen. Mein Vater ist ein sturer Hund und die Fernbedienung für das Bett hängt seitlich am Bettgestell. An seiner linken Seite, damit er selbst bestimmen kann, wie er es einstellen will. Und an dem verdammten Ding ist alles elektrisch einstellbar, selbst das Sicherungsgitter an der Seite.

Ich hole tief Luft, weil ich ihm erzählen will, wie leichtsinnig das ist, doch Matilda unterbricht mich mit einem Kopfschütteln.

„Ich würde vorschlagen, einer von euch bringt euren Vater jetzt zur Toilette, denn mit mir geht er aus verständlichen Gründen nicht gern, und nur, weil er aus dem Bett gefallen ist, dürfte das ursprüngliche Problem wohl kaum behoben sein. Ich mag zwar kein fertiges Medizinstudium haben, aber dafür reichen meine Kenntnisse gerade noch aus.“ Sie schaut uns beide an. „Und ich möchte an dieser Stelle darauf hinweisen, dass euer Vater ein erwachsener Mann ist. Er hat jedes Recht, zu versuchen, selbst aufzustehen, wenn er das gerne möchte.“ Sie dreht sich zu meinem Dad um. „Auch wenn es eine saudumme Idee war!“

Ich muss beinahe lachen, als ich sehe, wie kleinlaut mein Dad unter Matildas Schimpftirade wirkt. Selbst ihn hat sie anscheinend längst um den Finger gewickelt. „Aber ich spreche morgen mit dem Physiotherapeuten, ob er Gehen und Stehen vermehrt mit Ihnen üben kann. Und ich kann Ihnen auch Techniken zeigen, mit denen es leichter ist, aus dem Bett aufzustehen. Ich gehe ein Coolpack holen.“

Damit verlässt sie den Raum und lässt uns ein wenig sprachlos zurück.

„Sie hat Feuer!“, sagt mein Vater und sieht dabei so zufrieden aus wie schon lange nicht mehr. Er spricht viel besser als noch vor ein paar Wochen, und ich frage mich, ob es einfach der natürliche Heilungsprozess ist, der dafür Sorge trägt, die Logopädin, die regelmäßig vorbeikommt oder Matilda, die ihm irgendwie guttut. Auf alle Fälle hat Matilda dafür gesorgt, dass mein Dad seine Therapien macht, etwas, das er eine Zeit lang strikt verweigert hat.

Matteo grinst breit.

„Ich glaube, das hat Chase auch bereits festgestellt. Du hättest sehen sollen, was er ihr heute für Blicke zugeworfen hat, als die beiden vom Ball zurückkamen."

Mein Vater lacht überaus zufrieden, und ich sage lieber nichts, denn egal, was ich jetzt von mir gebe, die beiden würden mir ja doch keinen Glauben schenken.

Ich helfe zwar, meinen Dad aus dem Bett zu heben und in seinen Rollstuhl zu wuchten, überlasse es dann aber Matteo, ihn ins Bad zu bringen.

Tatsächlich muss ich zugeben, dass ich solche Aufgaben noch kein einziges Mal übernommen habe, seit Dad zu Hause ist.

Ich habe mich damit herausgeredet, ihm sei es peinlich, aber die Wahrheit ist, dass ich derjenige bin, der es nicht erträgt, ihn so zu sehen.

Er ist immer das Familienoberhaupt gewesen, ein Mann, den so schnell nichts erschüttern, nichts aus der Bahn werfen kann, eisern in seinem Willen. Unbeugsam und stark. Doch offenkundig hilft einem das nicht weiter, wenn der Körper einfach nicht mehr mitspielt, und das macht mich völlig hilflos.

Ich habe ihm Personal besorgt, das sich um ihn kümmert, ich habe seine Geschäfte komplett übernommen – einen Teil davon habe ich bereits vorher geführt. Allerdings nicht in diesem Ausmaß. Und es fällt mir bis heute schwer, mir einzugestehen, dass mein starker Vater, zu dem ich mein Leben lang aufgeschaut habe, wahrscheinlich nie wieder der Alte werden wird.

Matilda Rose

MIR IST AUFGEFALLEN, wie groß die Fortschritte sind, die Mr. Darling in letzter Zeit gemacht hat, was nicht zuletzt daran liegt, dass er bei all seinen Therapien endlich richtig mitmacht. Und ich hätte mir denken können, dass ihn das vielleicht ein kleines bisschen leichtsinnig werden lässt.

Er kann mittlerweile wieder kurz allein stehen und mit Hilfe auch ein paar wackelige Schritte gehen.

Er hasst es, auf die Hilfe anderer angewiesen zu sein, nicht mehr alles im Griff zu haben, nicht einmal sich selbst. Menschen wie ihn, die immer Macht hatten, die immer willensstark waren, kann so etwas bis an den Rand der Verzweiflung bringen. Und gerade Dinge, die die tägliche Hygiene betreffen, können sich erniedrigend anfühlen, wenn man sie plötzlich nicht mehr allein erledigen kann.

In diesem Haushalt gibt es genug Geld, um allen Komfort zu kaufen, der ihm im Rahmen eine Selbstständigkeit ermöglicht. So hat Mr. Darlings Badezimmer beispielsweise eine Dusch-Toilette, also eine Toilette, die eine Art Bidet integriert hat, was dafür sorgt, dass ihm zumindest niemand den Hintern abwischen muss.

Trotzdem brauchte er bisher immer Hilfe, um vom Rollstuhl auf die Toilette und wieder zurückzukommen, und er wird diese Hilfe noch eine ganze Weile länger benötigen.

Als ich zurück in sein Zimmer komme, stehen Chase und Matteo nach wie vor neben seinem Bett und ich scheuche sie raus.

„Es ist furchtbar, wenn man auf Hilfe angewiesen ist, obwohl man die Dinge lieber selbst erledigen würde!“, sage ich zu ihm. Ich hatte nach meiner Freilassung Probleme, meine Arme zu bewegen, weil die zu enge und zu lange

Fesselung zu einer Nervenlähmung geführt hatte, die sich nach ein paar Tagen aber zum Glück zurückgebildet hat.

Trotzdem war es schlimm für mich, dass ich zunächst nichts allein konnte, nicht einmal selbstständig essen, mich anziehen oder zur Toilette gehen. Da ich in meiner Gefangenschaft auch nichts von diesen Dingen allein erledigen konnte und durfte, war es besonders schlimm für mich. Obwohl meine Gefangenschaft bereits beendet war, hat sie körperlich trotzdem noch irgendwie angehalten, bis sich die Nerven in meinen Armen endlich wieder erholt hatten. Für mich war das einfach entsetzlich, und ich glaube, ich kann nachvollziehen, wie Mr. Darling sich fühlt. Und ich kann auch verstehen, dass er versucht hat, aufzustehen. Also sage ich nichts mehr weiter. Er ist ein intelligenter Mann, er weiß selbst, was passiert, wenn er sich zusätzlich etwas bricht. Ich muss ihm wohl kaum einen Vortrag darüber halten.

Ich lege das Coolpack auf seine Hand und tätschle ihm die Schulter, bevor ich Richtung Tür gehe.

„Danke!“, sagt er, als ich den Raum verlasse.

Ich drehe mich lächelnd zu ihm um.

Ich kann mich nicht entsinnen, dass er sich vorher schon mal bei mir bedankt hätte.

„Immer gerne. Es ist mein Job, wissen Sie …“ Ich zwinkere ihm zu und er löscht das Licht per Knopfdruck. Moderne Technik ist doch eine tolle Sache.

Diesmal gelange ich in mein Zimmer zurück, ohne dass Chase mich aufhält, und schließe die Tür von innen ab.

Nicht, dass das helfen würde, denn ich denke, er würde niemals hereinkommen, ohne vorher anzuklopfen, und sollte er anklopfen, würde ich ihm vermutlich nicht öffnen – aber ich fühle mich trotzdem besser damit, auch wenn es der reine Selbstbetrug ist.

Ich husche noch mal ins Bad, bevor ich zu Bett gehe, und zu meinem großen Erstaunen gelingt es mir beinahe umgehend, einzuschlafen.

18

Matilda Rose

Ich bin mir nicht sicher, ob Chase mich meidet oder ich ihn. In den nächsten Tagen laufen wir uns kaum über den Weg, was mich irgendwie erleichtert, denn ich hätte keine Ahnung, wie ich mich ihm gegenüber verhalten soll.

Ich bin nicht gut in solchen Dingen, und tatsächlich habe ich kaum Erfahrungen mit Affären, Liebschaften und Beziehungen. In meinem Leben war bisher wenig Zeit für so etwas.

Eigentlich beschränkt sich meine Erfahrung auf ein paar kurze Liebschaften, bei denen ich von Anfang an wusste, dass es nichts Ernstes ist, und auf den Freund, mit dem ich während der ersten Semester anderthalb Jahre zusammen war.

Manchmal mache ich mir Gedanken darüber, ob ich vielleicht ein wenig bindungsgestört bin, weil ich früher einfach nie die Gelegenheit hatte, dauerhafte Bindungen aufzubauen, außer natürlich zu meinen Eltern. Aber kaum hatte ich neue Freunde gefunden, sind wir im Normalfall schon wieder weitergezogen.

Ich kenne Menschen auf der ganzen Welt.

Aber ich habe niemanden mehr, mit dem ich mich wirklich eng verbunden fühle.

Dafür fällt es mir überhaupt nicht schwer, neue Kontakte zu knüpfen und auf Menschen zuzugehen, ich habe nur eben keine Ahnung, wie man sie hält.

Heute ist mein freier Abend und ich beschließe, auszugehen, denn ich will den Abend auf keinen Fall im Anwesen verbringen.

Darling Harbour ist ein kleiner Ort, in dem eigentlich jeder jeden kennt. Es gibt angeblich nur ein Lokal, in dem man vernünftig essen gehen kann. Zumindest behauptet das Karlie, und wenn einer Ahnung von derlei Dingen hat, ist es eindeutig sie.

„Spar dir das Geld und iss lieber hier!“, hat sie gesagt, bevor ich aufgebrochen bin. *„Besseres Essen bekommst du weit und breit nicht. Aber falls dir doch mal nach ein bisschen Abwechslung zumute sein sollte, was ich verstehen kann, dann solltest du ins* Daisy‘s *gehen. Sie machen das beste Chili weit und breit. Da kann selbst meins nicht mithalten.“*

Da ich Chili liebe, habe ich beschlossen, es heute Abend auszuprobieren.

Ich habe das kleine Städtchen zwar schon zu Fuß erkundet, da für heute allerdings Regen angekündigt ist, beschließe ich, für die paar Meilen bis zum *Daisy's* lieber den Wagen zu nehmen.

Weit komme ich nicht, denn auf halber Strecke biegt plötzlich ein Polizeiwagen vor mir ein, der langsamer wird und schließlich anhält.

Ich bremse ebenfalls ab und schalte sogar den Motor aus, als ich sehe, wie der Cop aussteigt.

Er hat ein paar Kilo mehr auf den Rippen, als gesund für ihn ist. Aber vermutlich muss man hier nicht so fit sein wie in größeren Städten. Die Gefahr, hier irgendwen zu Fuß verfolgen zu müssen, ist wohl eher gering. Ich bin mir sicher, dass hier fast nie etwas passiert.

Obwohl es mit den Orten wahrscheinlich so ist wie mit den Menschen: Man sieht ihnen in der Regel ihre Geheimnisse nicht an.

„Kann ich Ihnen helfen, Sir?“, frage ich ihn, als er an mein Fenster kommt, das ich bereits heruntergelassen habe, dabei lasse ich meine Hände artig auf dem Lenkrad liegen, sodass er sie sehen kann. Wir leben immerhin in einem Land, das jedem Bürger das Recht auf eine Waffe zugesteht – wenn ich Polizist wäre, würde mich das schnell nervös werden lassen.

Meine Frage scheint ihn zu irritieren.

„Ich wollte bloß mal schauen, ob bei Ihrem Wagen alles in Ordnung ist, die Lampen funktionieren. In dieser Gegend ist es um diese Jahreszeit oft schon früh dunkel, da muss man vorsichtig sein.“ Er betrachtet mich kritisch. „Sie kommen nicht von hier?“

„Nein, Sir!“, antworte ich höflich. „Zumindest nicht ursprünglich. Ich wohne seit einiger Zeit auf dem Anwesen der Darlings.“

Der Cop runzelt die Stirn.

„Davon weiß ich gar nichts! Weder Chase noch einer der anderen Brüder hat mir davon erzählt.“

Ich wette, dass es auch jede Menge andere Dinge gibt, die sie ihm nicht erzählen, und warum sollten sie auch? Trotz all der Knarren ist dies ein freies Land und niemand muss sich bei den Cops an- oder abmelden, es sei denn, man hat irgendwelche gerichtlichen Auflagen bekommen.

Der Cop wird das ebenfalls wissen.

Aber ich möchte gerne so schnell wie möglich von dieser Straße herunter und endlich meinen freien Abend genießen.

Also lächle ich und halte ansonsten die Klappe, was ihn erneut zu irritieren scheint.

„Könnten wir dann bitte? Ihre Lampen?“, fragt er und ich nicke diensteifrig. „Natürlich, Sir!“ Die nächsten Minuten bin ich damit beschäftigt, auf Anweisung Blinker zu setzen, auf die Bremse zu treten, den Rückwärtsgang einzulegen, die Nebelscheinwerfer einzuschalten, aber auch wenn mein Auto wirken mag wie ein Haufen Schrott, funktioniert es trotzdem tadellos. Was nicht zuletzt daran liegt, dass Alfonso, der Gärtner der Familie Darling, eigentlich Mechaniker ist. Er hat die Hände über dem Kopf zusammengeschlagen, als er meinen Wagen das erste Mal gesehen hat, doch schließlich keine Kosten und Mühen gescheut, alles auseinanderzunehmen, wenn nötig zu reparieren und neu zusammenzusetzen.

„Gehört hier zum Service!“, hat er damals gesagt und sich den Rücken gehalten, weil er damit ewig Probleme hat.

Ich habe ihm ein entzündungshemmendes Medikament gegen seine Schmerzen empfohlen, aber er hat abgewunken. Anscheinend hält er nicht viel von Tabletten.

„Na gut!“, sagt der Cop nach einer Weile. „Ich denke, Sie

können weiterfahren. Beim nächsten Mal sind Sie bitte vorsichtiger."

Wie bitte? Womit denn vorsichtiger?

Am liebsten würde ich ihn fragen, ob er gar kein Interesse an der zerstückelten Leiche in meinem Kofferraum oder an der blutverschmierten Axt auf der Rückbank hat. Aber er scheint mir kein Typ zu sein, der mit solchen Dingen umgehen kann und ich habe keine Lust, noch mehr Zeit mit ihm zu verschwenden.

Also lächle ich nur weiterhin nett und wünsche ihm einen angenehmen Abend, bevor ich das Fenster wieder schließe und zu dem Pub fahre, den Karlie mir empfohlen hat.

Chase

ICH STÜRZE MICH IN ARBEIT, aber es gelingt mir trotzdem bloß mäßig, mich von Matilda Rose abzulenken. Meine Gedanken kreisen ständig nur um sie, aber ich brauche einen freien Kopf für wichtigere Dinge. Die Bebauung des Grundstücks muss weiter vorangetrieben werden und auch in unseren anderen Geschäften muss dringend jemand den Überblick bewahren.

Ich arbeite bis zum Umfallen und kann nachts doch nicht schlafen, weil ich mir einbilde, dass meine Laken nach wie vor nach Matilda Rose duften, obwohl sie schon längst frisch bezogen wurden.

Caroline bringt mir Unterlagen, die ich gegenzeichnen

muss, bei denen es um umfangreiche Bestellungen von Edelmetallen und Edelsteinen geht, und ja – trotz der Größe unseres Unternehmens ist das immer noch Chefsache.

Erst in der letzten Sekunde wird mir klar, dass bei einer der Bestellungen eine Null zu wenig steht. Wäre sie so rausgegangen, wäre das eine Katastrophe geworden.

Ich lasse meinen Kopf auf die Tischplatte sinken.

„Geht es Ihnen gut, Mr. Darling?“, fragt Caroline erschrocken, als sie hereinkommt, um die Unterlagen wieder mitzunehmen.

„Es geht schon ...“, antworte ich und versuche, sie zu ignorieren. Ich frage mich, ob ich sie nicht irgendwie loswerden kann. Vielleicht kann ich sie Liam aufs Auge drücken, obwohl er mich vermutlich umbringen würde, wenn ich ihm diesen Vorschlag mache. Seit er zurück in Darling Harbour ist, hat er sich in irgendeiner Hütte verkrochen und ich habe keine Ahnung, was er dort anstellt. Er redet nicht mit mir. Er hat irgendwann vor Jahren damit aufgehört, wahrscheinlich sogar bereits, als wir noch Teenager waren. Ich sollte ihn dringend mal besuchen, aber ich habe keine Zeit. An manchen Tagen weiß ich kaum, wie ich es schaffen soll, mehr als vier Stunden Schlaf zu bekommen.

„Möchten Sie eine Massage, Sir?“, schnurrt Caroline nun und ich richte mich schlagartig wieder auf.

„Nein, danke!“, sage ich. „Und Sie sollten mir auch keine anbieten.“

„Oh!“, macht sie und wirkt verletzt.

Ich seufze.

„Ich muss jetzt ohnehin los.“ Ich überreiche ihr die korrigierten Bestellungen.

Karlie ist heute Abend nicht da und ich bin mit einem Geschäftspartner im Ort verabredet. Kein schickes Abendessen, nur ein kleiner Snack und Geplauder über die Geschäfte.

Klingt entspannt, ist aber genau genommen nichts anderes als Arbeit, und ich könnte gut darauf verzichten.

Als ich auf die Landstraße einbiege, sehe ich Kurt schon von weitem.

Er ist der Dorfsheriff hier, und manchmal frage ich mich, wie er je an diesen Job geraten konnte. Wahrscheinlich wollte ihn kein anderer machen. Sobald mal wirklich etwas passiert, und sei es nur ein Autounfall mit mehr als einem Fahrzeug, wird ohnehin Verstärkung aus dem nächstgrößeren Ort angefordert. Aber Kurt würde niemals zugeben, dass er in seinem Job vielleicht nicht unbedingt Heldenhaftes vollbringt.

„Chase Darling!“, sagt er, als er an mein Fenster tritt. Er hasst mich, weil er mal eine Freundin hatte, die sich dann in mich verliebt hat. Sie hat damals regelrecht damit begonnen, mir nachzustellen. Immer öfter tauchte sie bei unserem Haus auf, fing mich bei der Arbeit ab – damals noch außerhalb des Anwesens – oder tauchte an öffentlichen Orten auf, an denen ich auch gerade zugegen war. Ich hatte nie etwas mit ihr und konnte überhaupt nichts dafür, doch er nimmt es mir bis heute übel. Was ich ihm nur bedingt verdenken kann, denn es kam damals zu einer ziemlich prekären Situation, als sie versucht hat, an der Hauswand hochzuklettern und in mein Zimmer einzubrechen und Karlie deshalb die Polizei gerufen hat. Und natürlich musste ausgerechnet Kurt ausrücken, um sie festzunehmen, was für alle Beteiligten mehr als unangenehm war. Ich habe von dem ganzen Drama erst gar nichts mitbekommen, weil ich nicht zu Hause war, aber Karlie hat es mir hinterher erzählt.

„Guten Abend, Kurt!“, erwidere ich. „Was ist los?“ Es muss ja einen Grund geben, aus dem er mich anhält.

„Ihr habt eine neue Mitarbeiterin!“, sagt er und als ich nicht darauf eingehe: „Rot, jung, fährt ein ziemlich heruntergekommenes Auto.“

„Gibt es Probleme mit ihr?“ Matilda Rose aus dem Gefängnis zu holen, hätte mir heute gerade noch so gefehlt zu meinem Glück, und es würde mich nicht wundern, wenn sie in Schwierigkeiten steckt.

Andererseits würde ich sie dann wiedersehen, und vielleicht wäre sie mir dankbar. Und vielleicht würde sie sich noch mal küssen lassen und …

Ich verscheuche die Gedanken so gut es geht aus meinem Kopf.

„Nein, keine Schwierigkeiten. Ich wollte nur sichergehen, dass sie nicht lügt!“, meint er hochnäsig.

„Tut sie nicht.“ Ich lasse mein Fenster wieder hoch und fahre weiter. Kurt wird mir das mit Sicherheit übelnehmen, aber es ist mir völlig egal.

Mein Dad hat im letzten Jahr eine große Summe für den Umbau der Polizeistation gespendet. Genau genommen hat er ihn sogar komplett bezahlt, auch wenn das eigentlich nicht ganz legal ist, doch er hat die Spenden über mehrere Unterfirmen laufen lassen, sodass es nicht weiter auffiel.

Kurt weiß das.

Und er weiß auch, dass seine Vorgesetzten es wissen, und diese Vorgesetzten sind über den Umbau sehr dankbar.

Er wird es also nicht riskieren, sich wirklich ernsthaft mit mir anzulegen.

Das Leben ist nicht fair, das Schicksal ist es auch nicht, und mit Geld kann man sich alle möglichen Privilegien kaufen.

Ich weiß, dass mich diese Gedanken zu einem arroganten Arschloch machen, leider sind sie einfach Fakt. Eine wirkliche Gleichbehandlung gibt es in dieser Gesellschaft nicht – und vermutlich auch in keiner anderen, und jegliche Versuche, die diesbezüglich je unternommen wurden, sind meines Wissens nach grandios gescheitert.

Das *Daisy's* ist eigentlich gar kein richtiges Restaurant, aber hier treffen sich alle, die abends etwas essen wollen und sich auskennen, denn das Essen ist super. Außerdem ist es weniger formell, als sich in einem Restaurant zu treffen, und meinen Kumpel, mit dem ich heute Abend hier verabredet bin, kenne ich schon seit der Uni.

„Hey, Chase …“, sagt er, als ich hereinkomme. Er sitzt an einem der heißbegehrten Tische und ich geselle mich zu ihm. Leider hat er den besseren Platz gewählt – er ist derjenige, der den ganzen Raum überblicken kann, während ich mit dem Rücken zum Geschehen sitzen muss. Ich hasse das. Aber ich habe auch keine Lust, deshalb jetzt den Aufstand zu proben. Eigentlich fahre ich aus genau solchen Gründen immer früh genug los, denn wer zuerst da ist, kann sich auch den Platz aussuchen, doch Kurt hat mich leider aufgehalten.

Na gut. Damit werde ich nun leben müssen.

Ich unterhalte mich mit meinem Freund über alte Zeiten, und nebenbei erzählt er mir von den Ferienhäusern, die seine Eltern gerade bauen lassen. Ich werde hellhörig und frage mich, ob Ryan das wohl in seine Überlegungen und Berechnungen mit einbezogen hat. Bleiben wir konkurrenzfähig, wenn wir nicht ebenfalls expandieren? Lohnt sich der Bau überhaupt, wenn in der Nähe bereits etwas Ähnliches entsteht? Diese Dinge sollte er unbedingt beachten, vor allem, wenn er die Pläne doch noch Dad vorlegen sollte.

Unser Vater macht enorme Fortschritte, ich bin mir

trotzdem nicht sicher, ob wir ihn mit solchen Dingen wirklich belästigen sollten.

Wie immer kreisen die Gedanken in meinem Kopf, bevor sie schlagartig zum Stillstand kommen. Irgendetwas hinter meinem Rücken hat die Aufmerksamkeit meines Freundes erregt. Er sieht grinsend an meiner Schulter vorbei in den hinteren Teil der Bar, in dem es eine kleine Tanzfläche gibt und laute Musik gespielt wird.

„O Mann!", sagt er. „Manche Touristinnen sind echt heiß. Oder ist es eine Einheimische?"

Ich drehe mich um und weiß sofort, von wem er spricht. Mitten auf der Tanzfläche entdecke ich einen Schwall roter Haare und einen Körper dazu, der sich in engen Jeans und einem Top mit weitem Ausschnitt derart geschmeidig bewegt, als hätte er niemals etwas anderes getan, als zu tanzen.

Es ist Matilda Rose, die sich mit irgendeiner Touristin, mit der sie sich angefreundet zu haben scheint, lachend im Kreis dreht. Es ist nicht, als würden die beiden als Paar tanzen – auch wenn ich sie mir gut als solches vorstellen könnte –, es sind einfach zwei Bekannte, die beim Tanzen ein bisschen Spaß haben. Und Matilda Rose ist eindeutig der Star des Abends.

Ihre kleine Performance bleibt nicht lange unentdeckt, und im Nu gesellen sich die ersten notgeilen Kerle zu ihnen. Ich bin mir sicher, dass keiner der Typen sonst jemals freiwillig eine Tanzfläche betritt, aber jetzt werden sie angelockt wie die Fliegen vom Honig.

Einer nähert sich Matilda von hinten. Sie bemerkt es nicht, natürlich nicht, schließlich hat sie keine Augen im Hinterkopf. Und dann beginnt der Idiot, sich von hinten an ihr zu reiben. Was für ein Volltrottel.

Ich stehe auf und werfe dabei den Stuhl um, was dafür

sorgt, dass die halbe Bar jetzt mich ansieht. Immerhin starren sie nicht mehr Matilda an, denn diese dreht sich gerade um, um dem Typen hinter sich eine herunterzuhauen.

„Lass den Scheiß!“, sagt sie, laut genug, dass es jeder hören kann, und statt sich zu verpissen, macht er stumpf weiter. Er nähert sich ihr erneut und sie schubst ihn weg. Er stößt sich die Schulter an einem Pfeiler und funkelt Matilda wütend an.

Ich bahne mir den Weg durch die Menge zu ihr, aber diese Bar ist verdammt voll.

Morgen ist Herbstmarkt und hier wimmelt es überall von Touristen.

Trotzdem behalte ich mein Ziel fest im Auge, schiebe Menschen zur Seite und murmle ständig Entschuldigungen.

Der Typ kommt nun auf Matilda zu, die Augen zusammengekniffen, die Faust bedrohlich erhoben. Anscheinend kann er nicht gut damit umgehen, zu verlieren. Er will zuschlagen und er zielt genau auf Matildas Magen, aber sie ist schneller, wahrscheinlich auch, weil er völlig betrunken ist und seine Reflexe einfach nicht mehr die besten sind.

Mein Mädchen holt mit der Rechten aus und schlägt den Typen mit einer ordentlichen Geraden, woraufhin er umfällt wie ein Baum. Sie hat gut getroffen und der Typ ist obendrein ziemlich betrunken – trotzdem bin ich gerade beeindruckt.

Die Leute um sie herum, die das Schauspiel gebannt verfolgt haben, beginnen zu applaudieren. Verdammt, in welchem Jahrhundert leben wir eigentlich, dass es so viele Schaulustige für eine lausige Kneipenschlägerei gibt?

Alle sind begeistert.

Nur Matilda wirkt eher entsetzt als erfreut.

Sie geht in die Hocke, beugt sich über den Typen, prüft an seinem Kopf, ob er dort verletzt ist und fühlt seinen Puls.

„Scheiße!", flucht sie, während sie sich über ihn beugt und ihn weiter untersuchen will. „Das wollte ich nicht ..."

Ich gehe zu ihr und ziehe sie von dem Kerl weg. Es wird bestimmt nicht lange dauern, bis er zu sich kommt, und ich würde gerne vermeiden, dass diese Situation noch weiter eskaliert.

In genau diesem Moment stürmt Kurt mit gezogener Waffe in die Bar. Wahrscheinlich hat Daisy ihn gerufen, als es brenzlig wurde, denn sie ist schwanger und mit solchen Situationen deshalb lieber vorsichtig. Vermutlich hat Kurt irgendwo in der Nähe herumgelungert.

Er sieht den Mann am Boden liegen. Er entdeckt Matilda in meinen Armen und wie ich sie wegzerre, und natürlich nutzt der betrunkene Volltrottel am Boden genau diesen Augenblick, um wieder zu sich zu kommen.

„Wer war das?", fragt Kurt und der besoffene Volltrottel hebt seinen Finger und zeigt direkt auf Matilda.

„Die dämliche Schlampe!", sagt er, und nun ist Matilda auf einmal diejenige, die mich zurückhält.

19

Matilda Rose

Heute hasse ich diesen dämlichen Ort mit seinen dämlichen Touristen und seinem dämlichen Kleinstadt-Cop, der sich selbst anscheinend als eine Art rechtschaffenen Westernhelden sieht.

Ich stehe mit Chase im Rücken vor der Tür der Bar, und obwohl ihm alle Anwesenden versichert haben, dass der andere angefangen hat, bin ich die Einzige, die hier für irgendetwas beschuldigt wird.

„Bloß weil einen jemand beim Tanzen versehentlich berührt, ist das noch lange kein Grund, gewalttätig zu werden“, referiert er und zückt ein altertümliches Notizbuch und einen Bleistift.

Ich komme mir vor wie in einem schlechten Film.

„Er hat sich an mir gerieben!“, sage ich. „Mit voller Absicht. Und mit seinem Geschlechtsteil. Und nur fürs Protokoll: Er hatte eine Erektion!“

„Und das wollen Sie gefühlt haben? Mit ihrem Hinterteil?“

Die Chefin der Bar ist herausgekommen und nun neben mich getreten.

„Es gibt Frauen, die sind an ihren Hinterteilen durchaus sensibel, Kurt!“, sagt sie zu ihm. „Und manche Männer sind obendrein ziemlich gut bestückt. Ich weiß nicht, wie sehr du dich in dieser Materie auskennst.“

„Willst du etwa andeuten, ich wäre schuld?“, fragt er empört und Daisy, der die Bar offenbar gehört, verdreht die Augen.

„Nein, das wollte ich nicht.“

„Sie wollte andeuten, dass du einen kleinen Schwanz hast, du Volltrottel!“, brüllt irgendein angetrunkener Gast, der gerade auf dem Weg nach Hause oder wohin auch immer an uns vorbeigekommen ist, und ich kann sehen, wie Kurts Ohren rot werden, während er angestrengt auf seinen Notizzettel starrt und tut, als hätte er nichts mitbekommen.

„Man nennt es übrigens sexuelle Belästigung, wenn man seine Geschlechtsteile ohne Einwilligung an jemand anderem reibt!“, sagt Daisy nun, und ich stelle fest, dass ich sie mag.

Kurt brummelt etwas Unverständliches.

„Eine Reaktion muss trotzdem angemessen sein und ein Faustschlag ist es in meinen Augen nicht. Wissen Sie eigentlich, was dabei alles hätte passieren können?“

Das weiß ich leider sogar genau, und ich habe auch ein schlechtes Gewissen deswegen.

„Es ist im Affekt passiert“, sage ich ruhig, denn das stimmt. Normalerweise schlage ich nicht einfach irgendwelche Männer k. o.

„Und der Kerl hat angefangen!“, eilt Daisy mir zu Hilfe.

Kurt scheint nach wie vor nicht zufrieden zu sein.

„Ich würde Sie trotzdem gerne erst mal aufs Revier mitnehmen.“

Chase baut sich hinter mir auf.

„Und ich würde nur zu gern der Presse mitteilen, dass die Polizei in Darling Harbour sexuelle Belästigung herunterspielt und die Täter anschließend auch noch beschützt, während sie die Opfer bestraft!“ Chase Stimme klingt dunkel und bedrohlich und Kurt zieht seine Schultern etwas höher. Dann klappt er seinen Notizblock zu und steckt ihn in die Tasche.

„Ich mache heute mal eine Ausnahme!“, meint er schließlich gönnerhaft. „Zumal Aussage gegen Aussage steht.“ Das ist nicht ganz richtig, denn ich habe jede Menge Zeugen, aber wahrscheinlich ist es trotzdem Auslegungssache, ob mein Verhalten als angemessen gilt oder nicht. „Aber ich möchte etwas Derartiges nicht noch mal erleben!“ Er wedelt mit dem Zeigefinger, wie eine Großmutter, die ihr Enkelkind tadelt.

Ich räuspere mich.

„Nein, ich auch nicht!“ Wirklich nicht. Ich will keine fremden Schwänze an meinem Hintern haben, ich will keine Leute schlagen müssen und obendrein tut meine Hand verdammt weh. Wer hätte gedacht, dass Zuschlagen auch einem selbst ziemliche Schmerzen zufügen kann? Ich schiebe die malträtierten Knöchel meiner rechten Hand unter meinen linken Oberarm und sehe Kurt dabei zu, wie er sich langsam entfernt, dann atme ich auf.

„Ich danke euch!“, sage ich an Chase und Daisy gewandt.

Daisy lächelt, und Chase blickt finster drein.

„Ach, kein Problem!“ Daisy zuckt mit den Schultern. „So etwas kommt leider immer mal vor. Normalerweise gehe ich auch selbst dazwischen, doch momentan bin ich lieber vorsichtig.“ Sie tätschelt ihren runden Babybauch. „Ich hasse es, wenn ich Kurt rufen muss. Er macht aus allen Dingen ein schreckliches Drama. Vor ein paar Wochen hat er sogar tatsächlich jemanden festgenommen, dabei wollte ich ihn bloß dahaben, damit er für Ruhe sorgt. Und letztes Jahr musste ich ihn mal bei einer Massenschlägerei rufen, aber da stand er nur stumm am Rand und hatte keine Ahnung, was er machen soll. Er war nicht einmal dazu in der Lage, Verstärkung zu rufen. Stand einfach da, mit offenem Mund, und hat gestarrt. Letztendlich bin ich mit einem Wasserschlauch dazwischen gegangen. Das hat die Hitzköpfe abgekühlt. Während der Touristensaison geht es hier wirklich manchmal heiß her. Ich habe schon Sachen erlebt, die würdet ihr mir niemals glauben. Vor ein paar Jahren war mal ein Mann da, der …“

„Ich glaube, drinnen wird nach dir gerufen, Daisy!“, unterbricht Chase ihren Redeschwall und ich bin ein kleines bisschen enttäuscht, denn ich hätte zu gerne gewusst, was der Mann vor ein paar Jahren gemacht hat.

„Oh!“, sagt Daisy jetzt allerdings, statt ihre Geschichte weiterzuerzählen. „Dann schaue ich mal lieber nach dem Rechten. Ich wünsche euch noch einen schönen Abend, kommt gut nach Hause!“ Schließlich ist sie weg.

Ich drehe ich mich zu Chase um und weiß nicht, was ich sagen soll.

Ich habe ihn seit Tagen nicht mehr gesehen, erst recht nicht allein. Nicht mehr seit unserem Kuss.

Einem Kuss, von dem ich seitdem ständig fantasiere.

Eine Weile stehen wir da und starren uns schweigend an.

„Komm, ich fahre dich nach Hause!“, sagt er schließlich und streckt die Hand nach mir aus.

„Ich kann selbst fahren. Mein Wagen steht drüben auf dem Parkplatz.“

„Wir lassen ihn später abholen.“

„Aber warum? Mir geht es gut und ich habe nichts getrunken. Ich bin in der Lage, selbst zurückzufahren.“

„Du bewegst deine Hand wie ein Vögelchen mit einem gebrochenen Flügel. Du hast ziemlich hart zugeschlagen. Das muss verdammt wehtun. Ich glaube nicht, dass es dir gerade sonderlich viel Spaß machen dürfte, ein Lenkrad zu umfassen.“ Nein, da hat er wahrscheinlich recht. Es dürfte sogar unangenehm sein. Chase mustert mein Gesicht und nickt dann. „Dachte ich's mir doch. Also komm. Fahr lieber bei mir mit. Und keine Ausreden. Ich habe mir gemerkt, dass du nicht auf Schmerzen stehst.“ Er beugt sich ein Stück weiter zu mir. „Ich merke mir alles, was du sagst und was wichtig ist, meine Rose!“

Mein Herz schlägt ein wenig schneller, was sich noch verstärkt, als Chase mir eine Hand auf den Rücken legt.

Mittlerweile hat es zu regnen begonnen, und obwohl der Weg bis zum Parkplatz nicht sehr weit ist, bin ich in meinen Klamotten im Nu völlig durchnässt.

Ich habe mir vorhin keine Jacke angezogen, weil ich dachte, ich würde sie nicht brauchen. Wie gesagt, der Parkplatz ist gar nicht weit von der Bar entfernt und auf den paar Metern hatte ich nicht mit Problemen gerechnet.

Es ist das erste Mal, dass ich bei ihm mitfahre. Zumindest, wenn er selbst fährt. Das letzte Mal, als wir zusammen zum Ball gefahren sind, haben wir die Limousine genommen und hatten einen Chauffeur.

Jetzt bringt Chase mich zu einem geräumigen SUV, in dem wahrscheinlich mehr Platz herrscht als in einigen Zimmern, in denen ich bisher gelebt habe.

„Eigentlich nutze ich den Wagen nur, wenn ich zu Messen fahre und hinterher Muster mitbringe“, erzählt Chase mir, während er mir die Tür zur Beifahrerseite öffnet. „Aber mein Geländewagen wird gerade repariert und Alfonso wartet noch auf Ersatzteile. Ich wollte bei diesen Witterungsverhältnissen keinen Sportwagen nehmen.“

Man könnte meinen, er wollte angeben, aber ich bin mir sicher, er will sich eigentlich eher entschuldigen, weil er so eine riesige Karre fährt, obwohl das gar nicht nötig wäre. Das ist irgendwie niedlich, und gleichzeitig ein wenig verrückt.

„Schon okay!“, murmle ich und kuschle mich tiefer in den Sitz. Ich beginne zu zittern, vor Kälte und vermutlich auch von dem Adrenalin, das sich langsam abbaut, und Chase schaltet die Sitzheizung ein.

„Wir sind gleich da!“, sagt er überflüssigerweise und ich muss lächeln.

„Ich weiß, ich bin den Weg ganz allein hergefahren, erinnerst du dich?“

Nun lächelt er ebenfalls und seine Gesichtszüge wirken mit einem Mal viel weicher.

Ich liebe es, wenn er so lächelt.

„Du bist ziemlich attraktiv, wenn du lächelst!“, sage ich daher zu ihm, und wow, wird er tatsächlich rot? Ich bin mir trotz der zunehmenden Dunkelheit sicher, dass sich die Spitzen seiner Ohren leicht verfärben.

Chase antwortet mir nicht und stellt stattdessen das

Radio an, irgendeinen Klassiksender, was mich nicht wundert. Es passt zu ihm. Er ist die Kultiviertheit in Person. Ich bin mir sogar sicher, dass er mir den Komponisten nennen könnte, wenn ich ihn danach fragen würde, aber ich schweige lieber und betrachte sein hübsches Profil.

20

Chase

Ich stelle den Wagen vor dem Büro ab, weil es von hier aus kürzer bis zum Nebeneingang ist, obwohl der Regen gerade zum Glück eine Pause einlegt.

Dabei nehme ich wahr, dass im Bürogebäude Licht brennt und Carolines Auto noch immer auf ihrem Parkplatz steht.

Ich frage mich, was sie um diese Uhrzeit hier macht.

Als ich den Motor ausstelle, kommt sie gerade aus dem Gebäude und schließt die Tür ab, wobei sie den Hintern herausstreckt, als bekäme sie dafür einen Preis verliehen.

„Oh, hallo, Mr. Darling!", haucht sie und tut, als hätte sie mich jetzt erst entdeckt. Allerdings nehme ich ihr das nicht ab. Ihr Timing ist viel zu perfekt, als dass diese Begegnung

Zufall sein könnte. „Sie sind schon zurück?“ Sie legt eine Hand an ihr Dekolletée, und ich bemerke ihre Bluse, die noch weiter offensteht als sonst.

„Offenkundig bin ich das!“, erwidere ich und gehe um den Wagen herum, um Matilda Rose die Tür zu öffnen, aber sie hat das mittlerweile bereits selbst erledigt. Natürlich hat sie das, denn sie ist keine Frau, die darauf wartet, dass ein Mann etwas für sie erledigt, was sie genauso gut selbst tun kann. Ich hätte es mir denken müssen.

Caroline entdeckt Matilda und ihre Gesichtszüge entgleisen.

„Sie waren zusammen aus? Davon wusste ich gar nichts!“ Sie klingt leicht verschnupft.

„Waren wir auch nicht, Chase war nur so nett, mich mit zurückzunehmen!“, sagt Matilda und ich ärgere mich beinahe ein wenig, wie sehr sie es betont. Sie hält ihre verletzte Hand noch immer unter ihrem Arm verborgen, und man kann ihr deutlich ansehen, dass sie friert. Wir sind beide nass geworden, aber Matilda sieht aus wie ein erfrierendes Hündchen.

Eine Bö ergreift uns, und sie wickelt ihre Arme etwas enger um ihren Körper.

„Bis morgen, Caroline!“, sage ich zu meiner Sekretärin und lege meinen Arm um Matilda, um sie ins Haus zu bringen.

„Du darfst nicht derart grob zu ihr sein!“, meint sie zu mir, kaum, dass die Tür hinter uns geschlossen ist. Mittlerweile klappern ihre Zähne heftig aufeinander. „Sie ist total verliebt in dich, bemerkst du das nicht?“

„Caroline ist hinter jedem her, der männlich ist und Geld hat.“ Ich zucke mit den Schultern. „Um hinter Frauen mit Kohle her zu sein, ist sie vermutlich zu konservativ.“

Matilda schüttelt lächelnd den Kopf.

„Ich glaube nicht, dass es nur das ist.“

„Ich habe keine Ahnung, ob sie das Geld oder mich will, und um ehrlich zu sein ist es mir auch völlig egal. Ich fange nie etwas mit Angestellten an.“

„Ach nein?“, fragt Matilda mich, während ich die Tür zu meinen Räumen öffne und sie hineinbringe. Ihr Blick wirkt dunkel, als sie mich jetzt ansieht, und ich ignoriere ihre Frage, weil ich keine Ahnung habe, was ich darauf antworten soll.

„Willst du kurz ins Bad?“, frage ich. „Neben der Badewanne hängt ein Bademantel, er ist frisch gewaschen, falls du dir etwas Trockenes anziehen willst.“

„Ich könnte auch einfach in mein Zimmer gehen und dort meine Sachen wechseln!“ In ihrem Blick liegt eine gewisse Provokation und ich verziehe meinen Mund zu einem Lächeln. Es gefällt mir, wenn sie mich auf diese Art anschaut.

Ich gehe auf sie zu, bis ich ganz dicht vor ihr stehe.

„Natürlich könntest du das. Aber willst du es auch?“

Ein paar Atemzüge lang hält sie meinem Blick stand.

Dann dreht sie sich um und verschwindet im Bad.

Matilda Rose

Ich trage Chase‘ Bademantel, aber darunter meine Unterwäsche, die zwar auch nicht mehr ganz trocken ist, doch alles andere käme mir zu gewagt vor.

Ich nehme mir ein Handtuch mit, um mein Haar abzutrocknen, und als ich das Bad verlasse, ist Chase gerade damit beschäftigt, ein Feuer in dem großen Kamin in seinem Zimmer anzuzünden.

Eigentlich ist es gar nicht wirklich ein Zimmer, es ist eine komplette Wohnung, ähnlich wie mein Appartement, nur viel größer und luxuriöser. Als ich das letzte Mal hier war, bin ich gar nicht dazu gekommen, mich richtig umzusehen.

Es gibt einen offenen Wohnbereich mit einem gigantischen Schreibtisch aus dunklem Holz – ich kenne mich mit so etwas nicht aus, würde allerdings darauf tippen, dass es sich um eine Antiquität handelt.

Der Rest des Raumes ist eher modern gestaltet. Ein graues Ledersofa, auf dem eine Großfamilie Platz hätte, Bücherregale ohne Ende, und es gibt sogar eine kleine Küchenzeile inklusive High-Tech-Kaffeemaschine.

„Schön hast du's hier!", sage ich zu Chase, der sich mittlerweile wieder zu mir umgedreht hat. Er trägt eine dunkle Trainingshose und ein T-Shirt. Ich habe ihn noch niemals bewusst derart leger gekleidet gesehen.

„Setz dich. Lass mich nach deiner Hand schauen." Er deutet auf das Sofa und ich setze mich artig hin. „Du hast eine ziemlich harte Rechte!", sagt er und nimmt besagte Hand vorsichtig in seine. Ich gebe mir alle Mühe, nicht zusammenzuzucken, denn sie tut verdammt weh.

„Es war ein Zufallstreffer …", murmle ich, während Chase mich die Finger bewegen lässt. „Und ich glaube nicht, dass etwas gebrochen ist." Trotzdem wird es ein paar Tage schmerzhaft sein und wahrscheinlich ordentlich blau werden.

„In Ordnung, Frau Doktor." Chase steht auf und geht zu seinem Kühlschrank, füllt eine Portion Eiswürfel in einen Plastikbeutel, wickelt ein Küchenhandtuch herum und reicht es mir. Ich frage mich, ob er irgendetwas von diesen Dingen wohl jemals benutzt. Die Eiswürfel wahrscheinlich schon. Aber wofür braucht er hier ein Küchenhandtuch? Ich kann mir kaum vorstellen, dass er ein Glas, das er beispielsweise für einen Drink nutzt, hinterher selbst abwäscht. Wahrscheinlich lässt er sie stehen und am nächsten Tag kommt Personal und kümmert sich um alles. Vielleicht gehört so ein Handtuch einfach zur Ausstattung einer Küche dazu und deshalb gibt es hier auch eins.

„Möchtest du einen Drink?“, fragt Chase und ich nicke. „Darf es etwas Besonderes sein?“

„Ich nehme das, was du trinkst.“ Wow, ich bin wirklich irre einfallsreich. Nicht. Doch Chase scheint es nicht zu stören. Er schlendert erneut zu seiner kleinen Küchenzeile und nimmt zwei Gläser aus dem Schrank, füllt sie mit einer bernsteinfarbenen Flüssigkeit und reicht mir schließlich eines davon.

„Hm, Whisky!“, stelle ich fest, nachdem ich einen kleinen Schluck davon getrunken habe. Und ziemlich guter obendrein. Er schmeckt sanft, eine Spur rauchig kombiniert mit ein bisschen Toffee und einer leichten Schärfe, die aber nicht vom Alkohol stammt. Er passt perfekt zu Chase.

Ich trinke noch einen weiteren Schluck.

„Ich hätte dem widerlichen Typen vorhin gerne den Kopf abgerissen!“, sagt Chase zu mir und betrachtet mich langsam, beinahe träge, von oben bis unten.

Ich bin mir nicht sicher, ob ich den Bademantel ausziehen oder enger um mich wickeln möchte.

Ich lächle und kann selbst spüren, wie schief dieses Lächeln gerät.

„Ich hätte ihm auch gerne den Kopf abgerissen.“ Ich zucke mit den Schultern. „Aber ich habe ihn immerhin k. o. geschlagen. Ich hoffe, du bist stolz auf mich!“, scherze ich.

Eigentlich finde ich es gar nicht gut, was da passiert ist. Es hätte schlimme Folgen haben können, vor allem, wenn er ungünstig aufgekommen und sich womöglich den Schädel gebrochen hätte.

„Ich bin sogar sehr stolz auf dich!" Chase ist auf einmal ganz nah bei mir. Er nimmt mir das Whiskyglas aus der Hand und stellt es auf dem Tisch ab. „Trotzdem möchte ich so etwas nicht wieder erleben."

„Nein, ich auch nicht …", flüstere ich rau.

„Ich möchte überhaupt nicht, dass dich andere Kerle anfassen!", gesteht Chase jetzt, wobei seine Lippen so nah an meinem Ohr sind, dass sie die empfindliche Haut dort streifen. „Doch ich würde dich gerne anfassen, meine Rose. Darf ich dich berühren? Bitte sag ja."

„Ja!"

Nein!

Ein letzter Funke Vernunft bäumt sich irgendwo im hintersten Winkel meines Verstands auf. Er versucht zu kämpfen und fällt umgehend wieder in sich zusammen, als Chase mit der Rückseite seines Zeige- und Mittelfingers erst über meinen Kieferknochen und dann über den Hals streift.

„Ja!", sage ich noch einmal und meine Vernunft zieht sich wimmernd und geschlagen zurück. „Bitte!", ergänze ich für alle Fälle und fühle mich ein kleines bisschen erbärmlich dabei, weil ich schrecklich bedürftig klinge.

Chase stört das offenkundig nicht, ganz im Gegenteil.

Er beugt sich zu mir und legt seine Lippen sanft auf meine.

Ich habe nicht vergessen, wie gut es ist, ihn zu küssen, und jede Faser meines Körpers scheint sich in diesem Moment ebenfalls daran zu erinnern, aber ich will es langsam angehen lassen und genießen.

Draußen pfeift der Wind ums Haus und es hat erneut zu

regnen begonnen. Aber hier drin, hier in Chase‘ Wohnung mit dem brennenden Kaminfeuer, ist es, als wären wir in einer völlig anderen Welt.

Sein Kuss wird intensiver, seine Zunge verlangt Einlass in meinen Mund. Und ich öffne mich bereitwillig für ihn.

„Hm, Whisky und Matilda!“, flüstert Chase zwischen zwei Küssen. „Das gefällt mir.“ Und dann sagen wir erst mal nichts mehr, weil wir in diesem Kuss völlig versinken.

Chase streckt sich auf dem Sofa aus und zieht mich mit sich, bis ich auf ihm liege.

Seine Hände, die bis gerade noch um meine Taille geschlungen waren, wandern jetzt nach vorne, schieben sich unter den warmen Stoff des Bademantels, streichen über die nackte Haut meiner Schultern.

„Chase …“, flüstere ich und richte mich auf, löse den Knoten des Gürtels und lasse den Mantel langsam nach unten fallen.

Ich trage schlichte schwarze Unterwäsche aus Baumwolle, nichts Besonderes, aber immerhin passt sie zusammen.

Chase‘ Augen werden groß, als ich nach hinten greife, um den BH zu öffnen, doch ich habe meine verletzte Hand vergessen und zucke kurz zusammen.

„Nicht, lass mich das machen!“ Seine Stimme klingt nun eine Oktave tiefer.

Chase lässt sich Zeit.

Mit den Handflächen fährt er über meine Schultern und Oberarme, seine Fingerspitzen erkunden die Bögen der Rippen, bevor er mich zu sich herabzieht, um mich noch einmal zu küssen. Sein Kuss ist intensiv und gründlich. Er ist wie Chase und lässt mich kribbelig und atemlos werden.

„Setz dich wieder hin, kleine Rose!“, fordert er schließlich, und als ich mich selbst aufrichte, folgt er mir.

Mit Mund und Zunge liebkost er meine Halsbeuge, saugt dort an der empfindlichen Haut, kratzt mit den Zähnen darüber und lacht zufrieden, als ich mich zu winden beginne.

Irgendwann spüre ich seine Hände auf dem Rücken, wie sie vom Nacken beginnend an der Wirbelsäule hinabgleiten und am BH-Verschluss verharren.

Chase öffnet ihn mit einem Handgriff und lässt die Träger über die Schultern fallen, seine Hände folgen der Bewegung, bis er sie zwischen uns schiebt und den BH zur Seite wirft.

Er lehnt sich zurück und stopft sich ein Kissen in den Rücken, um mich besser anschauen zu können.

Ich habe keine Probleme mit meinem Körper. Ich bin wahrlich nicht perfekt, aber ich bin in Ordnung, wie ich bin. Doch unter Chase‘ eindringlichem Blick möchte ich die Arme vor mir verschränken und meine Blöße bedecken, weil es zu intensiv ist.

„Nicht!“, raunt er, als er mein Vorhaben erahnt, und hält sanft meine Hände fest. „Lass mich dich ansehen, Matilda. Ich könnte dich stundenlang nur ansehen. Du bist wunderschön!“

21

Chase

Ein helles Altrosa.

Matildas Nippel haben ein helles Altrosa. Ich frage mich das schon seit Wochen.

Ihre Brüste sind klein, rund und wunderhübsch, perfekte Kugeln aus sahnig weißer Haut. Gekrönt von diesen hübschen, harten Nippeln.

Sie sieht aus wie ein Gemälde.

Ich strecke die Hände nach ihr aus, berühre erst ihr Gesicht, dann ihren Hals, ihre Schlüsselbeine. Als ich schließlich mit dem Daumen über ihre Nippel reibe, zieht Matilda scharf die Luft ein und streckt sich mir entgegen, als wäre sie völlig ausgehungert nach meiner Berührung.

„Wunderschön!“, sage ich noch einmal, während ich die

Hände um ihre Brüste lege und sie sich atemlos gegen meine Handflächen presst.

Ich weiß, dass ich nach außen hin ruhig wirke, aber innerlich bin ich alles andere als das.

Es kostet mich jedes bisschen Selbstbeherrschung, mich nicht auf die Frau vor mir zu stürzen, sie unter meinem Körper zu begraben, sie zu küssen, bis sie beginnt, sich unter mir zu winden, und sie dann zu vögeln, bis sie meinen Namen schreit.

Vielleicht würde ihr das gefallen.

Wahrscheinlich würde es das sogar.

Aber es wäre schnell vorbei.

Zu schnell.

Und ich will nicht, dass es schnell vorbei ist.

Doch Matilda hat ihre eigenen Pläne. Eigentlich hätte ich es mir denken können.

Sie beugt sich zu mir vor und zupft an meinem Shirt, bis ich es über den Kopf ziehe, und anschließend sind ihre Hände und Lippen überall.

Sie streichelt über die Wölbungen meiner Muskeln, küsst die flache Kuhle meines Brustbeins, leckt über meine Nippel und ich schließe stöhnend die Augen, obwohl ich Matilda eigentlich lieber ansehen würde.

Also zwinge ich mich, die Lider wieder zu öffnen, aber ich bin mir nicht sicher, ob das nicht ein Fehler war. Sie dabei zu beobachten, wie sie sich an meinem Körper herabküsst, wie sie mit ihren Lippen über meine Bauchmuskeln streift und dann die Finger in den Bund meiner Hose hakt, das ist fast schon zu viel, auch wenn ich mir dabei vorkomme wie ein notgeiler Schuljunge.

Trotzdem helfe ich ihr, die Hose auszuziehen, und als ihr meine Erektion entgegenspringt, weiten sich ihre Augen und sie schnappt kurz nach Luft.

Das ist ziemlich schmeichelhaft.

Aber ich vergesse jegliche Eitelkeiten, als sie die Hand um meinen Schwanz legt, die Finger sanft auf und ab bewegt, gerade genug, um mich zu quälen, bis zu dem Moment, in dem sie sich vorbeugt und mit der Zunge über meine Eichel leckt. Es fühlt sich an, als stünde mein ganzer Körper unter Strom. Sie wiederholt diese Berührung noch einmal, ich vergrabe die Hände in ihrem Haar. Am liebsten würde ich tief in ihren Mund stoßen, sie auf diese Weise nehmen, mich zwischen ihren süßen Lippen ergießen, aber ich weiß, dass mir das nicht reichen wird. Bevor ich mich nicht mehr beherrschen kann, befreie ich mich von Matildas Händen. Ich drehe uns beide um, sodass sie unter mir liegt.

„Du bringst mich noch um!“, sage ich und das Lächeln, das nun auf ihr Gesicht tritt, wirkt überaus zufrieden.

Ich schiebe ihre Beine auseinander, platziere mich dazwischen.

Matilda trägt noch immer ein Höschen, der Bademantel liegt irgendwo bei meinen Sachen auf dem Boden.

Ich reibe mich durch den dünnen Stoff an ihr, lasse sie meine gesamte Härte spüren, und auf einmal lächelt sie nicht mehr.

Stattdessen gibt sie ein ersticktes Geräusch von sich, öffnet die Beine noch etwas weiter, krallt sich in meinem Rücken fest.

„Chase ...“, flüstert sie mir ins Ohr. Und jetzt bin ich derjenige, der lächelt.

„Willst du mich, Baby? Brauchst du mich?“, frage ich sie, denn ich will es unbedingt von ihr hören.

„Ja!“, antwortet sie und streckt sich mir entgegen.

„Ja, was?“ Ich sehe sie an, beobachte, wie sich ihre Augenlider langsam flatternd öffnen.

„Ich will dich!", sagt sie und zur Belohnung reibe ich mich an ihr. „Ich brauche dich!"

Ich lege die Hand zwischen uns, schiebe ihr Höschen zur Seite, teile ihre feuchte Spalte mit den Fingern.

„Du bist so verdammt nass, Süße. So verdammt nass."

„Ich will dich!", sagt sie noch einmal, und mehr brauche ich nicht zu hören.

Ich ziehe ihr das Höschen ganz aus und nehme ein Kondom aus einer Schublade am Couchtisch, das ich vorhin dort platziert habe.

Dann dringe ich mit einem einzigen Stoß in Matilda ein.

Sie gibt einen erstickten Laut von sich und ich lasse ihr einen Moment, bis sie sich an meine Größe gewöhnt hat.

„Alles okay?", frage ich, und statt mir zu antworten, beginnt sie, sich unter mir zu bewegen. Das ist mir Antwort genug. Ich ziehe mich ein Stück aus ihr zurück, um mich im Anschluss wieder bis zum Anschlag in ihr zu versenken. Und noch einmal.

„Gefällt dir das?"

Sie nickt und öffnet ihre Augen, schaut mich an.

„Mehr?", frage ich und sie nickt erneut.

Ich stoße härter zu, tiefer, und Matilda schlingt ihre Beine um mich, als hätte sie Sorge, ich wollte weglaufen.

Sie wirkt klein und zart unter mir, eine verruchte Fee, die sich windet und stöhnt und nicht genug von dem bekommen kann, was ich ihr gebe. Sie fühlt sich an wie das reine Paradies.

Matildas Hände krallen sich in meinen Rücken und ihre Atmung wird immer hektischer.

„Ich kann es spüren, Baby!", flüstere ich in ihr Ohr. „Lass dich fallen, ich bin hier. Ich fange dich auf."

Und dann kommt sie.

Sie zieht sich um mich zusammen, windet sich unter

mir in süßen Krämpfen, hält sich an mir fest, bis es vorbei ist. Sie ist das Wunderschönste, was ich jemals gesehen habe.

Ich stoße noch ein paar Mal zu, bis ich ebenfalls komme, und während der ganzen Zeit lasse ich sie nicht eine Sekunde aus den Augen.

Matilda

Chase bleibt einen Moment in mir und sieht mich an, als könnte er kaum fassen, was wir hier gerade getan haben. Ich weiß nicht, ob ich das Schweigen zwischen uns als feierlich oder als peinlich empfinden soll, ich bin zu überwältigt von dem Sex. Mit ihm und von diesem Orgasmus, der sich angefühlt hat, als würde er mich fortspülen, in meine Einzelteile zerlegen und dann wieder neu zusammensetzen. Ich bin viel zu überwältigt davon, um einen klaren Gedanken fassen zu können.

„Bleib hier!“, sagt Chase und zieht sich aus mir zurück. „Ich gehe nur kurz ins Bad.“

„Okay!“, flüstere ich und sehe ihm dabei zu, wie er verschwindet. Er hat eine wirklich hübsche Rückseite, und ach ... Eigentlich ist alles an ihm ziemlich schön.

Kaum, dass er weg ist, beginne ich zu frieren, denn obwohl das Feuer nach wie vor brennt, ist es eine stürmische Herbstnacht und mir ist schon seit einer Weile aufgefallen, dass es in diesem Haus überall zieht. Also greife ich nach dem Bademantel und schlüpfe hinein.

Kurz darauf kommt Chase zu mir zurück. Immer noch nackt.

„Du hast dich angezogen!", sagt er und klingt darüber nicht erfreut.

„Mir war kalt …" Ich schlinge meine Arme um meine Knie und beobachte Chase, wie er in seine Jogginghose schlüpft.

„In diesem Haus kann es mitunter ganz schön ungemütlich sein." Er greift nach dem Eisbeutel, der irgendwann vom Sofa gefallen sein muss, steht auf und befüllt ihn mit frischen Eiswürfeln, bevor er ihn mir reicht. „Gerade im Herbst, wenn die ersten Stürme einsetzen, ist es manchmal kalt. Und dann gibt es jede Menge Zimmer, die nicht beheizt werden." Er zuckt mit den Schultern. „Erst wenn es noch kälter wird, wird es wieder besser, denn die Raumtemperaturen werden irgendwann zu niedrig, um gar nicht mehr zu heizen. Wegen der Antiquitäten. Und der Wasserleitungen."

„Über solche Dinge habe ich mir noch nie viele Gedanken gemacht." Ich zucke mit den Schultern. „Ich habe den größten Teil meines Lebens entweder in Regionen gelebt, in denen es zu warm war, um überhaupt heizen zu müssen, oder in Wohnungen, die so klein waren, dass man alle Zimmer bewohnt und somit auch beheizt hat."

„Bist du auch als Kind mit deinen Eltern herumgereist?"

„Seitdem ich denken kann. Ich habe mal ein paar Wochen versucht, bei Verwandten zu bleiben, aber ich konnte es dort kaum aushalten. Zumal ich sie eigentlich gar nicht richtig kannte, von wenigen Familientreffen mal abgesehen. Ich habe meine Eltern so sehr vermisst, dass sie mir schließlich ein Ticket gekauft haben, und ich zu ihrem damaligen Aufenthaltsort fliegen konnte. Damals war ich elf."

„Und du bist ganz allein geflogen?“ Chase runzelt die Stirn.

„Warum nicht? Bei unbegleiteten Kindern passt das Flugpersonal ein bisschen mit auf, damit alles glatt läuft. Ich schätze, ich war für mein Alter außerdem recht selbstständig.“

„Darauf würde ich wetten.“ Chase lächelt und ich würde zu gerne wissen, was er gerade denkt. „Hatten deine Eltern nie Angst um dich? Soweit ich weiß, seid ihr in einigen Krisengebieten gewesen.“

Er scheint wirklich gründlich über uns recherchiert zu haben. Andererseits ist das nicht unbedingt eine Kunst, denn man kann die Namen meiner Eltern einfach bei Google eingeben und findet jede Menge Informationen über ihre Organisation und ihre Einsätze.

„Eigentlich nicht. Ich weiß, wie leichtsinnig es klingt, mit einem Kind solche Dinge zu unternehmen, und rückblickend war es das wohl auch. Du weißt ja, was mir passiert ist. Aber damals war ich bereits achtzehn und all die Jahre davor ist es gutgegangen. Natürlich gab es manchmal schwierige Situationen, aber es gab nichts, was wir nicht in den Griff bekommen hätten.“ Ich greife nach meinem Whiskyglas, das immer noch zur Hälfte gefüllt ist. „Wenn jemand Mom darauf angesprochen hat, hat sie lächelnd gesagt, dass in New York aufzuwachsen wahrscheinlich gefährlicher wäre, vor allem, wenn man die vielen Verkehrstoten mit einrechnet, die es jedes Jahr gibt.“ Ich sehe Chase an. „Vielleicht war das etwas schlicht gedacht, aber meine Eltern haben mich geliebt. Sie wollten mich niemals in Gefahr bringen.“ Und ich habe meine Eltern geliebt. „Ich habe das Leben geliebt, das ich als Kind hatte. Zumindest meistens.“

„Hast du es nicht vermisst, einen festen Wohnsitz zu

haben? Beständigkeit? Freunde?" Chase hat mittlerweile ebenfalls nach seinem Whisky gegriffen.

„Ich kannte es ja nicht anders. Ich hatte feste Bezugspersonen, es ist ja nicht so, als wäre ich von allem entwurzelt gewesen. Aber mein Leben war mit Sicherheit anders als das der meisten Menschen in meinem Alter." Ich zögere kurz. „Dafür habe ich gelernt, wie es ist, wenig Besitz zu haben, wie es ist, mit dem auszukommen, was man hat. Als ich für mein Studium hergezogen bin, konnte ich zum Beispiel gar nicht fassen, wie viele Klamotten meine Mitbewohnerin hatte. Sie hat kistenweise Zeug angeschleppt. Ich hatte nicht mehr als einen Koffer voll, und als es kälter wurde, musste ich erst mal einkaufen gehen. Ich glaube, ich habe bis heute noch nicht genug warme Wintersachen."

„Frierst du leicht?", fragt Chase mich und betrachtet dabei mein Knie, das unter dem Bademantel hervorschaut.

„Eigentlich nicht, nein. Ich habe mich schnell an die Temperaturen gewöhnt und wir waren ja nicht immer in heißen Regionen. Auch in Afrika und Asien kann das Wetter sehr unterschiedlich ausfallen. Ich glaube, ich friere genauso schnell wie die meisten anderen Menschen auch." Ich zucke mit den Schultern. „Ich habe mich trotzdem noch nicht so richtig daran gewöhnt, wie lange und wie kalt der Herbst und Winter hier manchmal sein können."

„Hm …", macht Chase und wendet seine Augen von meinem Knie ab. „Ich wüsste auf alle Fälle ein paar Methoden, um dich warmzuhalten."

„Ach so?", frage ich und stehe auf, um mich auf seinen Schoß zu setzen. „Ich finde, die sollten wir dringend ausprobieren."

„Ich dachte, du frierst nicht leicht!"

„Es kommt auf die richtige Kleidung an." Ich greife nach dem Gürtel des Bademantels, öffne ihn und lasse den

Mantel dann über meine Schultern gleiten und nach unten fallen.

Chase betrachtet mich und ich bekomme am gesamten Körper eine Gänsehaut, obwohl ich tatsächlich nicht friere, ganz im Gegenteil.

„Ich jedenfalls finde dich ziemlich heiß, Baby!“, sagt er, bevor er mich küsst und wir eine Weile nichts mehr sagen.

22

Matilda Rose

Eigentlich ist mein Plan, mich irgendwann nachts aus Chase' Bett und Zimmer zu schleichen, aber als ich schließlich wachwerde, stelle ich fest, dass er mir zuvorgekommen ist, zumindest ist er nirgendwo mehr zu finden.

Ich sammle meine Sachen zusammen, die mittlerweile zum Glück wieder halbwegs getrocknet sind, und schlüpfe hinein, bevor ich mich zurück in mein Appartement schleiche.

Als ich dort die Tür hinter mir schließe, kann ich nur noch über mich selbst den Kopf schütteln.

Es ist einfach leichtsinnig, mich auf Chase einzulassen.

Eigentlich gehört es sogar zu den dümmsten Dingen, die ich je in meinem Leben getan habe.

Es kann die Situation hier bloß noch schlimmer machen.

Ich schaue auf die Uhr.

In zwei Stunden fängt mein Dienst an, also beschließe ich, mich noch mal hinzulegen und wenigstens zu versuchen, noch ein bisschen Schlaf aufzuholen. Bei Chase habe ich wahrlich nicht viel davon bekommen.

Nicht, dass ich mich beschweren will, ganz im Gegenteil, denn der Mann weiß wirklich, was er im Bett tun muss, damit eine Frau auf ihre Kosten kommt.

Zu meinem großen Erstaunen gelingt es mir recht gut, noch mal einzuschlafen.

Derart gut, dass ich beinahe zu spät komme.

Aber bis ich bei Mr. Darling sein muss, ist normalerweise erst sein zweiter Pfleger bei ihm, der ihm bei der Körperhygiene hilft und ihn dann anzieht, und heute kommt gleich im Anschluss sein Physiotherapeut. Die paar Minuten, die ich später dran bin, fallen so zum Glück gar nicht weiter auf.

Doch natürlich muss ich genau an diesem Tag Caroline in die Arme laufen.

„Musst du nicht arbeiten?", fragt sie mich. Sie balanciert ein Tablett in der Hand, auf dem vermutlich Chase' Frühstück steht. Kaffee und Eggs Benedict, dazu zwei Scheiben Toast.

„Meine Arbeitszeiten variieren stark. Und deine? Chase hat sicherlich Hunger." Ich kann mir ein Grinsen kaum verkneifen, wenn ich darüber nachdenke, dass er wahrscheinlich auch meinetwegen Hunger hat, denn mein Magen knurrt ziemlich laut.

Caroline schnaubt irgendetwas Abfälliges und zieht von

dannen. Chase tut mir ein wenig leid, dass er sie den ganzen Tag ertragen muss. Und Caroline tut mir leid, weil sie offenkundig in ihn verliebt ist und er das nicht mal mitbekommt.

Ich flitze in Mr. Darlings Zimmer, wo der Physiotherapeut noch mit ihm beschäftigt ist, also nutze ich die Zeit, um schnell bei Karlie reinzuschauen.

Sie drückt mir eine Zimtschnecke in die Hand.

Ich schwöre, sie macht die besten Zimtschnecken der Welt, und ich schlinge das süße Gebäck begierig herunter.

„Du bist spät dran heute! Ich habe mir schon Sorgen gemacht."

„Ich habe verschlafen … Irgendwie habe ich meinen Wecker überhört." Was die Wahrheit ist, allerdings werde ich ihr nicht die Ursache dafür benennen.

„Kaffee?", fragt sie und hält mir bereits die Tasse hin, schwarz und mit Zucker, so wie ich ihn am liebsten mag.

„Du bist ein Engel!", sage ich. „Ist Mr. Darlings Frühstück auch fertig?"

„Natürlich!" Sie deutet auf ein Tablett mit Rührei und gebratenem Speck.

„Ist das Bacon?", frage ich und Karlie nickt.

„Mr. Darlings Logopädin meinte, dass er schon wieder größere Stücke essen kann. Und Mr. Darling liebt Speck."

„Er wird sich bestimmt darüber freuen!"

Ich trinke meinen Kaffee aus, schnappe mir dann das Tablett und gehe zu meinem Patienten.

„Guten Morgen, Mr. Darling!", sage ich bestens gelaunt. Er hebt mürrisch eine Augenbraue.

„Morgen!", brummt er. „Derart gute Laune bei diesem Wetter?"

Ich zucke die Schultern.

„Das Leben ist zu kurz, um jedes Mal missmutig zu sein, wenn es regnet. Oder wenn es stürmt. Oder wenn es zu heiß oder zu kalt ist. Oder sonst irgendetwas nicht stimmt. Wie viele Tage pro Jahr bleiben da noch? Zehn?"

Er brummelt eine Antwort, die ich nicht verstehe, und wahrscheinlich soll ich das auch gar nicht, denn er ist durchaus in der Lage, deutlich und verständlich mit mir zu sprechen, wenn er es denn möchte. Er wird jeden Tag ein bisschen besser.

Ich stelle ihm sein Frühstück hin. Mittlerweile braucht er niemanden mehr, der ihm beim Essen hilft, und auch seine Mundmotorik wird zunehmend effektiver, es fällt ihm beim Kauen kaum noch etwas heraus.

Ich habe keine Ahnung, ob er sich über das Rührei freut oder nicht, denn er lässt nicht erkennen, ob es ihm schmeckt, aber zumindest isst er die komplette Portion auf.

„Hast du dich geprügelt?", fragt er, als ich das Tablett hochnehmen will, um es zurück in die Küche zu bringen. „Muss wehtun!"

Tut es in der Tat, außerdem sind meine Knöchel mittlerweile blau und teilweise aufgesprungen, aber ich werde mich davon sicherlich nicht abhalten lassen, meinen Job zu machen.

„Der Kerl, den ich geschlagen habe, ist k. o. gegangen. Schätze also, es war die Sache wert."

Mr. Darling beginnt bellend zu lachen, ich vermute, dass er denkt, ich würde ihm ein Lügenmärchen auftischen, doch ich korrigiere diese Annahme nicht. Warum auch?

Ich bringe ihm die Zeitung aus der Küche mit, denn in letzter Zeit interessiert er sich wieder vermehrt für solche Dinge, und solange er in die Zeitung schaut, habe ich ein wenig meine Ruhe.

Ich sitze auf dem Sofa, während Mr. Darling mit seinem Rollstuhl am Schreibtisch sitzt.

Im Kamin brennt ein Feuer und ich habe mir eine

zweite Tasse Kaffee organisiert, als ich das Tablett zurück in die Küche gebracht und die Zeitung geholt habe.

Draußen regnet es schon wieder, aber hier drinnen ist es warm und gemütlich und ich fühle mich ein wenig wie in einem alten Film.

Dieses Haus hat so viele Gesichter, manchmal finde ich es fast gruselig. Mitunter glaube ich, dass ich es vermissen werde, wenn ich nicht mehr hier bin.

Ich habe nicht geplant, lange zu bleiben, nur so lange, bis ich genug Geld zusammen habe, um die zwei Semester durchzuhalten, die mir noch bis zu meinem Abschluss fehlen. Da die Darlings hervorragend bezahlen und ich gut im Sparen bin, sollte es noch vor Weihnachten so weit sein.

Ich habe ein schlechtes Gewissen bei diesem Gedanken, denn ich weiß nicht, ob Mr. Darling mich dann noch brauchen wird.

Andererseits ist er längst nicht mehr derart unausstehlich, wie er es war, als ich hier angefangen habe. Er hat angefangen zu kämpfen, statt gegen alles anzukämpfen, was ihm helfen kann. Ich bin mir sicher, dass es jetzt nicht mehr schwerfallen sollte, Ersatz für mich zu finden. Eventuell sogar Ersatz, der wesentlich besser geeignet ist als ich. Jemand, der auf Fälle wie diesen spezialisiert ist und Mr. Darling an vielen Stellen wesentlich sinnvollere Alltagshilfen geben kann als ich. Denn ich bin eigentlich der Meinung, dass Pflege eine Sache für Profis ist, nichts für Angehörige und auch nicht für Frauen mit einem nicht beendeten Medizinstudium.

Natürlich habe ich meinen Eltern früher ständig assistiert und schon in jungen Jahren diverse größere und kleine Operationen begleitet, manchmal sogar mitgeholfen, wenn es nicht anders ging. Aber mit Schlaganfällen kenne ich mich eigentlich nicht aus. Ich habe mir einen Haufen

Wissen angelesen, aber das kommt einer vernünftigen Ausbildung selbstverständlich nicht mal nahe.

Ich seufze und Mr. Darling blickt von seiner Zeitung zu mir auf.

„Doch keine gute Laune? “, fragt er und ich lächle.

„Nur schwere Entscheidungen zu treffen, Sie kennen das ja. Kaufe ich nun eine neue Hotelkette oder lieber eine Luxusjacht? Trage ich heute die Rolex oder die Patek Phillipe? Investiere ich in ein neues Haus oder lieber in einen Sportwagen? Oldtimer sollen ja eine solide Wertanlage sein.“ Ich wedle mit der Hand. „Solche Dinge eben. Nur nicht in ganz so großem Umfang.“

Und wieder lacht Mr. Darling.

Ich frage mich, wie er wohl früher war, ob er da oft gelacht hat, oder ob er eher ein sehr ernster Typ war, so wie Chase.

Ich könnte ihn fragen, aber ich vermute, dass ihm das ziemlich unangenehm wäre. Außerdem hat er seine Aufmerksamkeit längst wieder seiner Zeitung zugewandt.

Also starre ich aus dem Fenster.

Und hänge Gedanken nach, die ich lieber gar nicht erst haben sollte.

23

Chase

Der Tag heute ist angefüllt mit Arbeit und einer Caroline, die ständig alles vergisst, was ich ihr auftrage und überhaupt nicht bei der Sache ist. Immerhin hat sie mir Frühstück gebracht, aber seitdem scheint sie ziemlich durch den Wind zu sein.

Bevor wir die Firma ihres Dads aufgekauft haben, waren unsere Väter mal befreundet, und ich glaube, Mom und Carolines Mutter treffen sich bis heute regelmäßig. Aber um ehrlich zu sein weiß ich das nicht genau, denn ich habe kaum einen Überblick über die Dinge, die meine Mutter den ganzen Tag lang macht. Sie ist schließlich eine erwachsene Frau und kann tun und lassen, was sie will und mit wem sie es will.

Als ich zu einem Geschäftstermin aufbrechen möchte, hält Caroline mich auf.

„Mr. Darling. Sir!“, sagt sie und steht auf, kommt ein paar Schritte auf mich zu. „Chase …”, sagt sie dann und ich runzle die Stirn. Was soll das hier bitte werden?

Auf einmal steht sie ganz nah vor mir, und dann versucht sie, mich zu küssen.

„Ähm …“ Ich schiebe sie von mir, vorsichtig, um ihr nicht wehzutun, aber bestimmt genug, damit sie begreift, dass ich das hier nicht will. „Ich halte das für keine gute Idee.“

„Weil du nichts mit einer Angestellten anfangen willst? Aber früher war ich das nicht. Früher haben sich unsere Mütter mal darüber unterhalten, wie schön es wäre, wenn wir eines Tages heiraten würden.“ Sie streicht sich eine Haarsträhne aus ihrem Gesicht und blinzelt gegen die Tränen an. „Erinnerst du dich nicht mehr? Nein, wahrscheinlich erinnerst du dich nicht mehr, denn du warst mit irgendwelchen anderen Sachen beschäftigt. Wir haben eigentlich nie miteinander gesprochen. Doch wir sprechen jetzt miteinander … Und ich weiß, es stimmt nicht, dass du nichts mit Angestellten anfängst. Du hast gestern diese Pflegerin deines Vaters mit auf dein Zimmer genommen. Diese komische Rothaarige.“

„Matilda Rose!“, sage ich und befürchte, das war ein Fehler, denn bei ihrem Namen zuckt Caroline zusammen. „Ihr Name ist Matilda Rose“, wiederhole ich trotzdem, schon deshalb, um einen Moment Zeit zu gewinnen. Außerdem hofft irgendetwas in mir, dass allein das Nennen von Matildas Namen all das hier einfach verpuffen lässt, dafür sorgt, dass die abstruse Situation sich irgendwie in Luft auflöst. Als wäre Matildas Name eine Zauberformel.

„Ich habe das Licht gesehen, als ihr gestern nach Hause

gekommen seid!“, macht Caroline all meine Hoffnungen zunichte. „Nur in deinem Zimmer, in ihrem nicht. Und heute hast du einen Knutschfleck am Hals. Man sieht ihn kaum, aber ich habe ihn entdeckt, als du den Kopf geneigt hast. Dieses Flittchen hat dir einen Knutschfleck verpasst!“ Sie klingt ernsthaft empört. „Und jetzt stolziert sie durchs Haus und tut, als würde es ihr gehören, bloß weil sie für dich die Beine breitgemacht hat. Nimm lieber mich, Chase. Ich weiß, wie man sich benimmt. Ich würde mich niemals derart ordinär verhalten und dir einen Knutschfleck verpassen. Wir könnten so glücklich miteinander sein.“

Sie versucht erneut, mich zu küssen, und diesmal gelingt es ihr fast, weil ich zu verwirrt von den verrückten Sachen bin, die sie mir erzählt hat.

In letzter Sekunde drehe ich meinen Kopf zur Seite, sodass sie nur meine Wange trifft.

Dann weiche ich zwei Schritte nach hinten aus.

„Caroline!“, sage ich mit aller Strenge in meiner Stimme, die ich aufbringen kann, und sie zuckt erneut zusammen. Was hat diese Frau nur mit dem Nennen von Namen? „Was ist denn heute in dich gefahren?“ Ich weiche einen weiteren Schritt zurück. „Ich glaube, du solltest für heute lieber Feierabend machen. Und ich will auf gar keinen Fall, dass so etwas noch mal passiert. Wenn du noch einmal Annäherungsversuche startest, werde ich dich entlassen, hast du mich verstanden?“ Sie wird blass. „Ich dulde dieses Verhalten nicht!“

„Ja, Sir!“, murmelt sie jetzt und dreht mir den Rücken zu, vermutlich, um ihre Tränen zu verbergen, und stürmt aus dem Büro, wobei sie fast mit meiner Mutter zusammenstößt, die erstaunt stehenbleibt, um ihr nachzusehen.

Scheiße.

Meine Mom hat mir gerade noch gefehlt.

„Was ist denn mit Caroline los?“, fragt sie mich erstaunt. „Geht es ihr nicht gut?“

Ich zucke mit den Schultern.

„Sie war heute irgendwie merkwürdig und ich habe sie nach Hause geschickt, damit sie sich ein wenig erholen kann.“

Ich setze mich an meinen Schreibtisch und ziehe den Kragen meines Hemdes etwas höher, damit meine Mom nicht auch noch den Knutschfleck entdeckt. Ich habe mich heute Morgen nicht rasiert, deshalb ist er mir selbst gar nicht aufgefallen.

„Es ist lieb von dir, dass du ihr einen Job gibst. Seit ihr Dad die Firma verloren hat, haben sie nicht mehr viel Geld. Auch wenn ihre Mutter das niemals zugeben würde, ich befürchte, sie sind auf Carolines Gehalt angewiesen.“ Ich frage mich, warum Carolines Mutter sich nicht ebenfalls einen Job sucht. Oder ihr Vater. Ich glaube, er hat ein Alkoholproblem, was wahrscheinlich der Grund dafür war, dass seine Firma kurz vor dem Bankrott stand, als wir sie aufgekauft haben. „Isabelle hat mir erst neulich gesagt, wie dankbar sie ist, weil du Caroline unter deine Fittiche genommen hast. Es würde ihr das Herz brechen, wenn das arme Mädchen keinen Job hätte. Sie hat ja nichts gelernt und musste ihre Ausbildung abbrechen. Sie hat Innenarchitektur und Kunst studiert.“

Ich muss an Matilda denken und daran, wie hart sie darum kämpft, Geld zu verdienen, um ihr Studium irgendwann fortzusetzen. Aber wahrscheinlich ist ihre Motivation in diesem Fall deutlich höher, weil sie später mal einen Beruf haben wird, in dem sie tatsächlich arbeiten und Geld verdienen kann. Sie ist nicht nur studieren gegangen, um einen Abschluss zu haben und das eigene Haus hinterher mal hübsch einrichten zu können.

Ich seufze tief.

Eigentlich würde ich Caroline nach dieser Aktion heute gerne feuern, aber durch das Gespräch mit meiner Mutter habe ich das Gefühl, Caroline unmöglich entlassen zu können.

„Jetzt ist sie ja erst mal hier…“, sage ich deshalb ausweichend und meine Mom nickt fröhlich.

„Oh, und ich bin hergekommen, um einfach mal nach meinem Sohn zu schauen und mich zu erkundigen, wie es dir geht!“, sagt sie strahlend. „Ich war zufällig in der Nähe und dachte mir, ich halte kurz an.“

Das hat sie früher selten getan, aber in letzter Zeit habe ich den Eindruck, dass ihre Söhne nur als Ausrede vorgeschoben werden, damit sie nach ihrem Ex-Mann schauen kann.

„Mir geht es hervorragend, Mom. So wie immer. Viel Arbeit. Und da ich meine Assistentin für heute los bin, werde ich noch mehr Arbeit haben.“

„Das tut mir leid, Schatz.“ Sie kommt zu mir und tätschelt meine Wange. „Dann schaue ich noch mal schnell nach deinem Dad und verschwinde wieder. Damit du deine Ruhe hast.“ Sie lächelt mich an und winkt mir zu, bevor sie aus der Tür schwebt.

Ich bekomme Kopfschmerzen.

Aber dafür habe ich gerade keine Zeit.

Mein Handyalarm klingelt und erinnert mich an den Termin, zu dem ich schon aufbrechen wollte, als Caroline sich mir in den Weg gestellt hat.

Frauen.

Manchmal machen sie das Leben wirklich kompliziert.

24

Matilda Rose

Ich habe keine Ahnung, wie es mit Chase und mir weitergehen soll.

Nach unserem ersten Kuss haben wir eine Woche nicht miteinander gesprochen – was vor allem daran lag, dass wir uns gar nicht erst über den Weg gelaufen sind, und das, obwohl wir im selben Haus wohnen.

Okay, dieses Ding ist ein riesiges Anwesen, es Haus zu nennen, ist wirklich eine deutliche Untertreibung. Es hat sogar einen eigenen Namen. Darling Manor. Nicht sonderlich kreativ, aber es ist das erste Haus, in dem ich jemals war, das einen eigenen Namen hat. Von öffentlichen Gebäuden und Museen mal abgesehen. Trotzdem geschieht so etwas auch hier nicht völlig ohne Vorsatz. Wir sind uns gegenseitig aus dem Weg gegangen.

Und diesmal scheint es nicht anders zu sein.

Ich treffe fünfmal auf Matteo, dreimal auf Mrs. Darling, die ihren Mann momentan ständig besuchen kommt, zweimal auf Ryan und einmal begegne ich sogar Liam Darling, der sich sonst beinahe nie hier blicken lässt – die sonntäglichen Pflichttermine natürlich ausgenommen.

Nur Chase treffe ich nicht. Es ist ein bisschen wie verhext.

Ich lerne, damit umzugehen und eigentlich weiß ich ja auch, es ist besser so.

Ich habe ohnehin schon eine Grenze überschritten.

Es ist nicht gut, sich auf die Angehörigen der Menschen, die man pflegt, zu eng einzulassen. Man wird dabei sehr schnell unprofessionell. Und Sex mit einem von ihnen zu haben, lässt sich an Unprofessionalität wohl kaum noch überbieten.

Wahrscheinlich sieht Chase das ähnlich – denn ich wette, er hat sonst strenge Regeln, was den Sex mit Angestellten angeht. Und tadaaa – da sind wir schon gleich beim nächsten Punkt. Sex mit seinem Arbeitgeber zu haben, ist ebenfalls ganz großer Mist.

Außerdem glaube ich, dass Mrs. Darling irgendetwas ahnt, denn in letzter Zeit wirft sie mir immer merkwürdigere Blicke zu, wenn wir uns begegnen.

Sie ist diejenige, die darauf bestanden hat, Mr. Darling müsse jemanden zur Seite gestellt bekommen, der medizinisch versiert ist – obwohl das meiner Meinung nach nicht unbedingt nötig gewesen wäre, zumindest nicht, was den Job angeht, den ich mache.

Aber im Moment habe ich den Eindruck, sie ist nicht sonderlich zufrieden mit mir.

Mr. Darling hat enorme Fortschritte gemacht, seit ich hier bin, aber ich möchte wetten, dass es ihr nun nicht mehr schnell genug geht.

Und gleich am nächsten Tag habe ich das Gefühl, meine Sorgen würden sich bestätigen.

„Wie geht es ihm?" Mrs. Darling hat mich abgefangen, als ich aus dem Zimmer ihres Ex-Mannes kam und mich zu einem Gespräch auf den Flur gebeten. Ich rede nur ungern in Abwesenheit von Mr. Darling über ihn, immerhin ist er mein Patient und wir müssen einander vertrauen, aber in meinem Vertrag steht eindeutig, dass ich Mrs. Darling gegenüber keine Schweigepflicht habe. Sie ist sogar offiziell diejenige, die mich eingestellt hat, ihr Name ist es, der in meinem Arbeitsvertrag steht. Ich weiß auch, dass es Angehörigen manchmal wichtig ist, mit den betreuenden Personen unter vier Augen zu reden, weil sie die Hoffnung haben, auf diese Art an ehrlichere Antworten zu kommen.

„Er macht sich gut. Er kann fast selbstständig essen, er schafft es, wieder aufzustehen, und Sie haben selbst mitbekommen, wie viel besser er jetzt sprechen kann." Tatsächlich können ihn auch seine Söhne mittlerweile tadellos verstehen. „Das Aufstehen und Gehen bereitet ihm noch Schwierigkeiten, aber wir üben fleißig, damit es besser wird. Der Physiotherapeut hat mir gezeigt, was ich alles beachten muss."

„Sie kennen sich also nicht aus mit so etwas?", fragt Mrs. Darling nach und runzelt die Stirn.

„Nein, ich bin nicht ausgebildet worden, um mit Schlaganfallpatienten physiotherapeutisch umzugehen." Ich habe keine Lust, ihr meine eigentlich nicht vorhandenen beruflichen Qualifikationen weiter zu erläutern.

„Meinen Sie, dass seine Fortschritte noch besser wären, wenn er regelmäßig mit jemandem vom Fach üben würde?"

„Mit Sicherheit!“, antworte ich. „Vielleicht würde es schon helfen, wenn der Physiotherapeut öfter herkommen würde. Aber es gibt auch noch diverse andere Richtungen, in die man gehen könnte. Bobath, PDF, bestimmte Elektrotherapien, Ergotherapie … Es gibt zahlreiche Ansatzmöglichkeiten, wenn man jemanden findet, der sich damit auskennt.“ Und außerdem dazu bereit ist, herzukommen. Aber ich vermute, dass Mrs. Darling das selbst weiß und ich sie nicht darauf hinweisen muss, was für ein schwieriger Patient Mr. Darling zeitweise sein kann.

„Das ist gut zu wissen. Ich danke Ihnen für Ihre Zeit!“, sagt sie höflich, bevor sie von hier verschwindet und mich in eine Parfümwolke gehüllt zurücklässt.

Chase

Ich warte auf Matilda, als sie sich nach dem sonntäglichen Essen auf ihr Zimmer zurückzieht.

Irgendwie hatte ich gedacht, es könnte mir gelingen, ihr aus dem Weg zu gehen und sie aus meinem Kopf zu bekommen, wenn ich sie nicht sehe.

Aber beim Essen saß sie mir gleich gegenüber und ich konnte einfach nicht aufhören, sie anzustarren.

Ich bin nicht mal dazu gekommen, mit Ryan noch einmal über die Pläne fürs Hotel zu sprechen, weil meine Gedanken nur um Matilda kreisten. Dabei hätte er mir längst alle dafür notwendigen Unterlagen vorlegen sollen.

Das muss ein Ende haben. Doch offenkundig schaffe ich

es nicht, die Finger von ihr zu lassen. Vielleicht ist es besser, Zeit mit ihr zu verbringen, bis ich ihrer überdrüssig werde, denn normalerweise geht das bei mir mit Frauen relativ schnell. Bisher hat mich noch jede binnen kürzester Zeit zu langweilen angefangen, und ich bin mir sicher, bei Matilda wird dieser Effekt auch irgendwann eintreten.

„Chase, meine Güte! Du hast mich erschreckt!", sagt sie, als sie mich vor ihrer Zimmertür entdeckt. „Hat dir denn niemand beigebracht, dass es gefährlich sein kann, anderen Menschen aufzulauern? Ich hätte bewaffnet sein können. In diesem Land darf schließlich jeder Idiot eine Waffe tragen." Sie lächelt mich gespielt unschuldig an und mein Schwanz regt sich in meiner Hose.

„Das Risiko gehe ich in diesem Fall gerne ein!", sage ich und komme näher. Matilda mustert mich mit zusammengezogenen Augenbrauen, weicht mir aber nicht aus. „Bist du denn bewaffnet?"

„Natürlich!", erwidert sie und ihre Augen funkeln amüsiert. „Bis unter die Zähne sogar."

Ich komme noch ein bisschen näher, atme ihren süßen Duft nach Rosen und Gewürzen ein.

„Und wärst du bereit, diese Waffen auch gegen mich einzusetzen?"

Sie richtet ihren Blick auf meinen Mund.

„Von welchen Waffen sprechen wir denn hier genau?" Nun richtet sich ihre Aufmerksamkeit wieder auf meine Augen.

„Ich weiß nicht ...", antworte ich und ziehe sie an mich heran, sodass ihr Körper meinen an möglichst vielen Stellen gleichzeitig berührt. „Aber ich weiß auch nicht, ob ich es akzeptieren kann, dass du in meinem Haus mit gefährlichen Waffen herumläufst. Ich befürchte, ich werde überprüfen müssen, ob das wirklich der Fall ist, bevor ich dich wieder laufenlassen kann."

„Oh?", macht sie und wirkt dabei ein wenig atemlos.

Ich nicke.

„Oh!"

„Und das soll hier auf dem Flur geschehen?" Sie streicht mit ihren Fingern über mein Kinn, lässt sie tiefer wandern, über die seitliche Muskulatur des Halses, und ich atme schneller.

Gar nicht langweilig!, raunt mir mein Unterbewusstsein zu und ich ignoriere es, obwohl ich ihm recht geben muss.

„Ich weiß nicht!" Ich dränge sie nach hinten, sodass sie zwischen der Tür und meinem Körper eingeklemmt ist. „Wir könnten auch in dein Zimmer gehen, wenn dir etwas Privatsphäre lieber wäre."

„Privatsphäre ist mir schon immer sehr wichtig gewesen." Sie streift mit ihrem Mund über meinen und hält sich am Kragen meines Sakkos fest. „Der Schlüssel ist in der rechten Tasche." Sie stellt sich auf die Zehenspitzen und zieht meinen Kopf zu sich herunter, um mich zu küssen, und mir fällt ein, dass wir mitten auf dem Flur stehen, wo uns theoretisch jederzeit jemand entdecken könnte.

Andererseits kommt hier im Normalfall niemand außer Karlie und Bruno her und die ist wahrscheinlich noch damit beschäftigt, den Tisch abzuräumen und sich um die Reste des Essens zu kümmern, während Bruno seinen eigenen Pflichten nachgeht.

Also küsse ich Matilda weiter, schmecke ihren süßen Mund und genieße, wie sie sich gegen mich presst, als könnte sie gar nicht genug von mir bekommen.

Irgendwann höre ich ein Geräusch.

Ich greife in ihre Tasche, hole den Schlüssel hervor, höre

nur kurz auf, sie zu küssen, um die Tür aufzuschließen und Matilda in ihr Appartement zu schieben.

Sie lacht rau über meine Eile und in meinem Inneren zieht sich etwas zusammen.

Gar nicht langweilig!, sagt etwas in mir erneut, aber ich habe keine Zeit, darüber nachzudenken, weil Matilda gerade damit beginnt, sich für mich auszuziehen.

25

Matilda Rose

Ich betrachte den nackten Mann, der in meinem Bett liegt, und schüttle über mich selbst den Kopf.

So viel zu den Vorsätzen, mich nicht mehr auf ihn einzulassen. Meine Disziplin, was Chase Darling anbelangt, ist wirklich hervorragend.

Andererseits hatten wir sowieso schon Sex.

Auf dieses eine Mal kommt es nun wahrscheinlich nicht mehr an.

Ich befürchte nur, ich werde genau das die nächsten Male auch noch sagen. So lange, bis es irgendwann zu spät ist.

Chase ist eindeutig mein ganz persönliches Kryptonit.

Ich werfe einen Blick auf die Uhr.

In zehn Minuten muss ich unten sein, um nach Mr. Darling zu sehen und ihm nach seinem Mittagsschlaf zu helfen, wieder in den Rollstuhl zu kommen und sich frischzumachen.

Kurz überlege ich, ob ich Chase wecke – entscheide mich jedoch dagegen, weil ich es einfach nicht übers Herz bringe. Er sieht viel zu entspannt aus, und ich möchte wetten, dass er ständig zu wenig Schlaf bekommt. Und zu wenig Entspannung. Er ähnelt seinem Vater unglaublich und ich will unbedingt vermeiden, dass er auch irgendwann einen Schlaganfall erleidet.

Natürlich werden die paar Minuten mehr Schlaf keine ausschlaggebende Wirkung auf Chase' Gesundheitszustand in dreißig oder mehr Jahren haben, darüber bin ich mir völlig im Klaren. Aber ich will ihn trotzdem nicht wecken.

Also schleiche ich mich ins Bad, wasche mich schnell und schlüpfe in meine Klamotten, bevor ich auf Zehenspitzen aus meinem Zimmer und nach unten gehe.

Mr. Darling ist bereits wach, als ich komme.

„Na, endlich!", sagt er und ich strahle ihn an.

„Ich freue mich auch sehr, Sie wiederzusehen!" Ich gehe zu ihm. „Sie haben mich übrigens noch gar nicht für den perfekten doppelten Windsorknoten gelobt, den ich Ihnen heute gebunden habe." Ich habe mein Versprechen eingehalten und fleißig geübt. Okay, dass er perfekt war, ist wahrscheinlich völlig übertrieben, aber er war zumindest nicht schlecht.

Mr. Darling schnaubt, und es klingt fast nach einem Lachen.

„Den hast du gut gemacht!" Er streckt seine gesunde Hand aus und tätschelt mir die Schulter und ich freue mich tatsächlich wie eine Schneekönigin über dieses Lob, denn ich bin mir sicher, dass er mit solchen Dingen normalerweise mehr als zurückhaltend ist.

Ich helfe ihm aus dem Bett und anschließend ins Badezimmer, wo er meine Hilfe mittlerweile kaum noch braucht, dann stütze ich ihn, um sich wieder zurück in seinen Rollstuhl zu setzen.

„Wie wäre es heute mit einem kleinen Ausflug ans Meer?", frage ich ihn und er schaut mich an, als wäre ich völlig verrückt geworden. „Ich weiß, Ihnen ist Ihr Zustand unangenehm, aber die Leute wissen ohnehin alle von Ihrem Schlaganfall. Die Sonne scheint, es ist ein herrlicher Herbsttag. Wollen Sie sich so etwas wirklich dadurch versauen lassen, dass irgendwer, der sowieso schon weiß, dass Sie im Rollstuhl sitzen, auch tatsächlich sieht, dass Sie im Rollstuhl sitzen? Das ist doch absurd, oder nicht?"

Mr. Darling brummt irgendetwas und seine Augen funkeln einen Moment lang verärgert. Ich befürchte schon, ich bin zu weit gegangen und dass er erneut irgendetwas nach mir wirft, aber dann werden seine Gesichtszüge weicher.

„Vielleicht gar nicht schlecht!", sagt er und ich seufze erleichtert auf. Mr. Darling muss dringend unter Leute kommen und mal etwas anderes sehen, damit er keine noch schlimmeren Depressionen entwickelt. Und ich muss ebenfalls mal hier raus, um auf andere Gedanken zu kommen. Gedanken, die sich hoffentlich nicht mehr ständig nur um Chase drehen.

„Dann mal los!", sage ich und helfe Mr. Darling in eine warme Strickjacke, denn trotz des milden Wetters heute wird es eben doch merklich Herbst und nachts beginnt es manchmal schon zu frieren.

Die Darlings haben kurz nach Mr. Darlings Schlaganfall

einen Wagen besorgt, der groß genug ist, um den Rollstuhl bequem im Kofferraum verstauen zu können.

„Du fährst selbst?“, fragt er mich, als ich neben ihm auf den Fahrersitz steige.

„Sieht so aus!“ Ich werfe ihm einen Blick zu und lächle amüsiert, als ich sehe, wie er sich an der Mittelkonsole festkrallt. „Keine Sorge, ich bin eine ziemlich gute Fahrerin. Ich habe auf ganz anderen, wesentlich weniger komfortablen Strecken fahren gelernt als hier.“ Ich denke da an die buckelige Piste irgendwo im Dschungel, auf der mein Dad mir die ersten Fahrstunden gegeben hat. Oder an die Straßen in Indien, auf denen es scheinbar keine Verkehrsregeln gab, dafür jede Menge Mopeds, die sich wild durch den Verkehr geschlängelt haben. Mein Vater war die ersten Male, die ich fahren durfte, ähnlich besorgt wie Mr. Darling jetzt. Und seine Sorge bestand wahrscheinlich zu Recht, denn es war chaotisch und unübersichtlich – für eine Fahranfängerin die totale Katastrophe. Geschafft habe ich es trotzdem irgendwie. Ich gebe vorsichtig Gas und fahre los, und obwohl ich mich auf die Straße konzentriere, bekomme ich dennoch mit, dass Mr. Darling die ganze Zeit aus dem Fenster starrt, als würde er jedes Details draußen in sich aufnehmen.

Bis zum Strand sind es nur ein paar Minuten Fahrt, aber die Strecke bis dorthin ist nahezu malerisch. Wir fahren an kleinen Häuschen vorbei, deren Einfahrten mit Kürbissen geschmückt sind, und an Wäldern, deren Laub mittlerweile bunt ist.

„Es ist so schön hier!“, sage ich und mir wird ein wenig schwer ums Herz, weil ich weiß, dass das hier niemals mein Zuhause sein wird.

Chase

Ich werde in Matildas Bett wach, alles hier duftet nach ihr, doch sie ist nicht da.

Nach einem Blick auf meine Uhr stelle ich fest, dass ich viel zu lange geschlafen habe. Ich hätte längst wieder am Schreibtisch sitzen müssen, um Unterlagen für ein Meeting morgen durchzugehen. Um mir neue Entwürfe für unsere Sommerkollektion im nächsten Jahr anzusehen. Um endlich eine Entscheidung zu treffen, welches Design die Weihnachtsverpackungen in diesem Jahr haben sollen, ob wir sie klassisch halten oder auf eine saisonale Produktverpackung setzen wollen. Die Zeit dafür ist ohnehin mehr als knapp. Dadurch, dass mein Vater nicht mehr mitarbeitet, schaffe ich nicht immer alles so, wie ich es sollte.

Ich stehe auf und obwohl ich es eilig habe, nehme ich mir dennoch die Zeit, mich in Matildas Zimmer umzuschauen.

Auf ihrem Nachttisch steht ein Foto von ihr und ihren Eltern, auf denen die drei in die Kamera lachen. Und auf der kleinen Kommode finde ich einen Haufen Nippes, der aus lauter Erinnerungsstücken besteht.

Ich öffne ein kleines Fläschchen und schnuppere daran. Es duftet nach Gewürzen und Rosen. Es ist ein Duftöl mit Schriftzeichen darauf, die indisch wirken, aber sicher bin ich mir da nicht.

Außerdem liegt ein Stapel Bücher auf der Kommode. Ich finde ein paar medizinische Titel, einen Liebesroman, bei dem ich bereits beim Lesen des Klappentextes bemerke, dass es darin anscheinend ziemlich heiß hergeht, daneben einen Krimi und Weltliteratur, unter anderem Tolstois *Krieg und Frieden*.

Alles, was ich auf dieser Kommode finde, ist so abwechslungsreich wie Matilda selbst.

Alles andere als langweilig!

Ich berühre mit den Fingerspitzen den Goldreif, den sie getragen hat, als sie mich auf den Ball begleitet hat, und beschließe, ein Foto davon zu machen. Vielleicht kann ich Schmuckstücke wie dieses designen lassen, für ein bisschen mehr Exotik. Ich könnte mir vorstellen, dass es sich gut verkaufen lässt. Denn wollen nicht die meisten von uns etwas weniger Langeweile in ihrem Leben?

Ich sage der blöden Stimme in meinem Kopf, dass sie doch bitte einfach die Klappe halten soll.

Das Foto mache ich allerdings trotzdem.

Und dann schleiche ich mich aus Matildas Zimmer, als wäre ich ein Dieb.

26

Matilda Rose

Als Mr. Darling und ich zurückkommen, laufe ich mehr oder weniger Chase in die Arme, der gerade im Hausflur steht und telefoniert. Es klingt wie etwas Geschäftliches – natürlich –, denn manchmal habe ich den Eindruck, dass dieser Mann gar kein Privatleben hat.

Mr. Darling lächelt, als wir wieder hereinkommen, offenkundig hat ihm dieser Ausflug genauso gut gefallen wie mir.

Chase Blick wandert zwischen uns beiden hin und her, dann runzelt er die Stirn.

„Ihr wart aus?“, fragt er und klingt, als hätte er uns dabei erwischt, wie wir eine Horde wilder Elefanten zähmen.

„Nur ein kleiner Strandspaziergang! Das Wetter war herrlich, aber jetzt ist uns trotzdem kalt. Es war ganz schön windig am Strand."

„Das ist an der Küste so üblich!", gibt Chase zurück und ich verdrehe die Augen. Was er auch sieht. Sein Stirnrunzeln verstärkt sich noch, doch ich kann erkennen, wie seine Mundwinkel leicht zucken.

„In meiner Familie ist es üblich, dass man heißen Kakao trinkt, wenn man durchgefroren nach Hause kommt. Mit Sahne." Eine glatte Lüge, denn wenn wir unterwegs waren, gab es oft gar keine Milch und dementsprechend haben wir eher Tee getrunken. Aber ich hätte gerade unheimlich gern heißen Kakao und Mr. Darling kann ohnehin ein bisschen mehr Süße in seinem Leben gebrauchen. Ich würde sogar noch Marshmallows darauf streuen, befürchte allerdings, dass es keine gute Idee ist. Auch wenn sich Mr. Darlings Mundmotorik enorm verbessert hat und er wieder halbwegs normal kauen und schlucken kann, ist ein derartiger Mix aus Texturen etwas, an dem man sich schnell verschlucken kann, und das würde ich gerne vermeiden. „Möchtest du auch welchen?", frage ich Chase, der in seiner Bewegung erstarrt.

„Kakao? Ich habe keinen mehr getrunken, seit ich ein Kind war."

„Dann wird es ja Zeit! Du könntest deinem Vater Gesellschaft leisten, während ich in die Küche husche und uns allen drei welchen mache. Die paar Minuten Zeit kannst du doch sicherlich entbehren ..."

Ich warte seine Antwort gar nicht erst ab, sondern lasse ihn mit seinem Vater zusammen hier auf dem Flur stehen.

Karlie ist irgendwo im Haus unterwegs, sodass ich in der Küche schalten und walten kann, wie ich es möchte.

Ich finde Kakao, wenn auch nur welchen, den man zum

Backen benutzt, mische ihn mit Milch und Zucker und gebe noch eine Prise Zimt hinzu, bevor ich ihn auf den Herd stelle, um ihn zu erwärmen.

Im Kühlschrank finde ich noch Sahne in einem Sahnesiphon, die Karlie gestern für den Nachtisch benutzt hat. Ich hoffe, dass es in Ordnung ist, wenn ich sie aufbrauche, und schreibe Karlie vorsichtshalber einen Zettel, damit sie sich nicht wundert.

Schließlich stelle ich die drei Tassen auf ein Tablett und gehe zurück in Mr. Darlings Zimmer, wo Chase und er sitzen und Chase ihm etwas von neuen, exotischeren Schmuckentwürfen erzählt, was auch immer das sein mag.

Als die beiden mich bemerken, richten sie ihre Aufmerksamkeit auf mich.

Chase kommt zu mir, um mir das Tablett aus der Hand zu nehmen, und stellt es auf einem der Tische ab.

Ich helfe Mr. Darling dabei, sich von seinem Rollstuhl aus auf einen Sessel zu setzen. Dort sitzt er lieber als auf dem Sofa, wahrscheinlich weil er durch die beiden Armlehnen mehr Halt hat.

Er trinkt seinen Kakao schnell und gierig. Fast, als wäre er ausgehungert nach solchen Dingen, während ich an meinem erst mal nur nippe und mich über die Süße freue, die sich in meinem Mund ausbreitet und danach meinen gesamten Körper zu fluten scheint.

Chase

Bevor Matilda und ich mit unserem Kakao fertig sind, ist mein Dad bereits eingeschlafen. Anscheinend war sein heutiger Ausflug anstrengend, aber ich habe ihn auch schon lange nicht mehr derart zufrieden erlebt.

„Kakao also, hm?“, sage ich zu Matilda, weil ich nicht weiß, worüber ich sonst sprechen soll. Ich möchte nicht, dass dieser Augenblick vorbei ist, auch wenn ich eigentlich heute noch genug zu tun habe, um nicht zu wissen, wo mir der Kopf steht.

Matilda lächelt leise.

„Kakao und Herbst gehören irgendwie zusammen, oder nicht?“

„In deiner Vorstellung tun sie das offenkundig.“

Sie seufzt und kuschelt sich etwas tiefer in das Sofa.

„Ich hatte so etwas früher nur selten – diesen ganzen Kram mit Kürbissen, Gewürzen, süßen Heißgetränken und Blätterschlachten, weißt du ... Ich kannte es eigentlich nur aus Filmen und habe mich, das muss ich zugeben, immer ein kleines bisschen danach gesehnt. Wahrscheinlich sehnt man sich oft nach dem, was man nicht hat. Aber heißer Kakao an einem Herbsttag, das ist mein ganz persönlicher, amerikanischer Herbsttraum.“ Sie zwinkert mir zu, und ich würde ihr gerne die Tasse aus der Hand nehmen, um zu testen, wie sie schmeckt, nachdem sie Kakao getrunken hat. Noch süßer als sonst. Nach Zimt und Schokolade. Der Gedanke ist wirklich verlockend, aber mein Dad ist mit im Raum und könnte jeden Moment wach werden, also lasse ich es lieber. Stattdessen leere ich meine Tasse und stehe dann auf. Das ist bestimmt besser, bevor ich mich hinterher doch noch auf Leichtsinnigkeiten einlasse.

„Also ...“, sage ich und stelle die Tasse aufs Tablett. „Ich muss zurück an die Arbeit!“

„Hmm!“, macht Matilda und sieht mich an, als würde sie mich mindestens genauso gerne küssen wie ich sie.

Das gefällt mir verdammt gut.

Sie ist anders als alle anderen Frauen, die ich bisher kennengelernt habe. Die meisten von ihnen wollten irgendwie erobert werden, und wenn sie selbst die Initiative ergriffen haben, dann haben sie die Verführerin gespielt, weil sie dachten, mir würde das gefallen. Hat es natürlich auch, aber es war nie zum Selbstzweck. Oder vielleicht doch, nur eben nicht auf sexueller Ebene.

Matilda ist anders. Sie nimmt sich, was sie möchte, einfach, weil es ihr gefällt.

„Ich bringe dich noch raus!“, sagt sie zu mir und leckt sich über die Lippen.

„Mach das!“, antworte ich ein bisschen heiser.

Sie geht mit mir in Richtung Tür, dann legt sie ihre Hände auf mich, schiebt mich hinter einem Regal in eine Nische, die man von dem Sessel, in dem mein Dad sitzt, nicht einsehen kann.

Und dann küsst sie mich.

Sie schmeckt noch süßer, als ich es mir vorgestellt hatte, und als sie sich irgendwann von mir löst, lasse ich das nur sehr ungern geschehen.

„Hmm!“, macht sie wieder und lächelt. „Mein persönlicher, amerikanischer Traum vom Herbst hat gerade noch eine Komponente dazugewonnen.“

Mein Telefon klingelt.

Natürlich.

Ich ziehe es aus der Tasche und richte meinen Schwanz, der gerne noch geblieben wäre, bevor ich den Raum verlasse.

27

Matilda Rose

Abends klopft es leise an meiner Tür und ich weiß ohne nachzuschauen, dass Chase davorsteht.

Er wirkt leicht verlegen, als er mich ansieht, und mein Herz macht einen Satz bei der Erkenntnis, dass ich diesen selbstsicheren Mann irgendwie verunsichere. Ich habe noch nie erlebt, dass er in einer Situation nicht souverän war, aber jetzt steht er da und verlagert sein Gewicht von einem Fuß auf den anderen, als wäre er ein nervöser Schuljunge.

„Kann ich dir weiterhelfen?“, frage ich, weil es mir mehr als gut gefällt, ihn so zu erleben, auch wenn das vielleicht ein kleines bisschen gemein ist. Trotzdem ist es verdammt schmeichelhaft für mein Ego.

Ich trage eine karierte Pyjamahose, ein dünnes Top mit einer Strickjacke darüber und keinen BH.

Chase mustert mich wortlos, und als sein Blick an meinen Nippeln hängen bleibt, die sich unter dem dünnen Stoff abmalen, richten sie sich auf, als hätte er sie berührt.

„Verdammt noch mal, Matilda!", sagt er und schiebt mich ins Innere meines Appartements, wobei er bereits anfängt, mich zu küssen.

Während sich seine Finger unter mein Top schieben, verpasst er der Tür einen Tritt und im Nu finden wir beide uns nackt auf meinem Bett wieder. Ich habe ehrlich keine Ahnung, wie es so schnell dazu kommen konnte, aber ich kann gerade auch nicht darüber nachdenken – denn Sex mit Chase fühlt sich einfach viel zu großartig an, um mich auf irgendetwas anderes zu konzentrieren.

Später liegen wir nackt nebeneinander und Chase malt mit dem Zeigefinger kleine Kreise auf meine Wirbelsäule.

„Hier hast du eine Narbe!", stellt er fest und fährt sacht über eine Stelle an meinen Rippen.

„Da bin ich mal von einer Ziege geschubst worden und auf einen Stein gefallen. Hat ziemlich wehgetan."

„Einer Ziege?" Er lacht leise und beugt sich vor, um die Stelle zu küssen.

Ich seufze wohlig.

„Ja, eine sehr störrische Ziege, die erstaunlich viel Kraft hatte. Ich weiß, dass die Geschichte nicht sonderlich sexy ist, ich habe lange mit dem Gedanken gespielt, mir irgendetwas Spektakuläreres auszudenken – aber bisher ist mir nie etwas eingefallen." Chase lacht und seine Augen blitzen im schummrigen Licht der Nachttischlampe. „Hast du irgendwelche Narben?", frage ich ihn und er zuckt mit den Schultern.

„Nichts Spektakuläres! Eine kleine am Ellenbogen, da

bin ich mal beim Fahrradfahren gestürzt. Oh, und eine am Kinn." Er zeigt mir die Stelle und ich streiche mit den Fingerspitzen über die silbrige Stelle, die ich vorher schon mal bemerkt habe. Ich bin nur nie dazu gekommen, ihn zu fragen, wo er sie sich zugezogen hat. „Da bin ich mit zu viel Schwung aus dem Baumhaus geklettert. Mit etwas derart Coolem wie mit einer aggressiven Ziege kann ich leider nicht aufwarten."

„Du könntest dir welche zulegen. Ziegen, meine ich. Platz wäre genug." Ich zögere kurz. „Obwohl die meisten Ziegen, die ich kennengelernt habe, eigentlich sehr nett waren. Aber bitte tu mir einen Gefallen – lass sie nicht schlachten, solange ich noch hier bin, und ich will sie auch nicht essen müssen. Ich hasse es, Tiere essen zu müssen, die ich vorher persönlich kannte."

„Ist das in deinem Leben oft vorgekommen?"

„Ab und an. In ärmeren Ländern halten sich Menschen zu Hause Nutztiere, um diese dann zu schlachten. Ich weiß das, und bin mir völlig darüber im Klaren, dass das Lamm, das wir neulich auf dem Teller hatten, ebenfalls mal gelebt hat. Aber wenn ich ein Tier vorher gestreichelt habe ..."

Ich erschaudere kurz und Chase zieht mich in seine Arme.

„Ich verspreche dir, du musst hier nichts essen, dem du vorher persönlich begegnet bist. Und sollte ich mir jemals Ziegen halten, dann nur einfach so, um sie anzusehen und mich daran zu erfreuen und sie zu beobachten."

„Ich habe Probleme damit, mir dich als Ziegenhalter vorzustellen."

Chase lacht.

„Du wärst erstaunt, was ich alles für Talente habe!"

Ja, vielleicht wäre ich das.

„Ihr habt gar keine Tiere auf dem Anwesen." Das empfinde ich als schade.

„Nein, nicht mehr. Als meine Mom noch in *Darling Manor* gelebt hat, gab es Pferde. Und sie hatte einen Hund."

„Einen kleinen Kläffer?", rate ich ins Blaue und Chase lacht erneut.

„Genau so einen. Aber natürlich mit einem langen Stammbaum dahinter."

„Das ist natürlich wichtig ..."

Chase seufzt.

„Meiner Mutter sind solche Dinge tatsächlich wichtig. Sie ist sehr streng erzogen worden und die Ehe mit meinem Vater war eigentlich arrangiert. Irgendwie stand seit die beiden klein waren fest, dass sie irgendwann mal heiraten werden."

„Hat sie sich deshalb scheiden lassen? Weil er letztendlich nicht der Richtige für sie war?" Ich schaffe ein bisschen Abstand zwischen Chase und mir, damit ich ihn besser anschauen kann.

„Ich glaube, sie konnte es irgendwann nicht mehr ertragen, dass seine Arbeit stets an erster Stelle stand. Er hatte keine Zeit für sie und sie hat sich wahrscheinlich irgendwann gefragt, was sie noch hier soll." Etwas ähnliches hat mir Karlie auch erzählt.

„Und ihr seid nicht mit ihr gegangen? Deine Brüder und du?"

„Ich war auf dem Internat, als sie ausgezogen ist. Und ich war in einem Alter, in dem man seine Ruhe haben wollte, wenn man in den Ferien zu Hause war. Ich war damals zu cool für irgendwelche Zuneigungen bezüglich meiner Eltern. Und in diesem Haus kann man einfach eher seine Ruhe haben. Ich glaube, meinen Brüdern erging es da ähnlich." Er zögert einen Moment. „Mom hat uns regelmäßig besucht, wenn wir zu Hause waren. Ich glaube, sie hätte sich auch nicht mehr Zeit für uns genommen, wenn sie noch hier gewohnt hätte. Dadurch, dass mein Dad immer sehr beschäftigt war, war sie es auch. Sie langweilt sich schnell und hat ständig neue Ideen im Kopf." Chase dreht sich auf den Rücken und verschränkt die Arme hinter dem Kopf, sieht die Decke an.

„Hast du es nie vermisst? Eine enge Bindung zu deinen Eltern aufzubauen?"

„Keine Ahnung, ich habe mir bisher nie Gedanken darüber gemacht." Jetzt dreht er sich wieder zu mir. „Vielleicht bin ich nicht der Typ für enge Bindungen."

„Ja, vielleicht ...", murmle ich, und weil ich über solche Dinge gerade nicht nachdenken möchte, setze ich mich auf ihn, um ihn zu küssen.

Das hält uns beide für eine Weile vom Nachdenken ab.

Chase

MATILDA SCHLÄFT TIEF UND FEST, als ich mich schließlich davonschleiche.

Ich kann kaum glauben, dass ich mit ihr über all diese Dinge gesprochen habe, über meine Mom, über meine Kindheit ... Normalerweise sind das Themen, die ich ausspare und die niemanden etwas angehen.

Es fühlt sich immer seltsam an, darüber zu sprechen, weil ich mich jedes Mal frage, ob etwas nicht mit mir gestimmt hat, denn es war kein sonderlicher Schock für mich, als Mom damals gegangen ist. Hier im Haus hat sich nicht viel geändert und in meinem Leben noch weniger, denn auch wenn ich meine Eltern liebe, habe ich wahrscheinlich eine völlig andere Bindung zu ihnen gehabt als beispielsweise Matilda zu ihren Eltern.

Bei uns gab es Kindermädchen, die sich um uns gekümmert haben, als wir noch klein waren. Dann gab es Ganztagsschulen und schließlich das Internat. Hier im Haus war es Karlie, die uns ein Stück Kuchen hingeschoben hat, wenn wir mal traurig waren, oder ein Pflaster aufs Knie geklebt hat, wenn wir uns verletzt hatten.

Es laut auszusprechen, klingt, als würde etwas mit mir nicht stimmen, als hätte ich eine schreckliche, lieblose Kindheit gehabt – und dem war nicht so. Ich habe meine Kindheit als glücklich und unbeschwert in Erinnerung.

Doch obwohl ich nicht gerne darüber spreche, hatte ich bei Matilda nicht eine Sekunde lang den Eindruck, sie würde mich für irgendetwas verurteilen. Wahrscheinlich hat sie zu viel gesehen und erlebt, um sich vorschnelle Urteile zu bilden.

In den nächsten Tagen schleiche ich mich noch häufig in ihr Bett. Und manchmal steht sie auch bei mir vor der Tür und ich öffne sie jedes Mal für sie.

Der Sex mit ihr ist großartig, sie ist frei und ungehemmt und sie sagt mir genau, was sie will. Sie hat aber auch kein Problem damit, sich herumkommandieren zu lassen, ich glaube, sie genießt es sogar ein wenig, wenn ich die Kontrolle übernehme. Und ich übernehme sie gern. Beim Sex die Kontrolle über sie zu haben, gibt mir einen gewissen Kick. Vielleicht, weil meine kleine Rose sonst so stark und selbstbestimmt ist und ich es als eine gewisse Ehre betrachte, dass sie sich derart willig in meine Hände begibt.

Tagsüber denke ich ständig an sie und nachts kann ich kaum die Hände von ihr lassen.

Ich glaube, wir haben beide längst verdrängt, wie unprofessionell dieses Verhältnis ist. Manchmal vergisst man, dass Dinge falsch sind, wenn man sie nur oft genug macht. Vor allem dann, wenn sie sich derart richtig anfühlen wie die Sache zwischen ihr und mir.

28

Matilda Rose

„Ich habe dir ein Geschenk mitgebracht!“, sagt Chase, als er an diesem Abend vor meiner Tür steht.

Und wie jeden Abend habe ich kurz darüber nachgedacht, einfach nicht zu öffnen, um dann doch schon bei der Tür zu sein und sie aufzureißen.

Mit ihm zusammen zu sein, gefällt mir viel zu gut, sehr viel besser, als es sollte. Und ich bin auf dem besten Weg, mich daran zu gewöhnen, was auf keinen Fall passieren darf.

„Ein Geschenk?“ Chase‘ Worte lenken mich von meinen Zweifeln ab.

Er hält eine Hand hinter seinem Rücken verborgen, als er in mein Zimmer kommt und die Tür hinter uns schließt.

„Ich habe es heute entdeckt, als ich in einer großen Nobelkaufhauskette war, um mit ihnen über eine exklusive Schmuckserie zu sprechen.“

Er zieht eine kleine Plüschziege hinter seinem Rücken hervor, die das süßeste Kuscheltier ist, das ich jemals gesehen habe und zudem fast wie echt wirkt.

„O mein Gott!“, quietsche ich und klinge wie ein alberner Teenager, der auf seinen großen Schwarm trifft. Ich schäme mich ein bisschen für mich selbst, aber es ist schon lange her, dass mir jemand das letzte Mal etwas geschenkt hat. Chase lächelt und wirkt überaus zufrieden mit sich.

Ich stelle mich auf die Zehenspitzen, um ihn zu küssen.

„Danke!“, murmle ich an seinen Lippen und kann spüren, wie er lächelt. Er hält mich wahrscheinlich für eine durchgeknallte Irre.

Andererseits hat er das von Anfang an getan und letztendlich hat er irgendwie sogar recht damit.

Dennoch hält es ihn nicht davon ab, mich jede Nacht zu treffen.

„Lass uns an den Strand gehen!“, sage ich einer plötzlichen Eingebung folgend zu ihm und Chase löst sich von mir, schaut mich fragend an. Ich zucke mit den Schultern. „Wann warst du das letzte Mal nachts am Strand? Heute war es den ganzen Tag sonnig, auch jetzt ist noch keine einzige Wolke am Himmel zu entdecken. Ich wette, dass man Tausende von Sternen erkennen kann. Das habe ich in meiner Zeit in New York wirklich vermisst. Dort sieht man kaum Sterne, weißt du … Und ich habe heute Nacht keinen Dienst. Jackson ist da, um sich gegebenenfalls um deinen Vater kümmern zu können.“ Denn auch wenn der Alarm nachts so gut wie nie losgeht, wäre ich niemals so unverantwortlich, Mr. Darling einfach hier allein zu lassen.

Chase betrachtet mich eine Weile, als müsste er irgendeine Entscheidung treffen, die weitreichender ist als ein spontaner nächtlicher Ausflug, und schließlich nickt er.

„Also gut! Lass uns an den Strand fahren. Ich muss mich nur noch schnell umziehen. Wir treffen uns in zehn Minuten unten."

„Abgemacht!", sage ich und fühle mich auf einmal ganz besonders glücklich.

Chase

Ich weiß nicht, wann ich das letzte Mal nachts am Strand war. Ich kann mich nicht mehr daran erinnern.

Vielleicht war ich auch noch nie nachts am Strand. Zumindest nicht wie jetzt mit Matilda. Es kann natürlich sein, dass wir mal spät von einem Segelausflug zurückgekommen sind und dann den Strand überquert haben oder etwas in der Art, aber ich war noch nie hier, um einfach hier zu sein.

„Manchmal beängstigt es mich, die Sterne anzuschauen. Ich fühle mich in diesen Momenten absolut winzig. Wie ein unbedeutender Krümel. Und letztendlich sind wir auch nicht mehr als das, weißt du ... Wenn es uns morgen nicht mehr geben würde, würde die Menschheit einfach völlig ungerührt weiterexistieren."

Sie liegt neben mir auf einer Decke, die sie irgendwoher aufgetrieben hat, und obwohl der Tag mild und warm war, ist es jetzt ganz schön kalt.

Ich rücke ein bisschen näher an sie heran und schiebe

den Arm unter ihre Schultern, woraufhin sich ihr süßer, weicher Körper eng an mich schmiegt.

„So philosophisch heute, meine kleine Rose?“, frage ich und sie zuckt mit den Schultern.

„Ein wenig melancholisch vielleicht.“

Ich küsse ihre Nasenspitze und weil es fast Vollmond ist, kann ich sehen, wie sie lächelt.

„Wusstest du, dass es ganz in der Nähe eine Farm mit einem Streichelgehege gibt?“, versuche ich sie abzulenken. Ich weiß, dass jeder Mensch auch mal melancholische Phasen hat, aber es gefällt mir nicht, wenn Matilda traurig ist. Ich möchte sie lieber wieder lachen sehen. „Sie haben sogar ein Streichelgehege. Und angeblich sind die Ziegen dort alle sehr, sehr nett! Wir könnten dort mal hinfahren!“, schlage ich vor und frage mich gleichzeitig, was mich geritten hat, dass ich ihr dieses Angebot unterbreite.

„Ach, Quatsch!“, sagt sie und setzt sich auf, zum Glück ist jetzt wieder ein Lächeln auf ihr Gesicht zurückgekehrt. „Die Biester würden dir nur deine teuren Anzüge ruinieren.“

„Heute trage ich zum Beispiel gar keinen!“, erwidere ich, denn ich habe den Anzug gegen Jeans, einen warmen Pullover und eine Wolljacke getauscht, auch wenn ich glaube, dass Matilda heimlich darauf steht, wenn ich Anzüge trage, und besonders gut gefallen ihr die dreiteiligen Varianten mit Weste. Dann schnurrt sie immer fast, wenn sie die Hände darunter schiebt und mich dabei küsst.

Bei dem Gedanken daran wird mir warm, aber ich werde mich hier draußen zurückhalten. Es ist Urlaubssaison und obwohl es spät ist, gibt es doch immer noch ab und an Touristen, die über den Strand schlendern. Ich will auf keinen Fall erwischt werden, wie ich es mit Matilda in aller Öffentlichkeit treibe. Und ich glaube, sie will das auch nicht.

„Ich kann mir trotzdem nicht vorstellen, wie du Ziegen streichelst!", sagt sie und klingt dabei schon wieder traurig.

„Vielleicht finde ich ja eine, die mich umschubst, damit ich eine genauso coole Geschichte erzählen kann wie du, wenn es um meine Narben geht." Ich stupse sie mit der Schulter an und sie lehnt sich gegen mich. Ich atme ihren süßen Duft tief ein und schließe die Augen.

Ich könnte ewig mit ihr hier sitzen, auch wenn ich so etwas vorher immer als Zeitverschwendung empfunden habe. Aber mit Matilda verschwende ich gerne Zeit.

„Du findest mich also cool, hm?", fragt sie und ich muss lächeln.

„Vielleicht …", sage ich und beuge mich zu ihr, um sie zu küssen. „Aber was hältst du davon, dass wir von hier verschwinden, bevor das Ganze zu *cool* wird? Ich könnte dich nach Hause bringen und wir wärmen uns auf. Was meinst du?"

„Das hört sich ziemlich gut an!", sagt sie, und als sie aufsteht, um die Decke zusammenzufalten, bin ich fast enttäuscht darüber.

Doch der Gedanke, Matilda nach Hause zu bringen, sie in mein Bett zu packen und sie nach allen Regeln der Kunst aufzuwärmen, lenkt mich ziemlich schnell ab.

Später bleibe ich noch lange wach und beobachte sie im Schlaf.

Irgendwann wird sie nicht mehr hier sein.

Dann wird sie zurück in New York sein und ich bleibe in Darling Harbour allein zurück.

Danach nimmt mein Leben hoffentlich wieder geregelte Bahnen ein, denn im Moment drehen sich viel zu viele meiner Gedanken um Matilda.

Der Gedanke daran, dass alles wieder seine Ordnung hat, sollte mich eigentlich freuen.

Aber er fühlt sich gar nicht gut an.

Eher ein wenig traurig. Einsam.

Sie ist eben gar nicht langweilig!, sagt die kleine Stimme in meinem Kopf. Ich ignoriere sie und drehe mich von der schlafenden Matilda weg, in der Hoffnung, ebenfalls noch ein bisschen Schlaf finden zu können.

29

Matilda Rose

„Oh, Liebes! Da sind Sie ja!“ Mrs. Darling lächelt mich strahlend an, aber irgendetwas an ihrem Lächeln stimmt nicht. „Ich habe wundervolle Neuigkeiten für Sie. Wir haben doch neulich darüber gesprochen, dass Mr. Darling weiterkommen könnte, wenn er eine … wie haben Sie es ausgedrückt? *Spezialisierte Pflege* bekommen würde?“

„Ja?“, sage ich, denn ich habe keine Ahnung mehr, was ich ganz genau gesagt habe, doch ich erinnere mich an das Gespräch.

„Nun, ich habe jemanden gefunden, der alle Qualifikationen mitbringt, die wir brauchen.“ Sie lächelt erneut. „Und das bedeutet, dass Sie schon heute nach New York zurückkehren können. Ist das nicht großartig? Bitte verstehen Sie mich nicht falsch, Sie haben einen wirklich großartigen Job gemacht. Aber es liegt mir einfach sehr am Herzen, dass Mr. Darling die bestmögliche Förderung bekommt, die es gibt, damit er schnellstmöglich wieder ganz der Alte wird."

„Wie bitte?", frage ich nach und irgendwo in meinem Bauch bildet sich ein eisiger Klumpen aus Anspannung.

Mrs. Darling legt den Kopf leicht schief, aber ihr Lächeln bleibt unerschütterlich.

Ich bin für sie nichts weiter als eine Angestellte. Eine Angestellte, zu der man freundlich ist, aber keinerlei persönliche Beziehung pflegt. Das habe ich immer gewusst, und es ist auch völlig in Ordnung so. Eigentlich zumindest.

„Machen Sie sich keine Sorgen, Liebes. Wir zahlen Ihr Gehalt noch bis Ende des Monats. Allerdings müssten Sie bitte Ihr Appartement heute noch räumen, damit der neue Pfleger dort einziehen kann. Falls das schwierig sein sollte, können wir Ihnen natürlich auch erst mal ein Hotelzimmer besorgen!"

„Ich ... oh ..." Vor ein paar Wochen hätte ich mir noch genau das gewünscht. Es wäre fast wie ein Lottogewinn gewesen.

„Wir zahlen Ihnen auch noch einen hübschen Bonus, denn wir sind alle der Meinung, dass Sie Ihren Job wirklich hervorragend gemacht haben. Ohne Sie wäre Clifford niemals so weit gekommen", sagt sie nun und ich möchte weinen. Ich möchte einfach nur weinen.

Ich habe gewusst, dass ich eines Tages weggehen werde, es war ja sogar mein eigener Plan. Ich wollte ursprünglich nur das Geld, um weiterstudieren zu können.

Aber jetzt ist es anders. Obwohl dieses Heim bloß

vorübergehend war, habe ich mich zu Hause gefühlt. Ich habe mich bei Chase zu Hause gefühlt.

Ich schaue mich um, ob er irgendwo zu sehen ist, aber ich kann ihn nirgends entdecken. Erst jetzt fällt mir wieder ein, dass er gestern erwähnt hat, dass er heute den ganzen Tag unterwegs wäre und auch nicht wisse, ob er es gegen Abend zurückschafft.

„Weiß Chase schon davon?“, frage ich und komme mir dabei wie eine Idiotin vor. Als ich eingestellt worden bin, hat man mir klipp und klar gesagt, dass Mrs. Darling jegliche Befugnisse hat, die die anderen Familienmitglieder auch haben. Es ist mies, sie zu fragen, ob ihr Sohn damit einverstanden ist, aber ich muss es wissen.

Sie scheint es mir nicht übel zu nehmen und meine Frage scheint sie auch nicht zu verwundern.

„Es ist alles geklärt!“, sagt sie liebreizend lächelnd. „Ich stelle Ihnen gleich einen Scheck aus. In einer Stunde ist der neue Pfleger da. Wären Sie so lieb, noch mit ihm zu sprechen?“ Sie wedelt mit der Hand. „Ich habe keine Ahnung, was er Wichtiges wissen muss. Unser Hausarzt wird später auch noch vorbeikommen, um mit ihm zu sprechen. Machen Sie sich also bitte keine Sorgen um Mr. Darling.“

Ich lecke mir über die Lippen.

Irgendwie sind sie auf einmal zu trocken.

„Vielen Dank!“, krächze ich heiser.

„O nein, wir haben zu danken!“ Mrs. Darling zieht mich in eine überraschende Umarmung und lässt mich dann wieder los.

Ich gehe in mein Appartement, das nun nicht mehr mein Appartement ist, und packe meine Sachen zusammen.

Sie passen in zwei Koffer.

Die kleine Ziege, die Chase mir geschenkt hat, stopfe ich in meine Handtasche.

Während der ganzen Zeit kämpfe ich gegen die Tränen an, halte den Kopf hoch und sage mir, dass es so wahrscheinlich am besten ist.

Ich habe mehr als genug Abschiede hinter mir, und jemanden noch einmal in den Arm zu nehmen und sich tränenreich zu versichern, wie sehr man sich vermissen wird, wird in meinen Augen völlig überbewertet. Es macht die Sache nur noch schwerer. Und wenn ich gewusst hätte, dass ich wegmuss, hätte ich vorher schon gelitten, weil ich mich von Chase trennen muss.

Bestimmt ist es besser, dass es nun so unerwartet kommt.

„Ich habe gehört, dass du wegmusst, Babygirl!“ Karlie steht in der Tür und nun bekomme ich doch noch einen tränenreichen Abschied. „Komm, ich helfe dir mit den Koffern!“, sagt sie und nimmt mir einen davon ab.

Ich habe meine Sachen kaum in meinem Wagen verstaut, als auch der neue Pfleger eintrifft.

Er ist ein dunkelhäutiger Mann Anfang vierzig, der fröhlich lächelt und mir erzählt, dass er in kurzer Abfolge eine fiese Trennung hinter sich und seinen Job verloren hat und er sich wahnsinnig über diesen Neuanfang freut. Ich freue mich auch für ihn, denn sein Lächeln ist wirklich sympathisch und als er mir erzählt, welche Weiterbildungen er alle gemacht hat, bin ich mir sicher, dass Mr. Darling in den besten Händen ist.

Von Mr. Darling verabschiede ich mich nicht mehr, denn er schläft, als ich aufbreche, und ich habe das Gefühl, dringend von hier wegzumüssen, wenn ich nicht zusammenbrechen will.

Ich setze mich in meinen Wagen und fahre los, beobachte im Rückspiegel, wie das Anwesen immer kleiner und kleiner wird, bis es schließlich ganz aus meinem Sichtfeld verschwunden ist.

Ich fühle mich vollkommen leer, als ich irgendwann auf den Highway einbiege.

Chase

FRÜHER HAT es mir nichts ausgemacht, wenn ich dienstlich unterwegs war und eine Nacht nicht nach Hause kommen konnte. Im Gegenteil, manchmal habe ich es sogar genossen.

Aber ich muss mir eingestehen, dass ich gestern frustriert war, als ich bemerkt habe, dass ich es nicht mehr schaffen werde und deshalb in einem Hotel einchecken musste. Ich hätte die Nacht lieber mit Matilda verbracht.

Und als ich heute Morgen nach Hause gekommen bin, hat sich irgendetwas anders angefühlt.

So verrückt das auch klingen mag, aber es war fast, als wäre unser Haus wegen irgendetwas beleidigt. Die alten Dielen knarzen etwas lauter als sonst, die Türangeln klingen, als müssten sie dringend mal geölt werden und die komplette Atmosphäre ist völlig anders als in den letzten Wochen.

Es regnet, mal wieder, und ich kann es kaum abwarten, mich heute Abend mit Matilda vor den Kamin zu kuscheln.

Als ich nach meinem Vater sehen will, ist dort ein unbekannter Mann, der mit ihm irgendwelche Übungen macht, während meine Mutter lächelnd im Türrahmen steht und das Szenario beobachtet.

„Oh, gibt es jemand Neues?", frage ich erstaunt und Mom dreht sich zu mir um.

„Hallo, Liebling!" Sie strahlt mich an. „Ich habe vor ein paar Wochen schon mit Matilda Rose gesprochen, und sie meinte damals, dass es sinnvoller wäre, jemanden mit mehr Expertise einzustellen. Jetzt habe ich endlich jemanden gefunden."

„Arbeitet er mit Matilda Rose zusammen?"

„Nein, ich habe sie weggeschickt. Sie wollte ohnehin gerne zurück und weiterstudieren. Ich habe ihr noch das Gehalt bis Ende des Monats ausbezahlt und außerdem einen hübschen Bonus." Jetzt sieht sie mich an. „Du bist doch nicht sauer deswegen? Ich finde, sie hat ihren Job ganz hervorragend gemacht und sich einen Bonus redlich verdient. Clifford war nicht unbedingt einfach, als sie hergekommen ist."

„Da hast du recht. Es ist, als hätte sie irgendeinen Zauber mit ihm veranstaltet." Und nicht nur mit ihm, sondern auch mit mir. „Ich hoffe, du hast mit Dad gesprochen, bevor du ihr gekündigt hast?"

Meine Mom runzelt die Stirn.

„Ich will ihm nicht zu nahetreten, aber ich habe nicht das Gefühl, dass er momentan in der Lage ist, vernünftige Entscheidungen für sich selbst zu treffen."

Ich bin da anderer Meinung, doch ich habe gerade wirklich keine Lust, mich mit ihr zu streiten.

„Weiß er schon, dass sie weg ist?"

„Er hat es gestern mitbekommen und er war nicht begeistert. Allerdings ist er momentan auch sehr daran interessiert, wieder gesund zu werden. Insofern hat er es schnell akzeptiert."

Tja, so ist mein Vater. Ein Pragmatiker durch und durch. Alles andere hätte mich auch irgendwie gewundert. Wobei ich glaube, er mochte Matilda. Vielleicht ist er auch ein wenig traurig darüber, weil sie nun weg ist. Aber sie war eine Angestellte.

Eine Angestellte, mit der ich jede Menge heißen Sex hatte …

Und sie war alles andere als langweilig.

Verdammt!

Ich atme tief ein, um das enge Band, das sich auf einmal um meine Brust gelegt haben zu scheint, zu vertreiben.

Aber es hilft nicht. Das Gefühl bleibt.

Für einen Moment würde ich meine Mom gerne nehmen und schütteln, weil sie Matilda weggeschickt hat. Meine kleine Rose.

Nun werde ich sie wahrscheinlich niemals wiedersehen.

Das fühlt sich surreal an.

Es fühlt sich *entsetzlich* an.

Aber sie und ich – das war einfach nur eine irre Idee, ein Tagtraum, dem ich nachgehangen habe und der gedroht hat, mich zu verschlingen.

Es ist besser, wenn sie weg ist.

Ich weiß das, genau wie ich weiß, dass ich weitermachen muss, tun, was man von mir erwartet.

Ich atme noch ein weiteres Mal tief ein.

Das Gefühl der Enge weicht einer gewissen Taubheit, die alles andere überdeckt. Ich fühle mich, als wäre ich ein Roboter.

Ich seufze.

„Danke, dass du dich um alles gekümmert hast, Mom!", sage ich zu ihr, denn ich weiß es normalerweise tatsächlich sehr zu schätzen, wenn sie sich um unsere Familie sorgt.

Und für mich ist es wahrscheinlich auch besser so.

Ich habe gewusst, dass Matilda Rose eines Tages weggehen würde. Ich hätte niemals etwas mit ihr anfangen sollen.

Ich gehe in mein Büro, wo Caroline um mich herumscharwenzelt.

„Mrs. Darling hat einen neuen Pfleger gefunden, habe ich gehört!“, sagt sie und stellt eine Tasse Kaffee vor mir ab. „Ich bin sehr froh, davon zu hören. Ich bin der Meinung, Matilda Rose war wirklich nicht geeignet. Sie hatte ja nicht mal einen vernünftigen Abschluss in irgendwas. Und hier geht es schließlich um Mr. Darlings Gesundheit! Ich kann nur hoffen, dass er nun endlich wieder fit werden kann, jetzt, wo er die richtige Hilfe hat.“ Ihre Hand wandert zu ihrem Herz. „Es wäre tragisch, wenn er nicht in sein altes Leben zurückfinden würde.“

„Jemand , der selbst keine medizinische Ausbildung oder Erfahrungen in diesem Bereich hat, steht es wohl kaum zu, sich darüber ein Urteil zu bilden, Caroline!“

Mehr sage ich nicht dazu.

Ich sage ihr nicht, dass Matilda Rose genau die Richtige für meinen Dad war und sie etwas geschafft hat, was absolut überlebenswichtig für ihn war. Irgendwie ist es ihr nämlich gelungen, seine Lebensgeister zu wecken, seine Freude am Sein neu zu entfachen.

Und ich sage auch nichts dazu, dass sie bei mir Ähnliches geschafft hat.

Ich schalte einfach den Bildschirm meines Rechners an und mache mich an die Arbeit.

30

Matilda Rose

Ich komme erst mal in einem Hotel unter, denn mein Zimmer in einer WG hatte ich gekündigt, als ich den Job in Darling Harbour angenommen hatte.

Das Hotel ist nicht mehr als eine billige Absteige, aber ich brauche auch nicht mehr, auch wenn ich mir dank des wirklich großzügigen Bonus von Mrs. Darling mehr leisten könnte.

Oder vielleicht kommt dieser Bonus auch von Chase, wer weiß das schon. Vielleicht hat er mich ja damit auch für meine sexuellen Dienste bezahlt.

Ich weiß, dass dieser Gedanke albern und falsch ist, aber dass er mich einfach weggeschickt hat, ohne es mir wenigstens persönlich zu sagen, das tut verdammt weh.

Egal wie oft ich mir versuche einzureden, dass es das Beste so ist – es tut immer noch weh.

Den ersten Tag vergrabe ich mich im Hotelzimmer, esse billige Snacks, die ich aus einem Automaten auf dem Flur gezogen habe, schaue mir alte Filme an und bemitleide mich selbst.

Die nächsten Tage verbringe ich damit, mir einen Job zu suchen, denn das Semester geht erst im Januar wieder los und ich kann bis dahin unmöglich herumsitzen und nichts tun. Also nehme ich einen Job als Kellnerin in einem Restaurant an, eines von den Dingern, die eigentlich kaum mehr als ein Diner sind und in denen den ganzen Tag ein Fernseher läuft. Mir ist das völlig egal, die Bezahlung ist in Ordnung, meine Kollegen sind nett, und die Gäste sind anspruchslos. Außerdem können wir uns abends manchmal kostenlos Essen mitnehmen, was praktisch ist, denn ich kann nicht gut kochen, obendrein ist es kostengünstig.

Mit der Wohnungssuche bin ich noch nicht weitergekommen, in New York ist das, wie ich bereits in der Vergangenheit festgestellt habe, gar nicht einfach.

Vielleicht liegt es aber auch daran, dass ich mich noch nicht auf ein neues Zuhause einlassen kann.

Darling Manor geistert mir nach wie vor im Kopf und in meinem Herzen herum, was mir dumm vorkommt – und auch, als wäre ich eine verzogene Göre. Denn natürlich verliebe ich mich in eine verdammte, riesige Villa. Ein Anwesen mit mehr Zimmern, als sie eine komplette Großfamilie bräuchte. Man könnte ein Hotel aus diesem Kasten machen, und es wäre immer noch groß.

Und natürlich verliebe ich mich auch in den verdammten dazugehörigen Millionärssohn. Natürlich tue ich das, denn es reicht mir nicht, mich auf den netten Typen von nebenan einzulassen. Mein Herz muss sich ausgerechnet für Chase Darling entscheiden.

Ich dachte, ich könnte das. Sex und Liebe trennen. In der Vergangenheit ist es mir zumindest nicht schwergefallen. Klar, ich mochte die Kerle, mit denen ich geschlafen habe, aber ich habe mich nie in einen verliebt. Ich habe nie so sehr mein Herz an jemanden verloren wie an Chase, und diese Erkenntnis ist wirklich bitter für mich.

Wahrscheinlich will man immer denjenigen, den man nicht haben kann.

Ich hätte es besser wissen sollen.

Ich *habe* es sogar besser gewusst.

Und jetzt stehe ich hier und muss ständig heulen.

Meinen Kollegen habe ich erzählt, ich hätte eine Allergie und deshalb so oft gerötete Augen. Ich habe keine Ahnung, ob sie mir glauben, aber sie haben mich auch nicht gefragt, wogegen ich allergisch bin. Was hätte ich da auch antworten sollen?

Gegen alles Mögliche.

Und gegen die Abwesenheit von Chase Darling.

Die kleine Ziege, die er mir geschenkt hat, schläft jeden Abend in meinem Arm.

Wenn ich meine Nase ganz fest in ihr weiches Fell drücke, bilde ich mir ein, noch Spuren von Chase‘ Duft zu erkennen.

Ich sollte sie deshalb vielleicht einfach weggeben, sie irgendeinem Kind schenken, das mir auf der Straße begegnet, aber ich bekomme es einfach nicht übers Herz, mich auch noch von ihr trennen zu müssen.

Stattdessen wandle ich wie ferngesteuert durch mein Leben, fühle mich wie ein hirnloser Zombie und habe keine Ahnung, wie sich das jemals wieder ändern soll.

Chase

„Meine Güte, welche Laus ist dir denn über die Leber gelaufen?“ Liam sieht mich an und reißt abwehrend die Hände hoch. „Ich habe doch nur angemerkt, dass ich nicht zum sonntäglichen Essen kommen kann, weil ich einen Termin habe. Kein Grund, mich gleich dermaßen anzufahren.“

Ich brumme irgendetwas Unverständliches und lasse ihn dann stehen, denn er hat recht.

Im Moment reagiere ich wegen jeder Kleinigkeit über, gestern habe ich sogar die arme Caroline angeschrien, weil sie mir das falsche Frühstück gebracht hat. Im Gegensatz zu Liam gerade ist sie fast in Tränen ausgebrochen und hat sich im Anschluss tausend Mal entschuldigt – nur um hinterher noch mehr um mich herumzuscharwenzeln als vorher. Und es ist mir vorher schon auf die Eier gegangen. So wie ziemlich alles momentan.

Ich arbeite krampfhaft mit einem unserer Designer an der Schmuckkollektion, die durch Matilda Rose‘ Armband inspiriert worden ist, aber auch hier kommen wir zu keinem Ergebnis. Es gefällt mir nicht, jeder bisherige Entwurf ist zu langweilig, nicht exotisch genug.

Matilda war gar nicht langweilig.

Ich lasse meinen Kopf sinken und balle die Hände zu Fäusten, bevor ich ein paarmal tief durchatme.

Das alles hier bringt mich noch zur Verzweiflung.

Vielleicht sollte ich mal Urlaub machen.

Oder mir eine Frau zur Abwechslung suchen.

Ich weiß, dass ich weder das eine noch das andere versuchen werden.

Matilda ist verschwunden, ohne sich noch einmal zu melden.

Sie hat zwar meine Handynummer nicht, doch sie hätte mir jederzeit eine Mail schicken oder mich im Büro anrufen können.

Ich hingegen habe keine ihrer Kontaktdaten, weil damals alles über meine Mom gelaufen ist, und mir ist noch keine stimmige Ausrede eingefallen, um sie darum zu bitten. Ich weiß nicht einmal, ob sie überhaupt ein Telefon hat. Hier zumindest hatte sie keins, sie hat lediglich ihr Diensthandy mitgenommen, das wir ihr zur Verfügung gestellt haben und das sie abgegeben hat, als sie abgereist ist.

Eine E-Mail-Adresse vielleicht.

Aber was soll ich ihr schon schreiben? Dass ich sie schrecklich vermisse und sie gefälligst wieder herkommen soll, obwohl sie keinen Job mehr hat?

Wahrscheinlich würde sie mich auslachen.

Ich gehe zurück in mein Büro und setze mich an meinen Schreibtisch, gehe erneut die Entwürfe durch, die unsere Designer mir geschickt haben.

Diesmal sind sie schon besser.

Doch immer noch nicht gut genug, immer noch nicht das, was ich haben will.

Ich knirsche mit den Zähnen.

Heute Nachmittag muss ich zu einem verdammten Fernsehinterview, in dem es darum gehen soll, ob sich bei unserer Firma etwas geändert hat, nun, da ich die Leitung übernommen habe und nicht mehr alles in den Händen meines Vaters liegt.

Unser PR-Berater hat mich dazu überredet, obwohl ich es am liebsten absagen würde.

Ich würde gerne selbstbewusst auftreten, charmant und lächelnd, mich verhalten, wie man es von einem Chef eines Unternehmens dieser Größe eben sehen will.

Aber ich fühle mich, als würde momentan einfach alles den Bach runtergehen.

Das ist Blödsinn, und ich weiß das, denn die Firma läuft ganz wunderbar.

Nur mein verdammtes Leben, das macht irgendwie nicht mehr, was es soll.

31

Matilda Rose

Mit einem lauten Klirren fällt mir ein volles Tablett auf den Boden, und statt es aufzuheben, starre ich Chase' Gesicht an.

Zuerst habe ich nur seine Stimme gehört, und einen Moment lang habe ich befürchtet, zu halluzinieren, aber als ich mich umgedreht habe, habe ich auch sein Gesicht gesehen und, verdammt noch mal, sein Anblick sorgt dafür, dass sich mein Herz schmerzhaft zusammenzieht.

„Matilda Rose? Geht es dir gut?", fragt meine Kollegin besorgt und bückt sich an meiner Stelle, um die Scherben aufzusammeln.

„Es geht schon!", sage ich und starre noch immer auf Chase.

Oder vielmehr auf sein Bild im Fernsehen.

Normalerweise beachte ich das blöde Ding gar nicht, auch wenn es nicht leicht ist, den Fernseher im Restaurant zu ignorieren, denn er ist dröhnend laut. Anscheinend kommen die Gäste hier nicht her, um sich miteinander zu unterhalten, sondern um sich vom TV unterhalten zu lassen.

Mich stört das nicht, im Moment rede ich ohnehin nicht gern.

Aber jetzt ist Chase da, im Fernsehen.

Er erzählt etwas über seinen Vater und über die Firma, vor allem über die Schmuckbranche und darüber, dass er eine neue Kollektion plant, die von einer Frau inspiriert worden ist, die er mal kannte.

Dabei lächelt er charmant und wirkt, als wäre diese Frau etwas Kostbares gewesen.

Ich würde sie am liebsten erwürgen.

Und ihn auch.

Zumindest reißt mich das aus meiner Erstarrung.

„Sorry, ich dachte, ich hätte jemanden gesehen, den ich kenne!“, sage ich zu meiner Kollegin und bücke mich, um ihr zu helfen.

„Du meinst Chase Darling?“, fragt sie und ich reiße mich zusammen, um bei seinem Namen nicht zusammenzuzucken. So weit hat er mich schon gebracht.

„Ich habe ihn mit jemandem verwechselt ...“

„Wenn du jemanden kennst, der ihm so sehr ähnelt, dass du ihn mit Chase Darling verwechselst, könnte ich dann bitte seine Telefonnummer haben?“ Sie lächelt mir zu und ich kratze ihr nur deswegen nicht die Augen aus, weil ich weiß, wie glücklich verheiratet sie ist. Sie strahlt immer regelrecht, wenn sie von ihrem Mann erzählt, und ich beneide die beiden ein wenig.

Habe ich bereits erwähnt, wie ekelhaft ich Eifersucht finde?

Aber ich kann einfach nicht aus meiner Haut.

Wahrscheinlich, weil Chase mir derart darunter gegangen ist.

Irgendwie schaffe ich es, meine Schicht zu Ende zu bringen, und es ist erst früher Nachmittag, als ich das Restaurant verlasse.

Ich gehe zurück ins Hotel, lege mich aufs Bett und starre die Decke an.

Keine Ahnung, was mit mir los ist. Seit ich zurück in New York bin, bin ich völlig antriebslos und habe meine ganze Lebensfreude verloren.

Ich erkenne mich selbst kaum wieder, denn ich hätte sonst immer von mir behauptet, dass ich das Leben sehr zu schätzen weiß. Selbst nach meiner Entführung und dem Tod meiner Eltern bin ich jeden Tag aufgestanden und habe mir vorgenommen, irgendetwas Schönes zu machen, etwas, das mich zum Lächeln bringt. Völlig egal, wie traumatisiert oder traurig ich war, ich habe es nie zugelassen, dass solche Dinge mein Leben übernehmen, sondern es mir zurückgeholt, wo immer ich nur konnte.

Und jetzt?

Jetzt fühle ich mich zu schwach, um für irgendwas zu kämpfen. Ich fühle mich, als wäre ich innerlich total ausgebrannt, mache bloß noch das Nötigste, um irgendwie über die Runden zu kommen.

Und natürlich habe ich durchaus eine Ahnung, woran es liegt, auch wenn ich mir gerne einrede, ich hätte keine.

Ich weiß es sogar ganz genau.

Chase Darling ist mit mir los.

Oder genau genommen müsste man wahrscheinlich

sagen, dass er *nicht mehr* mit mir los ist, denn das, was ich empfinde, ist einfach gigantischer Liebeskummer.

Ich setze mich auf und gehe ins Bad.

Ich erkenne die Frau, die ich da sehe, kaum noch wieder.

Ich wirke wie eine hohläugige Puppe.

So kann es nicht weitergehen. Ich muss irgendetwas tun.

Ich muss um das kämpfen, was mir wichtig ist. Das habe ich immer getan.

Sonst war es mein Leben, das mir wichtig war.

Und das ist es nach wie vor.

Aber Chase ist mir auch wichtig und ich glaube, dass ich auch ihm wichtig war.

Wir haben nie darüber gesprochen, aber ich werde es auch niemals erfahren, wenn ich jetzt nicht all meinen Mut zusammennehme und versuche, es herauszufinden.

Ich packe meine Sachen und verstaue die kleine Plüschziege in meiner Handtasche.

Dann checke ich aus dem Hotel aus.

Diese Nacht werde ich hier sicher nicht schlafen, denn ich werde es heute nicht wieder zurückschaffen, also wäre es bloß herausgeschmissenes Geld.

Schließlich packe ich meine wenigen Habseligkeiten in mein Auto und fahre los, auch wenn ich keine Ahnung habe, ob das, was ich tue, wirklich das Richtige ist.

Mit jeder Meile, die ich fahre, kommen mehr Zweifel in mir auf. Aber ich fahre trotzdem weiter, weil es für mich keine andere Lösung gibt.

Ich weiß, es ist völlig verrückt, aber ich muss ihn einfach sehen.

Wahrscheinlich wirkt es erbärmlich, wenn ich auf einmal vor seiner Tür stehe und ihn anbettele, mich zurückzunehmen, doch ich weiß genau, dass ich es bis an mein

Lebensende bereuen werde, wenn ich es nicht zumindest versucht habe.

Ich habe mit meinen Eltern kaum über solche Dinge gesprochen, ich weiß nicht einmal ganz genau, wo sie sich kennengelernt haben, vermutlich irgendwo auf der Uni, aber eine Geschichte haben sie oft erzählt: Dass mein Dad sich damals extra ein Auto gekauft hat, um meiner Mom hinterherreisen zu können, als sie mit ihrer Familie zu einem Campingausflug aufgebrochen ist, weil er ihr unbedingt sagen wollte, dass er sich in sie verliebt hat und auf keinen Fall mehr abwarten wollte.

Vielleicht wird Chase mich von sich stoßen, wenn ich plötzlich vor seiner Tür auftauche. Vielleicht werden wir Sex haben, und anschließend ist mein Herz noch schlimmer dran, als es das ohnehin schon ist. Aber vielleicht empfindet er auch genauso wie ich. Vielleicht gibt es wenigstens den Hauch einer Chance, und ich werde es niemals wissen, wenn ich es nicht versuche.

Die Nacht ist kalt und stürmisch und es sind Unwetter vorausgesagt. Die Bäume auf der Landstraße, die zum Anwesen der Darlings führt, biegen sich so stark im Wind, dass ich Sorge habe, sie könnten jeden Moment umstürzen. Das Ganze wirkt wie eine dramatische Kulisse aus einem Horrorfilm und derart bedrohlich, dass ich zwischenzeitlich überlege, ob ich nicht einfach wieder umkehren soll.

Doch das werde ich nicht.

Der Drang, Chase zu sehen, ist viel zu stark.

Am Tor muss ich stoppen. Als ich noch hier gewohnt habe, hatte ich eine Fernbedienung für das große Tor, mit dem das Anwesen zur Straße hin gesichert ist, aber es gibt zusätzlich auch einen Zugangscode. Die Fernbedienung habe ich abgegeben, als Mrs. Darling einen neuen Pfleger gefunden hatte, aber ich hoffe, dass der Code noch funktioniert.

Meine Hände zittern, als ich ihn eingebe, und zu meiner unendlichen Erleichterung setzen sich die beiden Torflügel in Bewegung.

Natürlich hätte ich auch klingeln können, aber es ist mitten in der Nacht und ich will niemanden wecken.

Mittlerweile hat es heftig zu regnen begonnen und die Temperaturen sind deutlich gefallen. Das Unwetter, von dem heute in den Nachrichten gesprochen wurde, ist inzwischen in vollem Gange.

Erst jetzt wird mir bewusst, wie verrückt es war, hierherzukommen, ohne einen Plan zu haben, denn ich habe auch keine Ahnung, wie ich Chase erreichen soll.

Seine Telefonnummer habe ich nach wie vor nicht, und ohne am Haus zu klingeln, wird er wohl kaum bemerken, dass ich da bin.

Zur Not verbringe ich die Nacht im Wagen und versuche, ihn morgen früh abzufangen, wenn er sich auf den Weg ins Büro macht.

Aber vielleicht muss ich das auch gar nicht, denn als ich vor dem Bürogebäude ankomme, entdecke ich, dass noch Licht brennt.

Ich stelle meinen Wagen auf einem der freien Parkplätze ab und lege die paar Schritte bis zum Bürogebäude im Laufschritt zurück. Ein Ast wird von einem Baum abgerissen und verfehlt mich nur knapp.

Fluchend erreiche ich die Eingangstür und reiße sie auf, um mich in Sicherheit zu bringen, als direkt davor der nächste Ast herunterkracht.

Ich fluche noch einmal, sammle mich dann aber recht schnell wieder.

Ich bin hergekommen, um Chase zu treffen, und genau das werde ich jetzt auch versuchen, umzusetzen.

„Chase?", rufe ich, um mich bemerkbar zu machen, denn ich will nicht, dass er sich erschreckt, wenn ich plötzlich vor ihm stehe. „Bist du da?"

Ich bleibe einen Augenblick lang im Eingangsbereich stehen, betrachte die eleganten Blumentöpfe aus Marmor, in denen kleine Bäume wachsen. Wirklich, richtige kleine Bäume, die wirken wie echte – nur eben nicht im Miniaturformat. Ich habe schon einige Bonsais gesehen, aber noch nie in einer solchen Perfektion und Größe, denn anders als die Miniaturversionen für die Fensterbank, die man heutzutage in jedem Möbelhaus zu kaufen bekommt, sind diese fast zwei Meter hoch, sehen aber aus, als wären sie bereits uralt. Ich frage mich, ob Alfonso, der Gärtner und Mechaniker der Darlings, sie wohl gezüchtet hat. Karlie hat mir mal erzählt, das wäre sein Hobby.

„Chase?", rufe ich nach einer Weile noch mal, weil ich mich noch immer nicht traue, einfach weitere Türen zu öffnen. Ich bin weit genug eingedrungen, obwohl mir das eigentlich nicht zusteht, noch weiter käme mir unverschämt vor.

Irgendwo höre ich ein Geräusch, dann Schritte, die allerdings so gar nicht nach Chase klingen. Und auch nicht nach einem Mann. Es sind eindeutig hohe Absätze, die dort über den alten Marmorboden klappern.

In diesem Moment steht auch schon Caroline vor mir.

„Was machst du hier?", zischt sie mich an. Sie scheint alles andere als erfreut darüber zu sein, mich zu sehen. Mir geht es ähnlich, aber ich habe mich deutlich besser im Griff als sie.

„Ich möchte Chase sehen!", sage ich so ruhig wie

möglich, denn ich kann keinen Sinn darin erkennen, unfreundlich zu ihr zu sein.

„Er will dich aber nicht sehen!“, antwortet sie, verschränkt die Arme vor der Brust und baut sich demonstrativ vor mir auf.

„Dann soll er mir das bitte selbst mitteilen.“ Ich bin nicht die ganze Strecke hergefahren, um mich von Chase‘ Assistentin abspeisen zu lassen. Wenn er mich nicht mehr treffen will, soll er mir das selbst sagen. Obendrein traue ich Caroline nicht. Sie ist eine falsche Schlange, auch wenn ich keine Beweise für dieses Empfinden habe. „Ist er da?“ Ich versuche, an ihr vorbeizukommen, doch sie lässt mich nicht durch.

„Du solltest nicht hier sein!“, sagt sie scharf. „Du warst in New York schön weit weg.“

„Wer sagt das?“, frage ich und ein widerliches Gefühl breitet sich in meinem Bauch aus. „Chase?“

„Er will dich nicht!“ Caroline baut sich nun regelrecht vor mir auf, was bei einer so zarten Frau lächerlich wirken sollte, aber irgendwo in ihren Augen blitzt der Wahnsinn und ich weiche unwillkürlich einen Schritt von ihr zurück. „Wenn er dich gewollt hätte, wäre er längst bei dir gewesen. Chase ist ein Mann, der selbst die Initiative ergreift, wenn er etwas will. Das sollte dir doch offenkundig sein!“ In diesem Punkt hat sie leider recht und ich kann förmlich spüren, wie die Zweifel in mir bei ihren Worten immer größer werden. „Du solltest gehen. Es ist vollkommen erbärmlich, dass du hergekommen bist, um dich ihm derart an den Hals zu werfen. War ja klar, dass jemand wie du nicht aufhören wird, sich anzubieten. Ich verstehe dich schon. Er ist eine gute Partie. Und du bist arm wie eine Kirchenmaus.“

Ich zucke zusammen, als hätte sie mich geschlagen, was mich ärgert, aber sie spricht meine schlimmsten Ängste bezüglich Chase aus. Ich bringe kein Wort heraus, bis Caroline auf die Tür deutet.

„Verschwinde!“, sagt sie zu mir und mittlerweile steht ihr der Hass, den sie für mich empfindet, deutlich ins Gesicht geschrieben.

„Ich gehe erst, wenn das Unwetter sich gelegt hat. Wenn Chase mich nicht sehen will und dich als Rausschmeißer engagiert, muss ich damit klarkommen. Aber ich bin nicht lebensmüde. Draußen tobt ein Unwetter und ich bin auf dem kurzen Weg vom Parkplatz bis hierher fast von einem Ast erschlagen worden. Ich werde da jetzt sicherlich nicht rausgehen und mein Leben riskieren.“

„Schade, dass er dich nicht getroffen hat, der verdammte Ast!“, zischt Caroline jetzt und irgendwie macht sie mir nun wirklich Angst. Sie wirkt mittlerweile vollkommen durchgeknallt. Sie kommt zu mir und schubst mich. „Du bist eine dumme Schlampe und niemand würde dir auch bloß eine Träne nachweinen. Deine Eltern sind tot und Chase will dich nicht. Es interessiert niemanden, wenn du stirbst!“ Sie steht nun derart nah vor mir, dass mich ein paar Speicheltröpfchen im Gesicht treffen, während sie redet.

Ich sage nichts mehr. Ich stehe nur da und starre sie an. Wäge ab, was das geringere Risiko ist – nach draußen zu flüchten oder mich mit ihr auseinanderzusetzen.

„Ich will nur hierbleiben, bis das Unwetter vorbei ist, okay?“ Ich hebe die Hände und gehe rückwärts, bis ich bei einem der Besuchersessel angekommen bin, die im Eingangsbereich stehen. Dort setze ich mich hin. „Ich sitze einfach nur hier und warte ab.“

Der Wind heult ums Haus wie ein wildes Tier. Caroline kommt zu mir. Dann streckt sie die Hand nach mir aus. Sie fasst mir in die Haare und zerrt mich aus dem Sessel hoch. Sieht mich an, als würde sie mir am liebsten die Zähne in die Kehle schlagen, mich bei lebendigem Leib zerfetzen. Ich schreie auf, Schmerz, Überraschung und Angst beginnen in mir zu pulsieren.

„Du wirst jetzt von hier verschwinden, du dummes Miststück. Und wenn du dabei von einem Baum erschlagen wirst: umso besser. Niemand will dich hier haben. Chase gehört mir, hörst du? Er gehört mir!" Sie tut mir weh, wirklich weh. Ich greife nach ihrer Hand, umklammere ihr Handgelenk, setze mich zur Wehr, so gut ich kann. Wir sind ungefähr gleich groß. Ich wiege vielleicht ein paar Pfund mehr als sie. Doch sie scheint wild entschlossen, diesen Kampf zu gewinnen. Ihr Gesicht verzerrt sich zu einer hässlichen Grimasse. Es ist, als wäre sie eine völlig andere Person geworden, aus deren Griff es mir kaum gelingt, mich zu befreien.

Ich muss mich stärker wehren.

Ich habe das gelernt.

Aber der Zorn, die Entschlossenheit, mit der sie mich festhält, sind nicht zu unterschätzen.

Ich sollte ihr irgendetwas brechen, aber ich bringe es nicht über mich. Chase würde mich dafür hassen, wenn ich seine Assistentin verletze.

„Du tust mir weh!", rufe ich und sie lacht, zerrt noch fester an meinem Haar, bevor sie meinen Kopf nimmt und ihn seitlich gegen die Tür schlägt. Mit voller Absicht. Ich schreie, dumpfe Benommenheit breitet sich aus.

Jetzt reicht es mir.

Denn ich befürchte, sie wird mich umbringen, wenn ich mich nicht wehre.

Völlig egal, was Chase ihr aufgetragen hat, das war sicherlich nicht in seinem Sinne. Ich greife nach oben, bekomme ihre Hand zu fassen, finde ihren Daumen und biege ihn nach oben, bis sie empört aufschreit.

Wut steigt in mir empor, reißt mich mit, gibt mir Antrieb und neuen Mut.

„Lass den Scheiß!“, sage ich zu Caroline und will sie abwehren, aber sie stürzt sich gleich wieder auf mich, schubst mich. Umfasst meinen Hals, drückt zu, würgt mich.

Nun gerate ich ernsthaft in Panik, denn die Frau vor mir hat nichts mehr mit der Caroline zu tun, die ich sonst kenne. Sie war zwar manchmal gemein, doch nicht gefährlich. Nun dreht sie einfach nur noch durch.

Sie gibt ein Geräusch von sich, das sie klingen lässt wie ein wütendes Tier, halb Knurren, halb Brüllen, und ihr Gesicht ist zu einer wütenden Fratze verzerrt.

Ich hätte niemals gedacht, dass sie mir gefährlich werden könnte, aber ihre Wut scheint ihr Superkräfte zu verleihen.

In meinem Kopf beginnt das Blut zu rauschen und Panik steigt in mir auf. Ich bekomme keine Luft mehr, und ich weiß, ich habe keine Chance, wenn ich jetzt nicht kämpfe. Ich muss weitermachen, wenn ich nicht sterben will. Vor meinen Augen bilden sich schwarze Flecken und ich will weg von hier, weg von Caroline, will wieder atmen können, Luft bekommen.

Ich taste erneut nach ihren Fingern, finde ihre Daumen, biege sie mit aller Kraft nach außen, gleichzeitig versuche ich, gegen ihre Schienbeine zu treten.

Mit einem empörten Aufschrei lässt sie mich los und ich schubse sie von mir, so stark ich nur kann.

Sie kommt auf dem Boden auf und wimmert, hebt aber den Kopf, als auf einmal die Tür auffliegt.

In diesem Moment verändert sich Carolines komplette Körperhaltung. Auf einmal weicht jegliche Anspannung aus ihr, sie kriecht nach hinten und von mir weg und beginnt zu weinen.

„Da sind Sie ja endlich, Officer!“, sagt sie mit einem erstickten Schluchzen. „Diese Frau ist eingebrochen und ich wollte sie aufhalten, aber sie hat sich auf mich gestürzt und wollte mich umbringen. Sie ist völlig verrückt!“

Ich drehe mich um, keuchend, hustend, um Atem ringend, und schaue direkt in eine auf mich gerichtete Waffe.

„Sie sind festgenommen!“, brüllt der Cop, und dann klicken auch schon die Handschellen.

32

Matilda Rose

Ich bin wie gelähmt.

Erst habe ich auf die Waffe gestarrt, noch benommen von der Todesangst, dem Schlag gegen den Kopf, und jetzt sind es die Handschellen, die mich in Panik versetzen.

Ich kann meine Hände nicht mehr bewegen, weil sie hinter meinem Rücken gefesselt sind, und ich habe das Gefühl, ich bekomme keine Luft mehr.

Panisch schaue ich mich um, schaue zum Cop, der mich böse anfunkelt, und zu Caroline, die sich nun langsam wieder aufrichtet.

Ich kenne ihn schon, es ist Kurt, das sollte mich eigentlich beruhigen.

Macht es aber nicht.

„Soll ich einen Krankenwagen rufen?", fragt der Cop an Caroline gewandt und ich bekomme nur noch am Rande mit, wie sie schwankend aufsteht und verneint, sagt, es gehe ihr gut, aber ich hätte sie wahrscheinlich umgebracht, wenn er später gekommen wäre. Dabei weint sie permanent.

Ich bin nicht in der Lage, ihr zu widersprechen, weil ich zu sehr damit beschäftigt bin, jegliche höheren Mächte anzuflehen, dass mich niemand knebelt. Die beiden besprechen noch irgendetwas, aber ich höre nicht mehr zu, konzentriere mich darauf, nicht gänzlich durchzudrehen.

Dabei bin ich mir durchaus im Klaren darüber, dass die Polizei hierzulande normalerweise niemandem einen Knebel verpasst, aber mein Unterbewusstsein scheint da völlig anderer Meinung zu sein.

„Bitte nicht!", höre ich mich selbst flehen und der Cop sieht mich streng an.

„Sie sind selbst schuld, junge Dame!" Dann packt er mich unsanft an der Schulter und bringt mich zu seinem Wagen, wo er mich auf die Rückbank setzt.

Ich lasse all das nun stillschweigend über mich ergehen, lege meine Anstrengungen darauf, nicht zu hyperventilieren, und bin nicht mehr in der Lage dazu, überhaupt etwas zu sagen, geschweige denn zu widersprechen.

Immerhin zieht er mir keinen Sack über den Kopf.

Ich zwinge mich, weiterzuatmen, nehme eher am Rande meines Bewusstseins wahr, dass der Sturm draußen ein wenig nachgelassen hat, denn eigentlich ist mir das völlig egal.

Ich habe das Gefühl, gar nicht mehr richtig in meinem Körper zu sein, empfinde alles gleichzeitig viel intensiver und als würde es nicht zu mir gehören, was hier gerade passiert, als wäre es gar kein Teil meines Lebens.

Der Motor wird in Gang gesetzt und ich versuche, mich nicht zu übergeben, versuche, weiterzuatmen, versuche, die Panik in mir irgendwie zu unterdrücken. Ich werde nicht entführt. Ich bin bloß festgenommen worden und es ist einzig eine Frage der Zeit, bis sich das geklärt hat und ich freigelassen werde. Mein Verstand weiß das genau. Aber der Rest von mir dreht völlig durch. Vor allem die gefesselten Hände triggern mich derart, dass ich kurz davor bin, mich schreiend gegen die Sitze zu werfen. Irgendwie gelingt es mir zumindest, einfach nur sitzen zu bleiben, auch wenn mir das unendlich schwerfällt und fast meine gesamte Energie kostet.

Ich füge mich.

Damals habe ich versucht, mich zu wehren, als ich im Auto saß. Ich war völlig außer mir und konnte nicht mehr klar denken, habe die von den Waffen ausgehende Gefahr ignoriert. Bis sie mich so sehr geschlagen haben, dass ich es nicht mehr getan habe.

Ich will nicht geschlagen werden.

Ich will keine Angst mehr haben müssen.

Doch die Angst hat längst Besitz von mir ergriffen. Sie bringt meinen Körper zum Zittern und sorgt für einen widerlichen Geschmack in meinem Mund.

Oder ist das Blut?

Ich glaube, ich habe mir auf die Lippe gebissen.

Ich schlage mit dem Kopf gegen das Fenster, erst leicht, dann immer stärker, damit ich noch irgendetwas anderes fühle als die Panik, die meinen ganzen Körper ergriffen hat.

„Wenn Sie damit nicht aufhören, sehe ich mich gezwungen, Sie so zu fixieren, dass Sie sich nicht mehr selbst verletzen können!“, sagt der Cop vor mir.

Also höre ich wieder damit auf.

Ich sitze nur noch da und starre nach draußen, ohne irgendetwas zu erkennen.

Chase

„Oh, Chase, da bist du ja! Der Abend war absolut entsetzlich!“

Caroline wirft sich mir regelrecht in die Arme.

Ich hatte noch ein Geschäftsessen, das sich wesentlich länger hingezogen hat, als es eigentlich geplant war, weil wir alle erst den Höhepunkt des Unwetters abgewartet haben, bevor wir uns auf den Heimweg gemacht haben. Mittlerweile ist es weit nach Mitternacht, und um ehrlich zu sein, wundere ich mich, warum Caroline überhaupt noch da ist.

„Was ist denn passiert?“, frage ich sie, denn derart aufgewühlt habe ich sie tatsächlich noch nie erlebt. Trotzdem löse ich ihre Arme von meinem Hals und schiebe sie ein Stück von mir. Ich muss daran denken, dass Matilda mal zu mir gesagt hat, Caroline wäre verliebt in mich. Ich dachte vorher, sie wollte nur einen reichen Ehemann finden, aber wahrscheinlich hatte Matilda recht. Das mit Caroline geht weit darüber hinaus.

In letzter Zeit ist sie immer öfter im Büro und versucht, Zeit mit mir zu verbringen, sich mit mir zu unterhalten. Sie passt mich ab, wenn ich wie heute noch spät von einem Essen zurückkomme, und manchmal macht es den Eindruck, als sei sie beinahe besessen von mir. Ich bin also lieber vorsichtig, denn ich will diesen Zustand auf gar keinen Fall noch befeuern.

„Ich bin überfallen worden!“, sagt sie und ihre Hand wandert an ihre Brust, während Tränen in ihre Augen treten. „Es war schrecklich!“

„Überfallen worden? Hier im Büro?“, frage ich fassungslos.

Das Anwesen ist von allen Seiten eingezäunt und die Tore sind mit einem Türcode oder einer Fernbedienung gesichert. Nur Menschen, die auf *Darling Manor* wohnen oder arbeiten, bekommen einen solchen Code oder eine Fernbedienung, und um darüber zu klettern, sind die Zäune eigentlich zu hoch.

Natürlich gibt es immer Möglichkeiten, wenn man es nur wirklich will, aber wundern tut es mich doch, zumal es zusätzlich überall Kameras gibt, die von einer Sicherheitsfirma engmaschig überwacht werden.

„Ja, hier im Büro. Es war entsetzlich! Ich habe Kurt gerufen, er war zum Glück ganz schnell da, aber wer weiß, was sonst passiert wäre. Ich hatte wirklich Angst um mein Leben!“ Erneut wirft sie sich in meine Arme, und erneut schiebe ich sie weg, auch wenn ich mir dabei wie ein herzloser Mistkerl vorkomme.

„Hat er ihn festnehmen können?“, frage ich.

„Wen?“, erwidert Caroline irritiert und sieht mich aus großen Augen an.

„Den Typen, der eingebrochen ist!“ Ich ziehe mein Handy aus der Tasche, um beim Revier anzurufen. Wenn jemand versucht hat, mein Büro zu überfallen, will ich wissen, wer es war und warum.

„Es war eine sie!“, sagt Caroline und schnieft.

Eine sie?

Und dann rechne ich eins und eins zusammen.

Matilda hat einen Code für das Tor und hätte hereinkommen können. Mein Blick wandert durch das seitliche Fenster und dort entdecke ich ihr Auto. Sie war hier, Matilda war hier.

„War es Matilda Rose, Caroline?“, frage ich und sie beißt sich auf die Lippe.

„Das Miststück hat mich überfallen!“, sagt sie, und auf einmal ist da eine Aggression in ihrer Stimme, die es vorher nicht gab. Ich ziehe eine Augenbraue in die Höhe. Ich kann mir beim besten Willen nicht vorstellen, dass Matilda einfach hereinspaziert und Caroline bedroht. Sie muss etwas anderes gewollt haben.

„Was genau hat sie denn gesagt?“, frage ich deshalb nach.

„Sie wollte dich sehen und Geld von dir!“, zischt Caroline jetzt, und wirkt auf einmal gar nicht mehr schwach und klein. „Und weil du nicht da warst, hat sie mich angegriffen. Aber ich hatte bereits bei der Polizei angerufen, als ich sie bemerkt habe. Sobald sie das Büro betreten hat. Sie haben sie mitgenommen und in Handschellen abgeführt.“ Meine Assistentin wirkt sehr zufrieden mit sich und ich hole tief Luft.

Dann drehe ich mich auf dem Absatz um und lasse sie ohne ein weiteres Wort stehen.

33

Matilda

Ich sitze da und starre die Wand an.

Das taube Gefühl in mir ist nach wie vor da. Meine Hände sind noch immer hinter meinem Rücken durch Handschellen fixiert und ich sitze auf einem Stuhl auf der Polizeiwache, versuche verzweifelt, meine Emotionen irgendwie in den Griff zu bekommen.

Es riecht hier nicht nach Hitze und Fäkalien, sondern nach abgestandenem Zigarettenrauch und Kaffee. Ich versuche, mich auf den Geruch von Kaffee zu konzentrieren, ihn mit lauter positiven Dingen meines Lebens zu verbinden, damit mein Herzschlag sich beruhigt, meine Atmung gleichmäßiger wird, ich wieder klar denken kann, aber das Gefühl der auf dem Rücken gefesselten Hände hindert mich daran. Es ist zu mächtig.

Ich sollte um einen Anruf bitten. Aber mein Handy liegt in meinem Auto und ich kann keine einzige Telefonnummer auswendig, die irgendwie hilfreich wäre. Verdammte Technisierung, außerdem wüsste ich gerade auch sonst nicht, wen ich anrufen könnte, denn ich schaffe es einfach nicht, mich lange genug zu konzentrieren, um mir darüber Gedanken zu machen.

Die Tür fliegt auf und ein Schwall kalter Luft flutet den Raum, gefolgt von schweren Männerschritten.

Ich zucke zusammen.

Bitte nicht noch mehr von ihnen. Nicht noch mehr, die mich herumstoßen können, die hämisch lachen, wenn mir die Tränen in die Augen schießen, die mich bedrohen und die mich treten.

Ich mache mich so klein, wie ich nur kann, versuche, mit der Wand hinter mir zu verschmelzen.

Ich würde gerne meinen Kopf schützen, aber ich habe keine Chance, da meine Handschellen zusätzlich an dem Stuhl befestigt wurden, sodass ich nicht mal aufstehen und wegrennen kann.

Also bleibe ich sitzen, bewege mich nicht, hoffe, dass mich niemand wahrnimmt, ich vergessen werde.

Ich habe gelernt, zu kooperieren, wenn ich keine Schmerzen haben will.

„Kurt!“, dröhnt eine Stimme durch das kleine Polizeibüro und jetzt traue ich mich doch, mich umzusehen, denn ich erkenne die Stimme, ich erkenne Chase. „Mach sie sofort los!“

Der Cop, der bis gerade noch am Schreibtisch gesessen und sich mit was auch immer beschäftigt hat, steht nun auf.

„Sie ist eine Gefahr für sich und für andere. Ich warte

auf Verstärkung, die sie abholt und in eine Arrestzelle bringt. Hier im Ort haben wir so etwas ja leider nicht."

„Sie hat nichts getan, Kurt! Mach sie gefälligst los. Siehst du nicht, dass sie völlig verängstigt ist?"

„Willst du mir erklären, wie ich meinen Job zu machen habe? Denn ich schätze die Lage etwas anders ein. Es ist schon das zweite Mal, dass sie eine Körperverletzung begeht. Damals hat sie diesen Touristen k. o. geschlagen und diesmal musste die arme Caroline dran glauben. Ich habe gesehen, wie Ms. Howards die arme Caroline gestoßen hat. Mit meinen eigenen Augen! Ms. Howards ist eine Gefahr für andere und übrigens auch für sich selbst. Sie hat versucht, sich den Kopf aufzuschlagen, als sie in meinem Wagen saß. Ich werde sie nicht losmachen. Ich werde sie abholen lassen."

Chase flucht verhalten, wobei er mich nicht aus dem Blick lässt. Mit wütender Miene zieht er sein Handy aus der Tasche und ruft irgendwo an. Er erzählt grob, was passiert ist, bevor er auflegt und die nächste Nummer anruft. Und dann noch eine.

Ich muss mal, doch ich werde durchhalten, solange es nur geht. In die Hose machen zu müssen, ist ekelhaft und demütigend, aber ich weiß aus Erfahrung, dass man es irgendwann nicht mehr aushalten kann.

Aber jetzt noch nicht.

Jetzt kann ich es noch einhalten.

„Der Gouverneur möchte dich gerne sprechen!", sagt Chase schließlich und drückt einem ziemlich verdutzt wirkenden Kurt das Telefon in die Hand.

Chase

Ich habe Matilda schon erlebt, wenn sie eine Panikattacke hatte, aber so wie jetzt habe ich sie noch nie gesehen.

Ihre Augen sind weit aufgerissen, ihr Gesicht ist blass und sie sitzt völlig apathisch da, als hätte sie das letzte Fünkchen Lebenswille schon längst verlassen. An ihrem Hals bilden sich Hämatome, die sich auf ihrer weißen Haut deutlich abheben. Ich frage mich, was Caroline mit ihr angestellt hat, und erneut steigt Wut in mir auf.

Ich bin mir nicht einmal sicher, ob sie mich erkannt hat, allerdings hat sie ihren Blick, seit ich das Police Office betreten habe, nicht mehr von mir genommen.

Kurt telefoniert mit dem Gouverneur, der am Telefon beinahe ausgerastet ist, als er gehört hat, was passiert ist. Hoffentlich kann er ihn dazu bewegen, Matilda wieder gehen zu lassen.

Kurt nickt schließlich, legt auf und reicht mir mein Telefon zurück.

„Ich werde sie losmachen, aber ich werde sie nicht freilassen. Auch der Gouverneur steht nicht über dem Gesetz, ganz egal, was er für eine Meinung hat!“, gibt Kurt hochnäsig von sich, und ich muss gestehen, ich hätte mit derart viel Rückgrat bei ihm gar nicht gerechnet. Nur schade, dass er es an der völlig falschen Stelle zeigt.

Ich warte brav ab, bis er Matildas Handschellen gelöst

hat, und kaum, dass er sie geöffnet hat, gehe ich zu ihr und schiebe ihn zur Seite.

„Hey!", sagt er und sieht mich vorwurfsvoll an, aber ich ignoriere ihn.

„Komm, ich bringe dich nach Hause, kleine Rose!"

Als Matilda nicht reagiert, schiebe ich meine Arme unter ihre Schulter und unter ihre Knie und hebe sie hoch.

„Du kannst sie nicht einfach wegbringen!", sagt Kurt und wirkt empört. „Sie muss hierbleiben und einem Haftrichter vorgeführt werden."

„Meine Anwälte kommen gleich her und klären das!" Mittlerweile hat Matilda ihre Arme um mich geschlungen und verbirgt ihr Gesicht an meiner Halsbeuge. Ich kann spüren, wie sie zittert.

„Ich verbiete dir trotzdem, zu gehen!"

„Wie willst du mich denn aufhalten?", frage ich. Kurt ist einen ganzen Kopf kleiner als ich.

„Ich habe eine Waffe!"

„Dann solltest du mir hier und jetzt ins Knie schießen, ansonsten werde ich Matilda Rose nehmen und verschwinden. Klär den Rest mit meinen Anwälten. Ich verspreche, dass ich bis morgen auf sie aufpassen werde und sie wieder herbringe, damit sie eine Aussage machen kann. Aber ich werde sie keine Sekunde länger hierlassen. Du merkst doch selbst, wie verängstigt sie ist. Willst du, dass sie einen Herzinfarkt bekommt? Sie hat einen angeborenen Herzfehler." Eine glatte Lüge, wenn man mal davon absieht, dass ihr Herz wahrscheinlich viel zu weich ist, aber gerade ist mir jede Lüge recht, um sie von hier wegzubekommen. „Willst du riskieren, dass sie kollabiert und stirbt? Sind dir die Würgemale an ihrem Hals aufgefallen? Sie braucht dringend einen Arzt. Und du hast ihr bisher keinen bestellt. Du kannst jede Menge Ärger bekommen, wenn sie deshalb Schäden davonträgt. Wenn es nicht schon zu spät ist.“

Kurt zwinkert und scheint nachzudenken.

„Du versprichst mir, dass sie morgen noch im Ort ist?“

Das wird sie, denn ich werde sie garantiert so schnell nicht wieder gehen lassen.

„Sie wird auf dem Anwesen sein!“, versichere ich ihm daher und schließlich gibt er nach, was natürlich auch daran liegt, dass er kaum eine andere Wahl hat. Vielleicht ist ihm auch bewusst geworden, wie dumm es von ihm war, sich mit dem Gouverneur anzulegen, ich habe keine Ahnung und es interessiert mich letztendlich auch nicht.

Alles, was ich will, ist, Matilda Rose nach Hause zu bringen und dafür zu sorgen, sie wieder zum Lächeln zu bringen, was auch immer ich dafür anstellen muss.

34

Matilda Rose

Von der Fahrt zum Anwesen bekomme ich kaum etwas mit. Erst, als ich in Chase‘ Badezimmer stehe und er die Wanne voll Wasser laufen lässt, kehren meine Lebensgeister langsam zurück.

„Was wird das hier?“ Es sind die ersten Worte, die ich spreche, seit der Cop mich aus dem Büro abgeführt hat, und meine Stimme klingt rau.

„Du bist völlig durchgefroren, ich dachte, ein warmes Bad könnte dir guttun!“ Chase lächelt schwach und ich nicke.

„Danke!“, murmle ich und lecke mir über die Lippen, die sich entsetzlich trocken anfühlen. „Könnte ich bitte kurz auf die Toilette?“, frage ich, denn auf einmal fällt mir wieder auf, wie dringend ich muss.

„Natürlich. Ich lasse dich kurz allein. Sag einfach Bescheid, falls du mich brauchst.“

Chase verlässt das Bad und am liebsten würde ich ihn anflehen, doch bei mir zu bleiben, aber ich will nicht, dass er mich beim Pinkeln beobachtet.

Ich streife meine Hose herunter und setze mich auf die Toilette, und als ich fertig bin, spüle ich ab.

Da ich nun ohnehin schon halb ausgezogen bin, entledige ich mich auch noch meiner anderen Sachen, denn angezogen kann ich wohl kaum in die Badewanne.

Chase kommt ins Bad, als ich gerade hineinklettern will, und ich bleibe unentschlossen stehen.

Er starrt mich an, dann schließt er kurz die Augen.

„Himmel, hilf!“, sagt er und hält sie weiterhin geschlossen. „Steig jetzt in die Wanne, Matilda!“ Seine Stimme klingt noch rauer als meine vorhin und ich tue, was er mir sagt. Ich klettere in das warme Wasser, versinke in einem Berg von Schaum, der nach Wildrosen und Lavendel duftet.

„Wildrosen sind meine Lieblingsblumen“, sage ich, als die Wärme mich überall umgibt.

„Ich weiß!“ Chase ist wieder nähergekommen und setzt sich nun an den Rand der Wanne. Er lächelt matt, doch als ich mich bewege, wird sein Blick erneut dunkler und landet auf meinen Brüsten. Ich merke erst jetzt, dass meine Nippel aus dem Wasser ragen.

Es gefällt mir, wie er mich ansieht. Obwohl mir der Schock noch so tief in den Gliedern sitzt, sorgt Chase‘ Blick dafür, dass ich mich lebendig fühle.

Er räuspert sich.

„Ich habe dir saubere Sachen mitgebracht, sie liegen dort drüben.“ Er deutet in Richtung Waschbecken. „Ich warte draußen auf dich. Solltest du mich brauchen, bin ich jederzeit für dich da, okay?"

„Okay!", murmle ich und sinke tiefer in das Wasser.

Die Wärme tut mir gut und sie klärt gleichzeitig meinen Verstand, der nach wie vor nicht richtig arbeiten will.

Das alles ist völlig verrückt.

Caroline ist völlig verrückt.

Und ich bin es wahrscheinlich auch.

Ich kann kaum glauben, was passiert ist, und ich kann kaum glauben, dass ich hier bin, auch wenn ich noch immer nicht weiß, was genau das bedeutet.

Ich bleibe noch eine Weile in der Wanne liegen, bis mir wirklich überall wieder warm ist.

Nur bis in mein Innerstes vermag die Hitze des Wassers nicht vorzudringen.

Dann klettere ich aus dem Wasser und trockne mich ab, ziehe die sauberen Sachen an, die Chase mir hingelegt hat.

Sie bestehen aus einem Paar Leggings sowie einem Satz Unterwäsche, einem warmen Sweatshirt und dicken Socken. Außerdem liegt die kleine Plüschziege mit auf dem Stapel, die ich in die Tasche meines Hoodies schiebe. Offenkundig hat Chase meine Sachen aus meinem Wagen geholt.

Ich werfe noch einen Blick in den Spiegel, bevor ich das Bad verlasse.

Ich sehe blass aus und meine Augen wirken zu groß in meinem Gesicht. Das Make-up, das ich vor Stunden so sorgfältig aufgetragen habe, ist verschwunden. Nur unter meinen Augen haben sich schwarze Spuren von Mascara gebildet. Ich drehe den Wasserhahn auf und wasche mir das Gesicht, um sie verschwinden zu lassen.

An meinem Hals haben sich dunkle Würgemale gebildet. Wahrscheinlich sollte ich in den nächsten Tagen besser einen Schal tragen.

Seitlich an meinem Kopf befindet sich eine Beule, die zum Glück weitgehend von meinem Haar verborgen ist, aber wenn man genau hinsieht, kann man sie trotzdem erkennen.

„Hey …“, sagt Chase zu mir, als ich schließlich die Tür öffne. „Der Arzt ist da, um kurz mit dir zu sprechen. Ich dachte, du könntest vielleicht etwas brauchen, damit du besser schlafen kannst. Und er sollte sich deinen Hals und deinen Kopf anschauen.“ War irgendwie klar, dass Chase die Beule bemerkt hat. Er fährt sich mit der flachen Hand über das Gesicht. „Soll er zu dir ins Schlafzimmer kommen, oder möchtest du ihn nebenan treffen?“

„Nebenan klingt gut!“ Und ein Arzt klingt auch gut. Ich nehme nicht gerne Medikamente und erst recht keine Dinge wie Schlaf- oder Beruhigungsmittel, weil ich gern Herrin über meinen Verstand, mein Verhalten und meine Emotionen bin. Aber in Ausnahmesituationen wie dieser können solche Dinge helfen, genau das zu sein.

Außerdem hoffe ich, dass eine Nacht mit ausreichend Schlaf dafür sorgt, dass es mir bald wieder besser geht, der Schreck und die Panik wieder verschwinden.

Bisher hat Schlafen zumindest immer geholfen.

Ich kenne den Hausarzt der Darlings von Mr. Darling, ich habe ab und an seine Behandlung mit ihm besprochen.

„Matilda Rose!“, begrüßt er mich freundlich, als ich mit Chase den Wohnraum seines Appartements betrete. „Ich habe gehört, Sie hatten eine nervenaufreibende Nacht!“ Er lächelt ein fast großväterliches Lächeln und ich fühle mich ein wenig besser.

Er untersucht meinen Hals, schaut sich die Würgemale an, fragt mich, ob ich Atemprobleme, Schluckbeschwerden, Schwindel oder starke Schmerzen habe, und reinigt die Kratzer, die ich mir beim Gerangel mit Caroline zugezogen habe. Nichts davon ist ernst und das ist uns beiden bewusst, aber er kümmert sich um mich, bevor er zum Wesentlichen kommt.

„Wie geht es Ihnen sonst?“, fragt er mich und wir wissen beiden, dass er damit nicht meine körperlichen Beschwerden meint.

„Es könnte sein, dass ich eine Panikattacke hatte“, sage ich und mir fällt selbst auf, wie dumm das klingt. „Vor ein paar Jahren bin ich entführt worden. Es war ein ziemlich traumatisches Erlebnis und ich leide an einer posttraumatischen Belastungsstörung. Bestimmte Dinge triggern mich. Und wenn jemand meine Hände hinter meinem Rücken fixiert und mich längere Zeit so sitzen lässt, ist das ein enormer Trigger.“ Bitte. Das klingt schon eher, als wäre ich eine halbwegs vernünftige Erwachsene, die weiß, was mit ihr los ist, und ich fühle mich besser, wenn ich weiß, was mit mir los ist und das auch äußern kann.

Der Arzt nickt bedächtig, dann zieht er zwei Röhrchen mit Medikamenten aus seiner Tasche und stellt sie mir hin.

„Davon können Sie eine zum Einschlafen nehmen. Das sollten Sie heute auch unbedingt tun, damit Ihr Körper ein wenig zur Ruhe kommen kann. Und diese hier können Sie kurzfristig nehmen, falls es Ihnen morgen nicht besser gehen sollte. Sie sind ja vom Fach und kennen sich aus, ich brauche Ihnen wahrscheinlich nicht viel dazu zu erzählen.“

„Nein …“, murmle ich. „Ich habe beide Wirkstoffe schon mal genommen.“

Er nickt.

„Sollte es nicht besser werden, melden Sie sich bitte!“, sagt er halb an mich, halb an Chase gewandt, und wir nicken beide. „Falls sie Schmerzen bekommen sollte, rufen Sie mich auch unbedingt an, damit wir etwas finden können, das sich mit den anderen Medikamenten verträgt, die ich ihr gegeben habe. Bitte lassen Sie sie nicht einfach irgendetwas nehmen. Und sollten doch noch Schluck- oder Atembeschwerden auftreten, muss sie sofort in die Klinik."

„Versprochen!", sagt Chase und wirft dabei einen besorgten Blick in meine Richtung. „Ich lasse Mr. Farruggio rufen, damit er Sie rausbringt." Chase öffnet die Tür und spricht leise mit jemandem, vermutlich hat Bruno gleich in Chase' Wohnung gewartet.

„Lassen Sie sie heute nicht alleine. Aber sie ist eine Kämpferin. Sie wird wieder!" Der Arzt lächelt, bevor er leise die Tür hinter sich schließt.

„Möchtest du ein Glas Wasser haben?", fragt Chase mich, und ich nicke. „Wann hast du eigentlich das letzte Mal etwas gegessen?", fragt er mich, bevor er mir das Wasser reicht.

„Keine Ahnung, es ist eine Weile her." Irgendwann, bevor ich mich auf den Weg hierher gemacht habe, danach habe ich nicht mehr daran gedacht.

„Dann komm mit!", sagt er und streckt die Hand nach mir aus. „Ich habe nicht viel Ahnung von solchen Dingen, aber ich glaube, Medikamente auf leeren Magen zu nehmen, war noch nie eine kluge Idee."

Seine Finger schließen sich um meine. Sie fühlen sich warm und tröstlich an. Am liebsten würde ich seine Hand nie wieder loslassen.

Chase führt mich durch das dunkle, stille Haus nach unten, und auch das Haus empfinde ich heute Nacht als tröstlich. Ich habe den Eindruck, als würde es mich begrüßen und in seinen dicken Mauern eine Sicherheit versprechen, nach der ich mich sehne.

Chase bringt mich in die Küche.

„Setz dich!", sagt er und deutet auf den großen Eichentisch in der Mitte, an dem ich so oft mit Karlie gesessen habe.

Ich ziehe mir einen Stuhl zurück und lasse meine Finger über das glatte Holz streichen, während Chase den Kühlschrank öffnet.

„Heute gab es Kürbiseintopf, möchtest du etwas davon?", fragt Chase mich und ich nicke.

„Klingt gut!" Eigentlich ist es mir völlig egal, was ich zu essen bekomme, ich habe gar keinen Hunger. Es ist die reine Vernunft, dass ich noch etwas zu mir nehme.

Aber nachdem Chase eine Schüssel voll davon in der Mikrowelle aufgewärmt und sie mir mit einer Scheibe von Karlies selbstgebackenem Weißbrot hingestellt hat, stelle ich fest, dass es guttut, etwas zu essen.

Der Eintopf ist kräftig und das Brot weich und fluffig und ich habe das Gefühl, dass zumindest ein paar meiner Lebensgeister langsam zurückkehren. Gleichzeitig breitet sich eine leichte Trägheit in meinem Körper aus, doch ich weiß, es wird nicht reichen, um nachher einschlafen zu können. Insofern bin ich sehr dankbar für die Tabletten, die der Arzt mir dagelassen hat.

Chase setzt sich zu mir und sieht mir beim Essen zu, aber wir schweigen beide.

Als ich fertig bin, räumt er das schmutzige Geschirr in die Spülmaschine.

„Komm!", sagt er. „Bringen wir dich ins Bett!"

35

Chase

Matilda bewegt sich noch immer, als wäre sie ferngesteuert, aber sie ist nicht mehr so gespenstisch ruhig und abwesend, wie sie es bei der Polizei war. Ich habe das Gefühl, dass langsam ihre Lebensgeister zurückkehren, und das beruhigt mich ungemein.

Ich konnte es kaum ertragen, sie so zu sehen.

Als wir in meiner Wohnung ankommen, nimmt sie ihre Tabletten und wirkt irgendwie verloren. In ihrem zu großen Pullover sieht sie nahezu winzig aus, und am liebsten würde ich sie in meine Arme nehmen und ins Bett tragen, als wäre sie noch ein kleines Kind, aber ich glaube nicht, dass sie das wollen würde. Ich glaube auch nicht, dass ihr das momentan guttut. Wie ich sie kenne, will sie gerade spüren, dass sie wieder die Macht über ihr Leben und ihre Handlungen hat.

„Möchtest du noch mal ins Bad, bevor wir schlafen gehen?“, frage ich sie daher. „Oder möchtest du lieber noch etwas anderes machen? Ein wenig fernsehen, vielleicht?“

Sie schaut mich an. Dann gähnt sie.

„Ich glaube, schlafen gehen wäre eine sehr gute Idee.“ Sie zögert einen Moment. „Darf ich hier bei dir bleiben?“ Ihre Frage klingt beinahe kleinlaut.

Ich gehe zu ihr und ziehe sie in meine Arme, weil ich einfach nicht anders kann.

Ich weiß nicht, warum sie hergekommen ist.

Natürlich habe ich eine Ahnung, wahrscheinlich sogar Hoffnung, aber wir haben nicht über ihre Beweggründe gesprochen – und ich halte es auch für sinnvoll, dieses Gespräch erst morgen zu führen, wenn es ihr besser geht. Doch egal, warum sie hergekommen ist, es hat Zeit, das zu klären. Wichtiger ist, dass es ihr möglichst schnell besser geht.

„Du darfst bleiben, solange du willst!“, flüstere ich ihr ins Ohr. Meinetwegen auch für immer. Am liebsten für immer.

Nachdem Matilda im Bad fertig ist, mache ich mich ebenfalls bereit zum Schlafengehen, und als ich zurückkomme, steht sie noch unschlüssig vor meinem Bett.

„Komm!“ Ich greife nach ihrer Hand und lege mich mit ihr zusammen ins Bett, wo ich sie in meine Arme nehme und uns beide zudecke.

Sie schmiegt sich wie von selbst an mich, presst ihren süßen kleinen Hintern gegen mich und verdammt – das wird eine wirklich harte Nacht, in mehrerlei Hinsicht, denn mein Schwanz reagiert sofort auf sie. Ich bringe etwas

Abstand zwischen ihren Hintern und mich und streiche ihr das Haar aus dem Gesicht.

„Soll ich das Licht anlassen?“, frage ich, doch Matilda schüttelt den Kopf.

„Nein, dunkel ist okay.“

Ich beuge mich vor, um die Lampe auszuschalten, und als ich damit fertig bin, ist Matilda fast eingeschlafen. Der anstrengende Tag und die Schlaftabletten fordern offenkundig ihren Tribut.

Ihre Atmung geht nun langsam und gleichmäßig, ihr Körper liegt entspannt an meinem.

Draußen regnet es wieder und ich lausche auf das monotone Geräusch des Regens sowie auf Matildas gleichmäßigen Atem. Und seit Wochen schlafe ich zum ersten Mal schnell ein und wache erst auf, als morgens mein Wecker klingelt.

Matilda scheint davon nicht viel mitzubekommen, sie liegt nach wie vor da, schläft tief und ruhig, und ich ziehe die Decke über ihre Schultern, bevor ich aufstehe.

Ich muss ins Büro und ein paar Termine absagen, denn heute haben eindeutig andere Dinge Priorität.

Kaum bin ich im Büro angekommen, entdecke ich Caroline, die bereits an ihrem Schreibtisch sitzt. Sie ist wie immer perfekt gestylt und ihr Lächeln ist breit.

„Guten Morgen, Mr. Darling!“, flötet sie.

Um ehrlich zu sein, bin ich erstaunt, sie zu sehen. Ich hätte nicht mit ihr gerechnet. Genau genommen habe ich mir keine großen Gedanken darüber gemacht, ob sie da ist oder nicht – aber irgendetwas an der Geschichte gestern war mehr als seltsam.

„Caroline …“, sage ich und ihr Lächeln wird noch strahlender.

„Soll ich Frühstück besorgen? So wie jeden Tag?“ Sie steht auf und kommt auf mich zu, schon wieder.

„Nein, um ehrlich zu sein, nicht. Aber du könntest heute alle Termine für mich absagen.“ Wenn sie schon hier ist, brauche ich mich darum nicht selbst zu kümmern.

„Oh?“, sagt sie und wirkt verwirrt. „Geht es dir nicht gut? Soll ich einen Arzt für dich anrufen?“ Sie streckt die Hand nach mir aus, als wollte sie mir die Stirn fühlen, aber ich will mich nicht von ihr berühren lassen.

Ich bin noch nicht dazu gekommen, mich in Ruhe mit Matilda zu unterhalten, doch die ganze Sache gestern war mehr als merkwürdig.

„Mir geht es bestens. Mir ist heute nur etwas dazwischengekommen.“

Einer Eingebung folgend gehe ich in mein Büro und lasse die Tür bloß angelehnt, um zu hören, ob Caroline meine Termine auch tatsächlich absagt – denn zum ersten Mal, seit sie für mich arbeitet, traue ich ihr nicht mehr. Dann suche ich nach den Aufnahmen, die die Überwachungskameras im Büro gestern aufgezeichnet haben müssten, und starte den Film.

Leider gibt es keine Audioaufnahme, und trotzdem ist deutlich zu erkennen, wie Caroline Matilda Rose angreift, sie an den Haaren zieht und sie würgt, bis diese sich endlich zur Wehr setzt und Caroline schubst.

Ich schaue mir das Video noch ein zweites Mal an und es gibt keinen Zweifel an dem, was ich dort zu sehen bekomme. Sie greift Matilda ohne Grund an.

Ich speichere die Datei auf einem Stick und schicke gleichzeitig eine Kopie an meine Anwälte, die gestern hoffentlich noch mit der Polizei gesprochen haben. Das hier ist interessant.

Caroline kommt lächelnd in mein Büro.

„Erledigt, Boss!“, sagt sie und klingt dabei, als würde sie für einen Porno vorsprechen.

„Würdest du mir bitte noch mal erzählen, was gestern passiert ist?“, frage ich sie. „Der Überfall auf dich, wie war das genau?“

„Oh, es war schrecklich!“, haucht sie jetzt und ihre ganze Körperhaltung, ihre Mimik, ihre Sprache, alles an ihr wechselt binnen Sekunden von verruchter Verführerin zum armen Opfer. Sie ist eine wirklich talentierte Schauspielerin, das muss ich ihr lassen.

Ich habe gestern schon nicht geglaubt, dass sie von Matilda überfallen wurde, weil das einfach Blödsinn ist. Warum sollte Matilda etwas Derartiges tun? Aber ich hätte mir zumindest vorstellen können, dass sie eine gewisse Teilschuld an dem hatte, was zwischen den beiden Frauen passiert ist. Doch die Aufzeichnungen sprechen eine völlig andere Sprache, daraus geht hervor, dass Caroline der Aggressor war, was ich merkwürdig finde. Sie ist meine Angestellte, wenn jemand herkommt, sollte sie sich an mich wenden und niemanden an den Haaren ziehen oder gar würgen. Das ist völlig unangemessen und ich habe beim besten Willen keine Idee, warum sie Matilda angegriffen hat.

„Was genau war schrecklich?“, hake ich nach und Caroline beginnt zu schluchzen.

„Sie ist hereingestürmt und wollte zu dir, und als ich meinte, du wärst nicht da, hat sie sich auf mich gestürzt. Sie hat mich bedroht und zu Boden geworfen … Wer weiß, was noch alles passiert wäre, wenn die Polizei nicht gekommen wäre.“

„Das sieht hier aber ganz anders aus!“ Ich drehe einen Bildschirm meines Rechners so, dass Caroline ihn sehen kann, während ich mir das Video selbst noch mal auf einem zweiten Bildschirm anschaue.

Man kann deutlich erkennen, wie Matilda hereinkommt und mit Caroline redet, ihr ausweicht, sich hinsetzt und dann von meiner Assistentin an den Haaren nach oben gezogen wird.

Caroline sagt nichts. Sie steht nur da und starrt das Video an, und als es endet, steht sie plötzlich neben mir und hat eine Schere in der Hand. Und bevor ich weiß, was eigentlich passiert, hält sie sie mir an den Hals.

„Du liebst dieses dumme Flittchen, oder?“, zischt sie. Und auf einmal ist nichts mehr von der lieben, beinahe unterwürfigen Caroline zu erkennen, die ich ansonsten kenne. Aber zumindest kann ich sie nun mit der wilden Furie aus dem Video gestern übereinbringen. „Ich hätte sie umbringen sollen, sie ist nicht gut für dich.“ Sie drückt ein wenig fester zu und ich kann spüren, wie sie in meinen Hals ritzt.

Verdammt, sie ist doch wirklich vollkommen verrückt geworden!

Und trotzdem bekomme ich es nicht auf die Reihe, mich zu wehren, denn mir wurde immer beigebracht, nicht auf Schwächere loszugehen.

Caroline fängt an zu weinen.

„Du hättest mich erwählen sollen … mich! Verstehst du es denn nicht? Ich liebe dich viel mehr, als sie es tut. Ich bin die Richtige für dich!“ Endlich lässt sie die Schere sinken, und nun versucht sie, mich zu küssen.

Ich greife nach ihren Handgelenken und halte sie fest.

In diesem Moment kommt Alfonso herein. Vermutlich ist er hergekommen, um nach seinen Bonsais zu schauen – er liebt diese Dinger und kümmert sich hingebungsvoll darum. Ich weiß nicht, was ihn dazu bewogen hat, auch mein Büro zu betreten, aber er ist mir mehr als willkommen. Er wirft einen Blick auf das Video, das in Dauerschleife läuft, anschließend auf Caroline und mich. Schließlich greift er zum Telefon und ruft die Polizei.

Caroline ist mittlerweile schlaff geworden, sie hat aufgehört, sich zu wehren, aber sie weint nach wie vor.

Vielleicht hätte ich unter anderen Umständen Mitleid mit ihr, aber gerade kann ich keines aufbringen.

Alfonso hebt die Schere auf und legt sie außer Reichweite.

„Und ich dachte, unser Leben wäre eingefahren und langweilig!“, sagt er kopfschüttelnd und betrachtet Caroline, die ich noch immer festhalte. „Soll ich das erledigen, Sir?“, fragt er. „Ich schätze, Matilda ist oben in Ihrer Wohnung? Sie wollen sich bestimmt lieber um sie kümmern.“ Ich hätte mir denken können, dass Alfonso Matildas Wohlergehen am Herzen liegt. Es ist ihre Art, mit anderen Menschen umzugehen – jeder scheint sich umgehend in sie zu verlieben.

Genau wie ich.

Als Caroline Matildas Namen hört, fängt sie an zu schreien, als wäre sie völlig verrückt geworden.

„Ich weiß nicht, ob das so eine gute Idee ist …“, sage ich und Alfonso sieht mich an.

„Ich kann mir vorstellen, dass Sie das hier gerne selbst erledigen würden, Sir. Aber manchmal ist es besser, wenn ein neutraler Dritter solche Dinge übernimmt. Außerdem … selbst ich habe gesehen, dass Caroline bis über beide Ohren in Sie verliebt ist. Lassen Sie das Mädchen einen letzten Rest Würde behalten und verschwinden Sie, bevor sie festgenommen wird. Ich erkläre den Cops, dass Sie später vorbeikommen. Es ist ja ohnehin alles auf Video festgehalten. Und Matilda braucht Sie jetzt dringender!“

Er kommt zu mir und ich löse meine Hände von Carolines Handgelenken, woraufhin sie weinend auf meinem Schreibtischstuhl zusammenbricht. „Was auch immer sie dazu gebracht hat, so zu handeln, sie ist nicht rational. Aber ihren Geisteszustand muss jemand anderes klären. Nicht wir." Er wendet sich an meine Assistentin. An meine *ehemalige* Assistentin, denn sie wird sicher keine Sekunde länger für mich arbeiten. „Versprichst du, mich nicht anzugreifen und nicht abzuhauen, Caroline?", fragt er und sie nickt, wobei sie ihr Gesicht unter den Händen verbirgt. Dann sieht er wieder mich an. „Wir kommen schon klar. Und die Cops werden auch nicht lange brauchen, bis sie da sind."

„Okay ...", sage ich ein wenig widerwillig, denn ich muss zugeben, dass Alfonso recht hat. Ich will unbedingt zurück zu Matilda und hier kann ich auch nichts ausrichten. „Und danke!", sage ich. Alfonso nickt mir zu.

Dann verschwinde ich, so schnell ich kann.

36

Matilda Rose

Ich werde mit einem Gefühl der völligen Orientierungslosigkeit wach und brauche einen Moment, um einzuordnen, wo ich bin.

Meine Hände greifen in weiche Laken.

Das ist immer ein gutes Zeichen.

Außerdem riecht alles sauber und frisch.

Es duftet nach Chase.

Langsam öffne ich meine Augen und stelle fest, dass ich in seinem Bett aufgewacht bin, als die Erinnerungen an den gestrigen Tag wieder einsetzen, aber heute erscheinen sie mir nicht mehr so lähmend, so einnehmend wie gestern zu sein.

Mein Hals tut weh und die Würgemale sind schmerzhaft, wenn ich dagegen komme, aber zum Glück habe ich weder beim Atmen noch beim Schlucken Probleme. Die Beule an meinem Kopf pocht schmerzhaft, aber ich bin mir sicher, dass es bald besser werden wird.

Ich atme tief durch, dann stehe ich auf und mache mich auf die Suche nach Chase, doch ich kann ihn nirgendwo finden.

Dafür finde ich das Kleid, das ich gestern getragen habe, ordentlich gefaltet und gebügelt auf einem Stuhl, mitsamt meiner restlichen Kleidung von gestern. Anscheinend war hier jemand am frühen Morgen bereits ziemlich fleißig.

Ich gehe ins Bad und nehme eine kurze Dusche, bevor ich mich anziehe und Chase' Wohnung verlasse, um in die Küche zu gehen.

„Matilda Rose!" Karlie strahlt mich an. „Du bist zurück!" Sie zieht mich in eine mütterliche Umarmung und bugsiert mich an den Esstisch, wo ich mich auf meinen Lieblingsplatz setze „Ich habe von dem Chaos gestern gehört, es tut mir so leid."

Es fühlt sich an, als wäre ich niemals weg und gleichzeitig jahrelang fortgewesen.

Karlie stellt mir einen Kaffee hin, gefolgt von einer Zimtschnecke.

„Danke!", murmle ich und sie winkt ab.

„Ich habe gleich welche gebacken, als ich mitbekommen habe, dass du da bist. Ich meine, jeder mag Zimtschnecken, aber ich kenne kaum jemanden, der so verrückt nach diesen Dingern ist, wie du es bist!" Sie setzt sich zu mir. „Und jetzt musst du mir alles erzählen, was gestern passiert ist. Im Ort erzählt man sich diverse Dinge – doch nichts davon kann ich wirklich glauben. Und dann musst du mir noch das Wichtigste erzählen: Wirst du bleiben?"

In genau diesem Augenblick kommt Chase in die Küche.

Sein Haar wirkt irgendwie zerzaust und auch insgesamt sieht er ein wenig derangiert aus. Er ist heute merkwürdig leger gekleidet, nur mit einer Stoffhose und einem Hemd, was ihm super steht – aber in meinen Augen ist er ohnehin der schönste Mann der Welt. Doch irgendetwas an ihm ist heute Morgen merkwürdig. Und ist da Blut an seinem Hals?

„Ich befürchte, bevor Matilda Rose dir alles erzählen kann, muss sie erst mal mit mir sprechen." Er lächelt uns beide an und kommt näher. Es ist eindeutig Blut. Es hat fast den Anschein, als hätte er sich beim Rasieren geschnitten, doch er hat sich heute Morgen eindeutig noch nicht rasiert, der Dreitagebart, den er trägt, beweist es. „Vorher brauche ich auch ein bisschen Frühstück."

„Eggs Benedict oder Clubsandwich, Mr. Chase?" Karlie ist bereits aufgesprungen und zum Herd geeilt.

„Ich glaube, heute Morgen reicht mir eine Zimtschnecke. Und ein extrastarker Kaffee." Chase setzt sich zu mir an den Tisch und Karlie bringt ihm einen weiteren Teller sowie seinen Kaffee. Ihr Blick wandert zwischen Chase und mir hin und her, aber sie weiß genauso wenig wie ich selbst. Ich habe keine Ahnung, wie es weitergehen soll. Es hängt von Chase ab. Und natürlich irgendwie auch von mir, denn als ich gestern aufgebrochen bin, ist das Hals über Kopf passiert, ohne einen richtigen Plan für die Zukunft zu haben.

Wir essen schweigend auf.

„Komm mit!", sagt Chase zu mir und streckt die Hand nach mir aus, bringt mich zurück in seine Wohnung.

„Wo hast du dir diesen Schnitt zugezogen?", frage ich ihn.

Irgendwo draußen gibt es einen kleinen Tumult, Stimmen werden lauter und ich könnte schwören, dass ich Caroline hysterisch schreien höre. Ich bekomme eine

Gänsehaut davon. Aber Chase ignoriert es, also beschließe ich, das ebenfalls zu tun.

„Das erzähle ich dir später!“, sagt er. Er lehnt sich an seinen Schreibtisch und ich bleibe in der Nähe der Tür.

Ich weiß, es ist albern, aber sollte er mir sagen, dass er mich nicht mehr will, habe ich auf diese Art das Gefühl, möglichst schnell verschwinden zu können, weil ich den Schmerz und die Demütigung vermutlich nicht lange ertragen kann. Wenn es um Chase geht, bin ich einfach viel zu emotional.

„Erzähl mir bitte von gestern!“, fordert er mich auf und kommt auf mich zu.

Kurz vor mir bleibt er stehen.

„Was für ein Abend!“, sage ich kopfschüttelnd und lache leise, auch wenn mir danach noch gar nicht richtig zumute ist. „Ich hatte mir unser Wiedersehen irgendwie anders ausgemalt“, gestehe ich.

Chase legt den Kopf leicht schief.

„Ach ja?“, fragt er mich mit dunkler Stimme. „Und was genau hattest du dir vorgestellt?“

„Ich weiß nicht recht ... Mein Plan war, wie sich herausstellte, nicht wirklich ausgefeilt. Aber ich hatte gehofft, dich irgendwo zu finden.“

„Und dann?“

„Dann wollte ich mit dir reden.“ Meine Lippen fühlen sich auf einmal schrecklich trocken an und ich lecke darüber, befeuchte sie mit der Zunge. Chase verfolgt diese Bewegung und sein Blick wird noch ein bisschen dunkler.

„Über was wolltest du denn mit mir reden, Matilda Rose?“

Ich bekomme Gänsehaut. Überall. Und mein Herz schlägt derart laut, dass Chase es eigentlich auch hören müsste.

„Darüber, wie sehr ich dich vermisst habe!“, gestehe ich. „Darüber, dass es eine dumme Idee war, ohne Abschied zu verschwinden und mich quasi unsichtbar zu machen. Darüber, dass ich das nicht mehr aushalte.“ Jetzt sehe ich ihn direkt an. „Ich halte es ohne dich nicht mehr aus!“

In seinen Augen beginnt etwas zu funkeln.

„Und wenn du mir all das erzählt hast, Matilda Rose, was hast du dir vorgestellt, wie es weitergeht? Und erzähl mir nicht, du hättest dir keine Gedanken darüber gemacht. Die Fahrt von New York bis hierher ist lang und bietet viel Zeit für Gedanken.“

„Meinst du, wie es gestern Abend hätte weitergehen sollen oder in der Zukunft? Denn über Letzteres habe ich mir tatsächlich noch nicht wirklich Gedanken gemacht.“ Ich versuche zu lächeln. „Ich wollte erst mal schauen, was du sagst.“

„Dann bleiben wir doch beim gestrigen Abend. Angenommen, du hättest mich gleich gefunden und die Umstände wären günstig gewesen. Ich hätte dir gesagt, dass ich dich auch vermisst habe.“ Er zögert einen Moment. „Vielleicht hätte ich dir sogar gesagt, dass ich mich regelrecht nach dir verzehrt habe und es mich wahnsinnig gemacht hat, dass du weg bist. Wie wäre es weitergegangen? In deiner Vorstellung?“

„Ich hätte dich geküsst …“, flüstere ich rau. „Erst sanft und schließlich immer wilder. So wie unsere Küsse immer waren.“

Chase steht jetzt direkt vor mir, so nah, dass ich die hellen Flecken in seinen Augen erkennen kann.

„Zeig es mir, kleine Rose“, flüstert er heiser. „Zeig mir, wie du mich geküsst hättest.“

Ich stelle mich auf die Zehenspitzen und lege meinen Mund auf seinen, ohne noch weiter darüber nachzudenken, weil es in diesem Moment alles ist, was ich will. Ich erkunde ihn sanft mit meinen Lippen, und er lässt mich gewähren, bis er es endlich nicht mehr aushält und meinen Kuss erwidert, seine Zunge Einlass in meinen Mund fordert und er mich küsst, rau und wild. Irgendwann schnappen wir beide nach Luft.

Chase lehnt seine Stirn gegen meine.

„Wären wir in meinem Zimmer gewesen?“, fragt er mich jetzt. „In deiner Vorstellung?“

„Hier …“, sage ich und klinge atemlos. „Oder auch unten in deinem Büro.“

„Okay. Verstehe. Was wäre nach dem Kuss passiert?“

„Weiß nicht?“ Ich klinge unsicher.

„Du hast dir keine Gedanken darüber gemacht?“

„Doch, vielleicht schon. Ich dachte, dass wir uns weiterküssen, bis du mich auf deinen Schreibtisch setzt.“

„Hmm …“, macht Chase und seinen Händen schlingen sich um meine Taille. „Hier oder in meinem Büro?“

„Egal!“, sage ich und umklammere ihn mit den Beinen, als er mich hochhebt, um mich daraufhin auf dem Schreibtisch wieder abzusetzen. Er legt seine Hände auf meine Knie, öffnet meine Beine noch ein wenig weiter, schiebt sich dazwischen.

Ich kann seine Härte an meiner Mitte spüren, kann spüren, wie erregt er ist, und ziehe ihn zu einem weiteren Kuss zu mir herab.

„Ich glaube, mir gefällt deine Denkweise!“ Chase sieht mich durchdringlich an, als er die Lippen irgendwann von meinen löst. „Erzähl mir noch mehr!“

„Ich habe mir vorgestellt, wie du mein Kleid nach oben schiebst und die Strumpfhose mitsamt meines Slips nach unten. Dann hast du deine Hose geöffnet und wir hatten Sex.“

Chase drückt sich noch enger gegen mich, reibt seinen harten Schwanz an mir und ich beiße mir auf die Lippe.

„War es eher hart und schnell oder sanft und langsam, Matilda? Was hast du dir gewünscht?"

„Hart und schnell!", sage ich, während ich den Po anhebe, damit Chase mir tatsächlich Slip und Strumpfhose herunterstreifen kann. Er lässt sie zusammen mit meinen Schuhen auf den Boden fallen.

„Gott sei Dank!", antwortet er, und dann ist er auch schon in mir, erfüllt mich tief und ganz, und ich würde am liebsten weinen vor Glück.

„War es so, Matilda? Hast du es dir so vorgestellt?", fragt er und zieht sich beinahe komplett zurück, um sich anschließend mit einem einzigen Stoß wieder in mir zu versenken.

„Nein!", keuche ich. „Das hier ist noch viel besser!" Chase stößt erneut zu und ich schreie auf, weil es einfach zu intensiv ist, aber gleichzeitig genau das, was ich gerade brauche.

Chase scheint es diesbezüglich kaum anders zu ergehen, denn er stößt zu, wieder und wieder, treibt uns beide erbarmungslos auf den Höhepunkt zu und es dauert nicht lange, bis ich beginne, mich um ihn herum zusammenzuziehen.

Chase erhöht sein Tempo noch und dann kommt auch er, ergießt sich in mir mit einem langgezogenen Stöhnen und sieht mich dabei an, als wäre ich das Allerwichtigste für ihn auf dieser Welt.

Atemlos lehnt er die Stirn an meine.

„Ich muss zugeben, so hätte mir der Abend deutlich besser gefallen!", meint er irgendwann. Und ich muss lachen.

„Ja, mir auch!", gestehe ich.

Chase zieht sich aus mir zurück und schließt seine Hose, bevor er mir vom Schreibtisch herunterhilft.

„Ich weiß, es war kein Teil deiner Fantasie, aber wie wäre es, wenn ich dich jetzt ins Bett bringe und wir das Ganze noch mal versuchen? Diesmal sanft und langsam? Nur, dass du dir ein fundiertes Urteil darüber erlauben kannst, welche die bessere Fantasie ist."

Ich willige mehr als bereitwillig ein, und als ich mich sehr viel später in seine Arme kuschle, fällt mir auf, dass mein Hirn schon dabei ist, die Erlebnisse von gestern Abend mit denen von heute einfach zu überspielen.

37

Chase

Nach dem Sex ist Matilda eingeschlafen und ich sitze eine Ewigkeit neben ihr im Bett, nur damit beschäftigt, sie zu betrachten.

Dann klingelt im Raum nebenan mein Handy.

Ich verfluche den Umstand, dass ich es nicht ausgestellt habe, ich will auf keinen Fall, dass Matilda geweckt wird.

Heute Morgen in der Küche wirkte sie noch blass und müde, aber jetzt haben ihre Wangen eine leichte Röte angenommen, die mir deutlich besser gefällt. Sie braucht ihren Schlaf, ihre Ruhe, und vielleicht braucht sie auch mich. Der Gedanke gefällt mir ziemlich gut.

Ich stehe auf und nehme den Anruf im Nebenraum entgegen.

Es ist einer meiner Anwälte, der mich auf den neuesten Stand bringt.

Sie haben Caroline wegen Körperverletzung und versuchter Körperverletzung festgenommen und sie mittlerweile in eine geschlossene psychiatrische Abteilung nach Boston gebracht, weil sie akute Suizidgefahr bei ihr festgestellt haben. Sie muss die ganze Fahrt dorthin entweder geweint oder geschrien haben, aber anscheinend hat sie eingewilligt, sich behandeln zu lassen und auf alle Fälle wird sie erst mal keine Gefahr mehr für Matilda oder für mich darstellen.

Aufgrund des Videos sind auch die Beschuldigungen gegen Matilda zurückgenommen worden, was mich sehr erleichtert. Ich kenne mich juristisch nicht genug aus, könnte mir jedoch vorstellen, dass sich eine Vorstrafe wegen Körperverletzung nicht sonderlich gut macht, wenn man Ärztin werden will.

„Sie sollen bitte heute noch vorbeikommen und eine Aussage bei der Polizei machen. Und Ms. Howards ebenfalls. Ich hoffe, sie ist dazu in der Lage?"

Ich betrachte sie durch die halb geöffnete Tür hindurch, beobachte, wie sie langsam wach wird und mich anlächelt.

Als ich erfahren habe, dass sie zurück ist, ist mir klargeworden, dass ich sie nie mehr gehenlassen werde.

„Ich denke, ja!", sage ich, denn Matilda ist eine echte Kämpferin.

Sie richtet sich auf und das Laken rutscht herunter, enthüllt eine ihrer Brüste.

„Ich muss jetzt schlussmachen!", sage ich zu meinem Anwalt und lege auf, ohne abzuwarten, ob er noch irgendwelche Fragen oder Anweisungen hat. Soll er doch später noch mal anrufen, ich bin beschäftigt.

Ich schlendere langsam zurück zum Bett.

Ich bin vorhin nur in meine Boxershorts geschlüpft, um zu telefonieren, und anscheinend gefällt Matilda, was sie sieht, denn sie kann ihren Blick kaum von mir abwenden.

„Komm her!“, sagt sie und streckt die Arme nach mir aus.

Ich klettere zu ihr ins Bett und küsse sie, lange und intensiv, bis unser Kuss wieder wilder wird, so wie immer. Dann löse ich mich von ihr, und sie gibt ein unwilliges Geräusch von sich.

„Bevor wir hier weitermachen, muss ich dir noch etwas sagen.“

„Etwas Schlimmes?“, fragt sie unsicher nach.

„Ich denke nicht, nein. Ich empfinde es jedenfalls nicht als schlimm. Eher im Gegenteil. Ich würde es nicht anders haben wollen.“

„Schieß los!“, sagt sie und lehnt sich ein Stück zurück, um mich besser ansehen zu können.

„Ich liebe dich!“, sage ich zu ihr und mir fällt auf, wie leicht es mir fällt, das zu sagen. Es fühlt sich sogar so gut an, dass ich es gleich noch einmal mache. „Matilda Rose Howards, ich liebe dich und ich bin völlig verrückt nach dir. Ich weiß, deine Fantasien haben nur die nähere Zukunft bedacht, aber ich will auch eine fernere Zukunft mit dir. Ich will eine Beziehung mit dir und irgendwann will ich dich heiraten und einen ganzen Stall voller kleiner, rothaariger Kinder mit dir haben.“

Sie sieht mich stumm an, die Augen geweitet, die Lippen leicht geöffnet. Als ich schon befürchte, zu weit gegangen zu sein, nickt sie endlich.

„Okay!“, flüstert sie.

„Okay?“, frage ich amüsiert nach und sie nickt erneut.

„Ich bin dafür, dass wir das mit den Kindern schon mal üben, damit wir auch wissen, wie es richtig geht, wenn es so weit ist.“ Sie zieht mich zu sich herab, um mich zu küssen.

„Ich liebe dich auch, Chase!“, flüstert sie in mein Ohr, bevor sich unsere Lippen wieder finden.

Der Wind heult ums Haus, als wollte er uns seine Zustimmung geben, aber ich habe keine Zeit, darüber nachzudenken, denn gerade besteht meine Welt nur noch aus Matilda, aus ihren Küssen und all den wunderbaren Fantasien für die Zukunft.

Matilda Rose

„Wie lange kannst du bleiben?“, fragt Chase mich, als wir abends in einem kleinen Café sitzen, von dem aus man direkt auf den Strand sehen kann.

Wir waren bei der Polizei, um unsere Aussagen zu machen, und heute war es zum Glück nicht Kurt, der mich befragt hat. Chase hat mir erklärt, dass für größere Fälle Cops aus dem Nachbarort herkommen – und offenkundig ist es sofort ein größerer Fall, wenn es die Darlings betrifft.

Anschließend ist er mit mir zu der Ziegenfarm gefahren, von der er mir mal erzählt hat.

Es ist eigentlich gar keine Farm, sondern eine Art Gnadenhof, denn keine der Ziegen wird dort geschlachtet. Ich durfte sie alle streicheln und nicht eine von ihnen hat mich geschubst, wofür ich ihnen sehr dankbar war.

Außerdem war es großes Kino, zu beobachten, wie die Ziegen versuchten, Chase‘ Anzug zu fressen. Sie standen total auf ihn – und seine Bekleidung –, und ich kann es ihnen beim besten Willen nicht verdenken.

Ich bin froh, dass er das für mich gemacht hat. Der Besuch bei den Ziegen hat mir eine Leichtigkeit zurückgebracht, die ich vorher noch nicht empfunden habe.

Ich trinke einen Pumpkin Spiced Latte, obwohl Chase diese Wahl belächelt hat, und selbst auf dem Cupcake, den ich bestellt habe, gab es einen Topper mit Kürbissen sowie ganz viele kleine Minikürbisse in Streuselform.

Der Herbst ist meine Lieblingsjahreszeit, war er schon immer, und jedes Mal, wenn ich in Gegenden war, in denen es so etwas wie Herbst gab, habe ich gar nicht genug bekommen von dem bunten Laub und den Gerüchen.

Und natürlich von Kürbissen, ich bin völlig verrückt nach Kürbissen sowie allem, was damit zusammenhängt. Normalerweise ist mir Konsum nicht sonderlich wichtig, aber in diesem Fall bin ich ein klassisches Konsumopfer.

Leider geht es bereits auf den Winter zu, und bald werden die Kürbisse von Weihnachtsmännern abgelöst werden.

„Wie lange darf ich denn bleiben?“, frage ich vorsichtig nach, denn ich bin mir nicht sicher, wie lange Chase mich erträgt. Ich bin mir noch mit gar nichts sicher, was unsere Beziehung angeht.

„Meinetwegen am liebsten für immer, aber ich vermute mal, dass du irgendwann weiterstudieren möchtest. Wann beginnt das nächste Semester?“

„Im Januar!“ Ich knibble einen der Kürbisstreusel von meinem Cupcake und Chase lächelt.

„Könntest du dir vorstellen, bis Januar zu bleiben? Bei mir?“ Ich zögere kurz und Chase beugt sich über den Tisch zu mir vor. „Bitte bleib. Lass es uns versuchen.“

„Ich möchte nichts lieber als das, aber ich kann nicht

einfach hier herumsitzen und nichts tun!“ Ich muss das nicht erklären, denn Chase ist genau so ein Arbeitstier wie ich. Er würde ebenfalls durchdrehen, wenn er nichts zu tun hätte.

„Dann bleib erst mal ein paar Tage da und wir überlegen zusammen, wie es weitergeht. Was meinst du?“

„Das klingt nach einem Plan.“ Ich trinke noch einen Schluck Kaffee, der mir süß und warm die Kehle herunterinnt, und auf einmal kommt mir das Leben gar nicht mehr so schwer vor.

„Du hast all deine Sachen mitgenommen“, stellt Chase nach einer Weile fest. Ich runzle die Stirn.

„Ich wollte das Hotelzimmer nicht bezahlen, wenn ich es nicht brauche. Ich wusste, dass ich es nicht am selben Tag zurückschaffen werde.“ Ich zucke mit den Schultern. „Und ich hatte recht.“

„Ich hatte gehofft, du willst bei mir einziehen, als ich die Koffer in deinem Wagen entdeckt habe. Ich hatte gehofft, du hast es genau geplant.“ Chase lächelt amüsiert.

„Nein!“, gebe ich kleinlaut zu. „Ich bin ziemlich überstürzt aufgebrochen. Um ehrlich zu sein, hatte ich Sorge, sonst den Mut zu verlieren. Viel Planung war da nicht …“

Sein Blick verdunkelt sich.

„Hast du dir wirklich Sorgen gemacht, ich könnte dich nicht mehr wollen?“

„Ja?“ Natürlich habe ich das. Er ist einer der begehrtesten Junggesellen in diesem Ort, vielleicht sogar im gesamten Land, und ich bin nur ein verwaistes Hippiemädchen mit einer schwierigen Vergangenheit.

Chase steht auf und umrundet den Tisch, er streckt seine Hand aus und ich ergreife sie, ohne darüber nachzudenken. Dann zieht er mich in seine Arme und küsst mich. Hier, mitten im Café, wo uns jeder sehen kann. Ich höre irgendwen tuscheln, nehme aber nichts anderes mehr wirklich wahr als Chase‘ Kuss.

Als er mich schließlich loslässt, schwanke ich leicht.

„Ich werde dich immer wollen, kleine Rose!“, flüstert er mir ins Ohr. „Ich bin völlig verrückt nach dir!“ Er setzt sich wieder hin, als wäre nichts gewesen. Und ich stehe da wie ein dummes Mondkalb, bis meine Beine die Befehle meines überlasteten Hirns annehmen und ich mich ebenfalls setze.

Am Nebentisch lässt jemand unauffällig sein Handy sinken. Offenkundig wurden Fotos von uns gemacht, aber ich habe gerade keine Lust, mich damit zu beschäftigen.

Ich greife nach meinem Kaffee und straffe die Schultern. „Dann ist ja gut!“, sage ich und diesmal muss ich mein Lächeln nicht erzwingen. Es breitet sich über meinem ganzen Gesicht aus und ich fühle mich leicht und glücklich.

Es ist völlig egal, wie wenig wir äußerlich zueinander passen mögen, wie verschieden wir aufgewachsen sind. Unsere Herzen schlagen im gleichen Takt. Wir haben eine Verbindung zueinander, die sich mit nichts in der Welt vergleichen lässt, und das ist alles, was letztendlich zählt.

Wir trinken schweigend unseren Kaffee aus, essen schweigend unsere Teller leer, weil wir keine Worte brauchen, um uns mit dem anderen wohlzufühlen.

„Komm!“, sagt Chase und greift wieder nach meiner Hand. „Packen wir deine Koffer aus, damit du so lange bleiben kannst, wie du willst.“ Er sieht mich an. „Aber du hast mir mal erzählt, dass du nicht genügend Wintersachen besitzt, oder? Wahrscheinlich sollten wir dir noch etwas kaufen gehen.“

„Ich weiß nicht recht …“, sage ich, denn es ist mir unangenehm, wenn Chase Geld für mich ausgibt. Geld ist wirklich das Letzte, was mich in der Beziehung zu ihm motiviert.

„Lass mich das für dich tun, Matilda. Ich möchte, dass du es immer warm hast. Das würde mich sehr beruhigen."

Wenn er es so sagt, kann ich wohl kaum widersprechen.

Eine halbe Stunde später stelle ich fest, dass Shopping vielleicht doch nicht so schrecklich ist, wie ich bisher dachte. Nicht, wenn Chase dabei ist, dessen Augen jedes Mal voller Liebe strahlen, wenn ich aus der Umkleidekabine komme.

38

Matilda Rose

Ich bin doppelt froh, dass Chase mit mir Shoppen gegangen ist, als ich feststelle, dass am nächsten Tag Sonntag ist – und somit das große Familienessen ansteht.

Sogar Mrs. Darling ist da, und sie mustert mich, als sie mich an Chase' Seite sieht, sagt jedoch kein Wort.

Chase hat bereits vorher mit seiner Familie gesprochen und ihnen von uns erzählt, weil ich ihn darum gebeten habe. Ich wollte keinen großen Auftritt haben – und ich wollte auch, dass sie mit ihm sprechen und ihm gegebenenfalls Fragen über uns stellen können, die nicht für meine Ohren bestimmt sind.

Ich habe keine Ahnung, was Chase' Familie von mir hält

und erst recht nicht, was sie von meiner Beziehung zu Chase hält, aber sollten sie es nicht goutieren, sind sie zumindest höflich genug, es für sich zu behalten.

Ich bin mir sicher, sie wussten längst, dass ich hier bin, denn die Sache mit Caroline scheint sich überall herumgesprochen zu haben. Karlie hat mir heute Morgen von diversen Gerüchten erzählt, die ihr diesbezüglich zu Ohren gekommen sind, und die meisten sind einfach nur gruselig. In einer davon hat die arme Caroline sogar einen blutverschmierten Mund gehabt, als sie abgeführt worden ist, weil sie Chase angeblich gebissen hat, *„als wäre sie ein wildes Tier."*

Alfonso wurde von einer wüsten Prügelei zwischen Caroline und mir berichtet, bei der ich ihr angeblich die Nase gebrochen habe, während sie versucht hat, mir ein Ohr abzureißen. Er hat mir die Geschichte erzählt, und auch, dass er es umgehend richtiggestellt hat. Er war schließlich dabei, als Caroline verhaftet wurde. Während er mir davon erzählt hat, hat er sich die ganze Zeit den Rücken gehalten. Das kalte, nasse Wetter bekommt ihm offenkundig nicht, aber ich konnte ihn auch nicht dazu überreden, eine Pause zu machen und ins Haus zu gehen, weil eine der Hecken noch nicht fertig geschnitten war.

Caroline tut mir unendlich leid, denn auch wenn sie ein Miststück ist, ist sie höchstwahrscheinlich auch psychisch krank, und niemand hat es verdient, wenn solche Unwahrheiten über ihn erzählt werden.

Mr. Darlings Gesicht hellt sich auf, als er mich entdeckt, und er beginnt zu grinsen, als er bemerkt, dass Chase meine Hand hält.

„Na endlich!", sagt er und mir fällt auf, wie gut er mittlerweile sprechen kann. „Ich dachte schon, ich müsste mich selbst darum kümmern." Er deutet auf den freien Platz neben sich. „Du sitzt hier!“, sagt er zu mir und ich lächle, als ich mich neben ihn setze.

Diesmal verläuft das Essen lebhafter als sonst, weil jeder bezüglich der Vorfälle auf den neuesten Stand gebracht werden will. Wer hätte es gedacht? Auch eine Familie Darling scheint nicht völlig immun zu sein, wenn es um Klatsch und Tratsch geht.

„Und was passiert jetzt mit ihr? Ich hoffe, du hast sie wegen Körperverletzung angezeigt!“ Mrs. Darling klingt empört. „Sie war immer so ein liebes Mädchen. Wer hätte gedacht, dass sie mal derart durchdrehen könnte!“

Chase‘ Anwalt hat ihm heute Morgen erzählt, dass in Carolines Zimmer kistenweise Fotos von Chase gefunden worden sind. Auf den meisten hat sie ein Bild von sich daneben geklebt, als wären die beiden ein Paar. Sie muss regelrecht besessen von ihm gewesen sein.

„Meine Anwälte verhandeln momentan mit ihren Anwälten. Wenn sie sich bereiterklärt, eine Therapie zu machen, werden wir von einer Anzeige absehen. Sie ist ohnehin gerade in einer geschlossenen Abteilung. Ich glaube nicht, dass eine gerichtlich auferlegte Strafe ihr weiterhilft.“

„O Mann!“ Liam schüttelt ungläubig den Kopf. „Wer hätte gedacht, dass in einem kleinen Kaff wie diesem solche Dinge passieren?“

Ich jedenfalls nicht. Und dabei habe ich eine wirklich rege Fantasie. Aber ich hätte mir auch niemals vorstellen können, hier mein Glück zu finden – und trotzdem ist es passiert.

„Und was ist mit euch?“, fragt Matteo schließlich und deutet mit der Gabel, die er gerade in der Hand hält, zwischen Chase und mir hin und her, was ihm einen rügenden Blick von Mrs. Darling einbringt. „Bleibst du jetzt in *Darling Manor*, Matilda Rose? Denn ich ertrage es nicht, wenn mein großer Bruder noch länger mit dieser widerlichen Leidensbittermiene herumläuft, die er ständig aufgelegt hat, nachdem du abgereist warst. Mir wird übel davon."

Chase schaut ihn böse an und isst schweigend weiter.

„Wir würden alle gerne wissen, was nun wird!", sagt Mrs. Darling irgendwann sanft und Chase seufzt.

„Wir wissen noch nicht genau, wie lange Matilda hierbleiben wird. Im Januar geht das nächste Semester los, dann will sie unbedingt ihr Studium beenden und ich unterstütze das. Und bis dahin ..."

„Ich kann nicht nur herumsitzen und Däumchen drehen!", sage ich. „Ich brauche eine Beschäftigung und ich muss Geld verdienen." Ich wende mich hilfesuchend an Chase. „Ich bin nicht fürs Nichtstun geschaffen."

Wieder als Mr. Darlings Pflegerin zu arbeiten, kommt für mich nicht infrage. Nicht, seitdem Chase und ich ein Paar sind – mir würde einfach der professionelle Abstand fehlen. Obendrein ist sein neuer Pfleger offenkundig Gold wert, wenn ich mir ansehe, wie gut Mr. Darling mittlerweile allein essen kann. Und ich will auch niemandem seinen Arbeitsplatz wegnehmen.

„Eine Bekannte von mir hat nicht weit von hier gerade eine kleine Praxis ins Leben gerufen, in der Kinder aus armen Verhältnissen kostenlos medizinisch betreut werden können", sagt Mrs. Darling nachdenklich. „Ich weiß, dass sie dringend eine Krankenschwester suchen, die sie unterstützt. Ich kenne mich rechtlich nicht aus, ich vermute, du wirst nicht alles dürfen, was eine Schwester darf, da du noch keinen Abschluss hast, Matilda Rose. Aber Hilfe brauchen sie trotzdem – und soweit ich das mitbekommen habe, können sie da nicht wählerisch sein." Sie runzelt die Stirn. „Ich wusste nicht, dass der Mangel an Pflegekräften in den

USA derart groß ist, aber offenkundig ist er das.“ Sie sieht mich an und lächelt. „Eventuell wäre das ja vorübergehend etwas für dich? Bis du dein Studium wieder aufnimmst? Und in deinen Bewerbungsunterlagen an uns stand, dass du Spanisch sprichst. Sie suchen dringend jemanden, der Spanisch kann.“

„Wann kann ich es mir ansehen?“, frage ich lächelnd, denn es klingt genau nach dem, was ich suche.

Chase

NORMALERWEISE HASSE ich diese sonntäglichen Veranstaltungen.

Natürlich liebe ich meine Familie, aber das Essen war immer eine steife Pflichtveranstaltung für mich.

Heute ist das erste Mal, dass es sich leicht anfühlt und vielleicht sogar gut.

Ich lasse unter dem Tisch meine Hand auf Matildas Knie wandern und sie dreht den Kopf zu mir. Und lächelt mich an.

„Ich liebe dich!“, forme ich lautlos mit den Lippen, aber sie versteht mich auch so und ihr Lächeln wird noch breiter.

Sie ist der wunderschönste Mensch, der mir jemals begegnet ist, innerlich und äußerlich, und ich werde alles dafür tun, damit sie Teil meines Lebens bleibt.

„Meinst du, ich kann mir die Praxis gleich morgen anschauen?“, fragt sie mich und ihre Augen leuchten aufgeregt.

„Sicher!“ Ich weiß, um welche Bekannte meiner Mom es sich handelt, und ich wette, sie wird sie gleich nach dem Essen kontaktieren. „Wir können morgen zusammen hinfahren.“

„Ich schaffe das auch alleine, weißt du …“, sagt sie und zwinkert mir zu. „Du hast dir gestern und heute schon meinetwegen freigenommen. Und ich weiß, wie viel du immer zu tun hast. Ich will auf keinen Fall, dass du meinetwegen deine Arbeit vernachlässigst.“

„Hm!“, mache ich, denn sie hat recht, aber im Moment würde ich sie am liebsten nicht mehr aus den Augen lassen. Außerdem merke ich, wie schön es ist, die Wochenenden frei zu haben.

Mein Blick wandert über den Tisch zu meinen Eltern, die sich gerade anlächeln.

Seit mein Dad den Schlaganfall hatte, nähern sie sich einander wieder an, was wahrscheinlich auch daran liegt, dass mein Dad nun endlich mehr Zeit hat.

Mein Leben soll nicht wie das meiner Eltern verlaufen. Ich will nicht, dass mein Job immer an erster Stelle steht. Das ist mir klargeworden, nachdem Matilda weg war und ich sie schmerzlich vermisst habe. Auch meine Arbeit konnte mich da nicht trösten. Ich muss mit meinem Vater und meinen Brüdern darüber sprechen, dass ich in Zukunft etwas kürzertreten werde. Entweder nimmt mir einer von ihnen einen Teil meiner Arbeit ab, oder wir stellen jemanden ein, der sich darum kümmern kann.

Ich weiß, meinem Dad wird das nicht gefallen, denn er gibt die Familiengeschäfte nicht gerne aus der Hand.

Andererseits, wenn ich bedenke, wie er gerade meine Mom ansieht – vielleicht versteht er mich auch besser als gedacht.

EPILOG

Matilda Rose – ein Jahr später

Ich schließe die kleine Praxis hinter mir ab und entdecke Chase, der an seinen Wagen gelehnt auf mich wartet.

„Hallo, Frau Doktor!", sagt er zu mir, zieht mich in seine Arme und küsst mich. „Wie war dein erster Tag als Ärztin?"

„Hervorragend!" Ich küsse ihn gleich noch einmal, weil ich von seinen Küssen wahrscheinlich niemals genug bekommen werde. „Du weißt, wie sehr ich diesen Job liebe, und als Ärztin hier arbeiten zu dürfen, fühlt sich sogar noch besser an als vorher, weil ich nun noch mehr bewirken kann."

Die Praxis, die die Bekannte von Mrs. Darling ins Leben gerufen hat, hat sich als echter Glücksgriff herausgestellt, es ist genau die Arbeit, die ich mein Leben lang machen wollte. Meine Kollegen sind supernett und wir haben so viel zu tun, dass sie mich mehr als dankbar aufgenommen haben, nachdem ich mit meinem Studium fertig war, zumal ich auch davor schon ständig hier gearbeitet habe – die komplette Zeit, bis das Semester wieder losging im letzten Jahr und bei jeder Möglichkeit danach.

Genau, wie ich jede Möglichkeit genutzt habe, um Chase zu sehen, jede gemeinsame freie Minute mit ihm verbracht habe.

Statt in New York habe ich an einer kleinen Uni in der Nähe weiterstudiert und hatte dort auch eine kleine Wohnung, denn um jeden Tag zu fahren, war es trotzdem noch zu weit.

Ich habe mich immer heimatlos gefühlt. Aber jetzt habe ich endlich ein Zuhause.

„Ich stehe total auf deinen weißen Kittel, warum trägst du ihn nicht mehr?", fragt Chase und zupft an der schlichten, blauen Bluse, die ich unter meinem Mantel trage.

„Und ich dachte immer, Männer hätten vor allem Krankenschwesterfantasien …" Ich zwinkere ihm zu und er zuckt grinsend mit den Schultern.

„Ich bin mir völlig darüber im Klaren, dass du eigentlich das Sagen hast!" Er öffnet mir die Beifahrertür, denn das Wetter ist heute ungemütlich und Chase' Arme können den Regen, der gerade vom Himmel zu fallen beginnt, nicht abhalten.

„Wenn du es genau wissen willst: Den Kittel habe ich ausgezogen, weil er vollgekotzt wurde. Heute war die Hölle los. Ich hoffe, ich mache damit nicht all deine erotischen Fantasien zunichte?", frage ich Chase, als er neben mir sitzt und den Motor startet.

„Ich behalte von dem, was du gesagt hast, einfach nur

ausziehen. Das reicht mir völlig.“ Er sieht mich kurz an, bevor er seinen Blick wieder auf die Straße richtet. „Dich ausziehen zu können, ist erotisch genug.“

Ich bekomme eine Gänsehaut, die nichts mit der Kälte draußen zu tun hat.

„Wo fahren wir eigentlich hin? Du meintest, du hättest eine Überraschung für mich.“

„Wenn ich es dir verrate, wäre es keine Überraschung mehr, oder?“

„Das stimmt natürlich. Aber wie du weißt, mag ich Überraschungen nicht wirklich gern.“ Mein Leben war die letzten Jahre unstet genug, ich genieße es momentan sehr, dass es in geregelteren Bahnen verläuft.

„Es wird dir gefallen, ich verspreche es!“

Zu meinem Erstaunen fahren wir nicht weit weg, sondern zurück zum Anwesen, wo wir jedoch nicht wie sonst zum Haupteingang gehen. Stattdessen führt Chase mich zu einem Hintereingang und anschließend zu einer Tür im Inneren des Hauses, die ich bisher noch nicht kannte. Allerdings heißt das nicht viel, denn das Haus ist derart riesig, dass ich ohnehin nicht alle Zimmer kenne.

Chase reicht mir einen Schlüssel.

„Schließ auf!“, fordert er mich auf und ich schaue ihn irritiert an, aber als er nur grinst, tue ich, wozu er mich aufgefordert hat.

Hinter der Tür entdecke ich ein kleines Zimmer mit einer Garderobe und einem Beistelltisch. Von diesem Zimmer gehen weitere Türen ab.

Da Chase direkt hinter mir steht, gehe ich weiter, öffne die nächste Tür und komme in einen offenen Wohn- und Essbereich mit einer richtigen Küche inklusive Kücheninsel. Im Kamin brennt ein Feuer und an der großen Terrassentür sind die Vorhänge zurückgezogen, sodass man auf den Wald schauen kann, der hinter dem Haus liegt.

„Oh, wow!“, flüstere ich, denn der Anblick ist wunderschön.

„Los, schau dir den Rest an!“ Chase klingt total aufgeregt.

Ich öffne nacheinander jede der Türen, entdecke ein riesiges Schlafzimmer, von dem aus man ebenfalls in den Wald schauen kann, zwei kleinere Zimmer, die fast leer sind und zuletzt ein Arbeitszimmer, in dem sich zwei Schreibtische gegenüberstehen.

„Wir haben uns im letzten Jahr viel zu wenig gesehen. Ich weiß, dass wir beide auch in Zukunft viel Zeit mit Arbeiten verbringen werden. Aber ich dachte mir, hier hätten wir wenigstens ab und an die Möglichkeit, auch beim Arbeiten Zeit zusammen zu verbringen. Und ich weiß, dass du immer etwas mit Blick in den Wald haben wolltest, weil dir das bunte Laub im Herbst so gut gefällt."

„Du meinst, das ist jetzt unsere Wohnung?“, frage ich und kann es kaum glauben.

„Wenn du sie haben willst?“ Chase zuckt mit den Schultern. „Ansonsten können wir auch etwas anderes suchen. Hier im Haus oder woanders, wo immer du möchtest.“

„Ich liebe dieses Haus!“, antworte ich. „Und ich liebe diese Wohnung.“ Ich drehe mich zu ihm um. „Und dich liebe ich auch!“ Ich gehe zu ihm, um ihn zu küssen.

„Kommen wir nun zum Teil mit dem Ausziehen?“, fragt Chase mich und ich schlinge meine Beine um ihn, während er mich in unser neues Schlafzimmer trägt.

Später liegen wir zusammen auf dem Sofa, essen das Fingerfood, das Chase in den Kühlschrank gestellt hat, und trinken Wein.

„Wann hast du das alles machen lassen?“, frage ich ihn.

„Immer, wenn du nicht da warst. Es war gar nicht einfach, es vor dir geheim zu halten. Aber ich wollte dich unbedingt damit überraschen. Du sollst dich hier wohlfühlen, weißt du ... Du sollst in *Darling Manor* zu Hause sein."

„Ich bin dort zu Hause, wo du bist!", sage ich zu ihm und er lächelt dieses leise Lächeln, das nur mir vorbehalten ist und bei dem mein Herz immer ein bisschen schneller zu schlagen beginnt. „Aber das hier ist ein wunderschönes Zuhause!"

Ich schiebe mir eine Weintraube in den Mund und kaue nachdenklich.

„Für was sind denn die beiden leeren Zimmer gedacht?", frage ich nach einer Weile und Chase beugt sich über mich, um mich zu küssen.

„Für die Kinder, die ich dir bald machen werde!"

„Oh?"

„Oh!", erwidert er lächelnd.

„Und wenn ich mehr als zwei Kinder haben möchte?"

„Dann bauen wir eben an. Zum Glück ist das Haus ja groß genug."

Chase beugt sich über mich, um mich zu küssen, und der Herbstwind heult leise ums Haus, als würde er uns ein Liebeslied singen.

ENDE

Wollt ihr wissen, wie es den anderen Darling Brüdern ergeht? Auf der nächsten Seite erwartet dich eine Leseprobe zu Mia B. Mayers Roman "Passion in Darling Harbour".

PASSION IN DARLING HARBOUR VON MIA B. MEYERS - LESEPROBE

»Wie lange soll ich das noch machen? Bis ich nur noch aus Muskeln bestehe?«, stöhnt Harry und lässt die Griffe des Rudergerätes los, um sich den Schweiß von der Stirn zu wischen.

Ich reiche ihm ein Handtuch und tätschle seine Schulter. »Wir haben vor nicht einmal zwei Minuten angefangen.«

Harry grinst schelmisch und zwinkert mir zu, sodass ich auflache. Als Personal Trainerin habe ich schon einige Leute begleitet, aber er ist definitiv einer der amüsanteren Fälle. Er ist 61 Jahre alt, mit grauen Haaren, und hält es keine fünf Atemzüge aus, ohne mir mitzuteilen, wie schrecklich er all das findet. Zudem ist er mit seinem Wohlstandsbäuchlein weit davon entfernt, nur noch aus Muskeln zu bestehen – sehr weit.

Seine Frau hatte ihn förmlich dazu gedrängt, während ihres Urlaubs in Darling Harbour das hoteleigene Fitnessstudio zu nutzen, in dem ich dreimal die Woche die Gäste coache. Unnötig zu erwähnen, dass Harry sich nur äußerst widerwillig darauf eingelassen hat. Trotzdem konnte ich nicht anders, als ihn auf Anhieb zu mögen.

»Ich bin Bestatter und höre genau diese Musik bei der Arbeit. Vielleicht solltest du dem Besitzer des Hotels also mal empfehlen, etwas Peppigeres aufzulegen. Dann wird das hier gegebenenfalls auch was.« Harry deutet abwertend auf das Rudergerät und setzt seine Einheit fort. »Mit dem kannst du doch ganz gut.«

»Wie kommen Sie denn darauf?«, will ich wissen, kann aber nicht verhindern, dass allein bei Ryans Erwähnung ein Lächeln meine Lippen umspielt.

»Ich habe Augen im Kopf«, gibt Harry zurück, und obwohl er vor Anstrengung hochrot ist, lächelt er wissend.

Ich öffne den Mund, um noch etwas zu erwidern, schließe ihn aber direkt wieder.

»Sie machen das großartig!«, feuere ich ihn stattdessen an und ignoriere sein gequältes Schnaufen. »Wie fühlen Sie sich?«

»Wie ein 61-jähriger Mann, der gegen seinen Willen hier ist.«

Lachend überprüfe ich die Einstellungen am Gerät und stellte sicher, dass der Widerstand angemessen ist. Harry ist erst seit einer Woche im Training und ich möchte ihn nicht direkt überlasten.

Er stiert konzentriert auf den Monitor vor sich, der seine Anschläge pro Minute, die verbrauchten Kalorien und die zurückgelegte Strecke anzeigt. Seine Gesichtszüge sind angespannt und obwohl er erst kurz auf dem Gerät sitzt, japst er, als stünde er kurz vor einem Herzinfarkt.

»Schöne gleichmäßige Bewegungen«, erinnere ich ihn und lege eine Hand auf seinen Arm, um das Tempo vorzugeben. »Nutzen Sie vorrangig Ihre Beine, dann Ihren Rücken und schließlich Ihre Arme. Stellen Sie sich vor, Sie wären mit Ihrer Frau auf einem See rudern.«

»Hier ist kein See«, mosert er. »Außerdem kann ich nicht schwimmen.«

Harry schaut aus dem Fenster, das über die gesamte Breite des Raumes reicht und einen Panoramablick auf Darling Harbour bietet. Die belebte und luxuriöse Küstenstadt, die nach dem Nachnamen der Familie meines besten Freundes benannt ist – Ryan Darling. In der Ferne strahlt die Sonne über der glitzernden Wasseroberfläche und die Yachten schaukeln im Hafen.

Harry seufzt laut. »Wann genau meldet sich dieses angebliche Glücksgefühl beim Sport eigentlich? Wenn man tot vom Hocker gefallen ist?«

»Nur noch ein paar Wiederholungen, dann haben Sie es doch geschafft.«

Harry schüttelt geplagt den Kopf, folgt meinen Anweisungen jedoch. Inzwischen sind seine Ruderbewegungen kontrollierter und die Muskeln in seinen Beinen zittern sichtlich, während der Schweiß an seinem Hals herunterrinnt.

»Denken Sie daran, warum Sie das hier machen. Für Ihre Gesundheit und Ihre Frau, die so stolz auf Sie ist. Sie schaffen das!«

»Du bist schlimmer als meine Schwiegermutter! Und das will was heißen.«

Das kam so trocken, dass ich lauthals auflache und die Aufmerksamkeit der anderen Besucher im Studio kurz auf uns liegt.

Harrys Atmung wird immer schwerer und ich stelle mich vor den Monitor, der anzeigt, dass er inzwischen doch ein beachtliches Stück hinter sich gebracht hat. »Noch zehn Wiederholungen«, sporne ich ihn an und zähle mit seinen Bewegungen herunter.

»Und Schluss«, beende ich die Trainingseinheit. Harry

lässt sich erschöpft nach vorne fallen. Ich klatsche übertrieben in die Hände, was ihn zum Lachen bringt, und reiche ihm erneut das Handtuch.

»Das war großartig!«

Ein triumphales Lächeln breitet sich auf seinem Gesicht aus und er wischt sich den Schweiß aus dem Nacken.

»Das war doch gar nicht so schlimm, wie Sie dachten, oder?«, erkundige ich mich und reiche ihm seine Wasserflasche, die er dankend annimmt.

»Nein. Wirklich nicht.« Er nimmt einen großen Schluck. »Es war sogar noch schlimmer.«

Ich schüttle lachend den Kopf und gehe schon einmal an das nächste Gerät.

»Wir werden so viele großartige Stunden zusammen haben, dass Sie das Training am Ende Ihres Urlaubs sogar genießen werden.«

»Das klingt wie eine Drohung«, brummelt er und folgt mir eher widerwillig.

Die folgende halbe Stunde, die wir nur mit leichten Übungen gefüllt haben, verging wie im Flug und wir verabschieden uns. »Bis Montag!«, rufe ich Harry hinterher und packe meine Tasche. Nebenbei schaue ich auf meine Armbanduhr. »Shit.« In einer Dreiviertelstunde muss ich bereits im Park bei meiner nächsten Klientin sein. Zeitmanagement war noch nie meine Stärke.

Ich greife nach der Tasche, laufe die Treppe ins Erdgeschoss hinauf und ziehe die Tür zur Lobby des *Darling Elegance* auf. Verrückt, aber obwohl ich diesen Ort seit meiner Kindheit kenne, kann ich mich nicht an den atemberaubenden Anblick gewöhnen. Der makellos polierte Marmorfußboden, der im Licht der Kristalllüster über mir schimmert, und die edlen Gemälde, die die Geschichte der Gründerfamilie Darling wiedergeben. Inmitten der Lobby, mit den Ausmaßen meiner gesamten Wohnung, befindet sich ein großer Brunnen, aus dem leise Wasser plätschert, und ich lächle unwillkürlich. Ich muss sechs oder sieben gewesen sein, als Ryan und ich in voller Montur hineingesprungen sind und anschließend tropfnass den Boden der Lobby geflutet haben. Zum Glück hat Virginia, Ryans Mum, uns entdeckt und nicht sein Dad.

»Was für eine Überraschung, du bist wieder am Träumen«, ertönt es hinter mir und ich lächle. Der ganze Raum könnte voller Menschen sein, die sich unterhalten, dennoch würde ich Ryans Stimme immer und überall heraushören. Nur sie schafft es, dass mich jedes Mal ein sehnsüchtiges Ziehen erfasst.

Ich wirble herum und da steht er: Gut aussehend, in einem seiner dunklen, perfekt sitzenden Anzüge und dem typisch selbstbewussten Lächeln. Wie gewohnt, wenn ich ihn sehe, setzt mein Herz gefühlt einen Moment aus.

»Seit wann trinkst du denn so was?«, frage ich und deute auf den grünen Smoothie in seiner Hand.

»Als wüsstest du nicht, dass der für dich ist. Spinat-Smoothie à la würg, genau wie du ihn magst.«

»Du warst extra in der Stadt, um mir den zu besorgen?«

Ryan grinst verschmitzt und schon hebt die Armada Schmetterlinge in meinem Bauch wieder ab. Mein dummes Herz will so gerne glauben, dass er solche Dinge tut, weil er etwas für mich empfindet. *Lektion 4 (oder war es 3?): Das tut er ja auch, nur eben nicht dasselbe wie ich für ihn.*

Ich beiße mir auf die Lippe, nehme ihm den Becher ab und deute auf die große Drehtür. »Kommst du noch kurz mit raus? Ich muss leider gleich weiter.«

Ryan folgt mir wortlos, bis er neben mich kommt und einen Arm um meine Taille legt. Automatisch zieht sich mein Bauch zusammen und ich schaue ihn verwundert an.

»Was soll das de…« In dieser Sekunde fällt mir die Frau am Empfangstresen auf, die jeden von Ryans Schritten beobachtet. Beinahe so gruselig wie Reptilienaugen. Natürlich ist sie groß, schlank, blond und hat Brüste, die eher als anatomische Abrissbirnen durchgehen.

Ryan erwidert ihren Blick knapp – nein, eher gelangweilt –, und ich beiße mir von innen auf die Wangen. Keine Frage, er hat mit ihr geschlafen.

»Lass mich raten, eine weitere Bekanntschaft, die deinen Charme kennenlernen durfte. Exakt bis zu dem Moment, als du hattest, was du wolltest.« Hoffentlich klinge ich nicht ganz so verbittert, wie ich es bin, doch Ryan bekommt davon anscheinend nichts mit.

»Das ist das erste Mal, dass du sagst, ich sei charmant.« Er zwinkert mir zu und wir gehen durch die Tür nach draußen, wobei er mich endlich wieder loslässt. Nicht, dass ich etwas dagegen hätte, wenn er mich auf die Art berührt, aber es geschieht definitiv aus den falschen Gründen.

Ich stelle den Smoothie auf der Bank neben dem Eingang ab und binde mein langes blondes Haar zu einem neuen Pferdeschwanz zusammen.

»Wie heißt sie?«

Ryan sieht mich fragend an und ich deute mit dem Kopf an, dass ich die Frau von gerade eben meine.

Er zuckt mit den Schultern und lässt den Blick über den Vorplatz des *Darling Eleganz* gleiten. »Sarah. Oder Stella? Irgendwas in der Art.« Er grinst, auf diese diabolische Weise, dass es einem eigentlich Angst machen müsste, und doch ist es unglaublich heiß.

Obwohl ich nach all den Jahren jeden Quadratmillimeter an Ryan kenne, könnte ich ihn jedes Mal aufs Neue anstarren. Seine dunklen, fast schwarzen Haare, die kontinuierlich so wirken, als sei er gerade aufgestanden. Die gemeißelten Wangenknochen und seine Lippen, die so wunderbar höhnisch schmunzeln können. Aber am atemberaubendsten von allem ist sein Blick. Diese durchdringenden grauen Augen strahlen immer ein gewisses Mysterium und latente Provokation aus, mit der sie jede Aufmerksamkeit auf sich ziehen. Die mit den Abrissbirnen da gerade in der Lobby dürfte das bestätigen.

»Das ist nicht wahr?«, murrt Ryan und eine aufrechte Falte zeigt sich zwischen seinen Brauen.

»Was ist?«, frage ich und schaue in dieselbe Richtung wie er.

Ryan sieht kurz zu mir und zurück zu dem Typen, der über den Parkplatz schlendert. »Ich bin nicht sicher, vielleicht verwechsle ich ihn auch nur mit jemandem.«

»Ähm, aha.« Ich greife nach meinem Smoothie und sauge am Strohhalm. »So, wie du den Kerl ansiehst, magst du die Person nicht, mit der du ihn verwechselst.«

Ryan zieht einen Mundwinkel hoch und wendet sich wieder ganz mir zu. »Es gibt da einen Restaurantkritiker – Adam King –, dem sein radikaler Ruf vorauseilt. Leider ist seine Meinung allgemein sehr angesehen, sodass er mit seinen Kritiken sogar schon gut gehende Restaurants an den Rand des Ruins getrieben hat.«

»Tatsächlich?« Überrascht schaue ich erneut zu dem Typen auf dem Parkplatz und lasse meinen Blick an ihm entlangwandern.

»Jetzt sag nicht, du stehst auf den?«, platzt es aus Ryan heraus und ich blinzle ihn verdattert an.

Eigentlich wundere ich mich nur, dass jemand, der so eine Figur hat, seinen Lebensunterhalt damit verdient, essen zu gehen. Aber das werde ich Ryan sicher nicht sagen. »Und wenn?«, stichele ich stattdessen und er lacht humorlos.

»Wie ich sehe, nimmst du mich mal wieder nicht ernst.« Er greift nach meinem Smoothie und nippt daran. Seinem angewiderten Gesichtsausdruck nach bereut er es sofort und gibt mir den Becher zurück.

»Dieser Typ ist schlimmer als Fußpilz«, motzt er weiter. »Habe ich erwähnt, dass er mit seinen Kritiken schon Restaurants an den Rand des Ruins gebracht hat?«

»Nicht in den letzten zwei Sekunden«, scherze ich und Ryan lächelt, was meine Haut kribbeln lässt.

»Dabei weiß ich aus eigener Recherche, dass seine Texte stümperhaft sind. Da habe ich in der zweiten Klasse bessere Aufsätze geschrieben.«

»Weil du ein Streber warst«, werfe ich ihm an den Kopf, überbrücke den Abstand zwischen uns und stelle mich auf die Zehenspitzen. Wie immer kommt er mir mit seiner Wange entgegen, auf die ich einen Kuss setze. Ich widerstehe dem Drang, danach mit den Fingerspitzen über meine Lippen zu streichen, um das Prickeln darin zu beruhigen. Ob Ryan auch nur annähernd dieselbe Reaktion auf diese Berührung verspürt? Ich schüttle den Gedanken ab. *Nein, Sky, das tut er nicht. Und das weißt du auch.*

»Ich muss jetzt los«, sage ich bereits im Weggehen und hebe den Smoothie, ohne mich noch einmal zu Ryan umzudrehen. »Und danke für den hier.«

Hier nochmal alle Bände in der Übersicht:

Band 1: "Kisses in Darling Harbour" von Hannah Kaiser (erscheint am 27. Oktober 2023)

Band 2: "Passion in Darling Harbour" von Mia B. Meyers (erscheint am 03. November 2023)

Band 3 : “Love in Darling Harbour" von Ava Avery (erscheint am 10. November 2023)

Band 4: "Heartbeat in Darling Harbour" von Mia Leoni (erscheint am 17. November 2023).

Alle Bände können unabhängig voneinander gelesen werden, aber mehr Spaß macht es, wenn man sie alle liest. :-)

Printed in Poland
by Amazon Fulfillment
Poland Sp. z o.o., Wrocław

30220103R00170